猫君 绘

慕容湮兒著
眸傾天下
下
未落今生夜鳶夢

目錄

第三闋　宮政驚變

「你說朕擁有整個北國，可慕雪在朕心中的地位與北國同等分量。你說朕權勢滔天，可朕卻永遠不會將你推開。你說後宮三千……」他的聲音頓了頓，我的呼吸一窒，心跳漏了幾拍。他的目光自朝堂之上緩緩轉至我臉上，深邃的眸中透著懾人奪目的傲然，「那朕，空設後宮便是。」

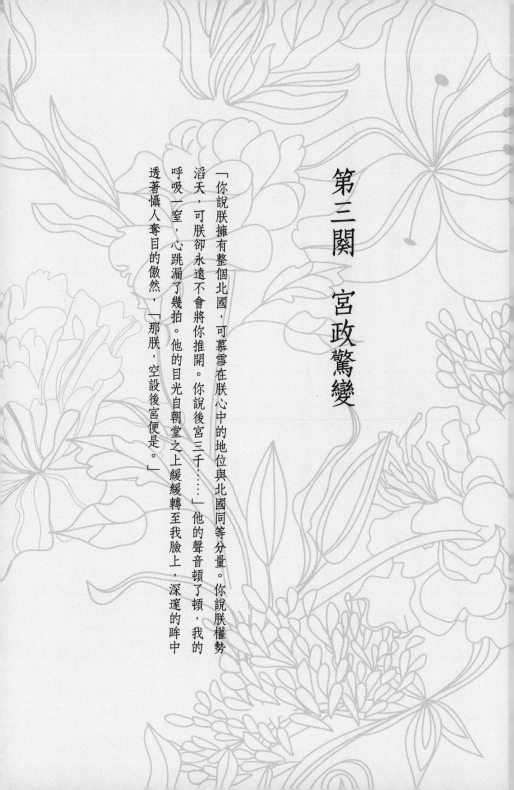

第一章　回首憶・花落去

四個月後。

雨夢佳期，秋雨淅瀝，廊長響榭。

站在朱檐之下，望萬線銀絲飄過，小院騰起幻渺如霧的水氣，紛飛傾灑在臉頰。小小水氣凝聚成水滴，沿著我的臉頰滑落頸項，沁涼之感油然而生。我伸出雙手接著雨水，清涼雨滴將我雙手洗滌，濕了衣袂，泥土飛濺至裙角，污了一片。

曾幾何時，也是這樣一個雷雨天，一名男子淡然站在原地看著我，玩味地說：「看來，你真是愛上我了。」

曾幾何時，也是這樣一個雷雨天，一名男子將我按在他胸膛上，緊緊擁著我說：「未央，這次是真的不會放你離去了。」

曾幾何時，也是這樣一個雷雨天，一名男子在客棧的灶房中，強忍著心中疼痛對我說：「其實與你有緣分的人是皇上。」

曾幾何時，也是這樣一個雷雨天，一名男子頂著漫天大雨，將一張紙條遞至我手心說：「舊時王謝堂前燕，飛入尋常百姓家。」

……

思緒漸漸飄忽，心情千迴百轉，心頭的痛已越過極限，沒了知覺，只能如此怔怔地站著，想著那些只屬於我和他的回憶。那份回憶早就將我的痛淹沒，我不悲傷。因爲我是幸福的，那個男人用自己性命證明了他對我的愛，而且還對我說，他從來沒有後悔過。此生能得此情，不枉我在人間走一遭。

可爲何他在臨終前竟要對我說：「來世寧願你我不相識，這樣便能不傷痛。」

我知道，你累了，正如我一樣，每日要受世俗倫常的指摘煎熬。

兄妹相戀，世人唾棄，眾生鄙夷。

我們雖不悔，卻都累了。

忽聞一陣輕如風的腳步聲正朝我走近，白影飄然晃過，已與我併肩而立。

收回視線，我驀然側首凝望那張有如天工斧鑿的側臉，依舊淡雅如風，目光朝濛濛大雨後方更遠更深之處望去。無人看得透他在想些什麼。

四個月前，王廷受令誅殺我與大哥，可他沒有殺我，只是將我送回了鳶王府，也因此事，王廷被朝廷革職。對於他的手下留情，我沒有半分感激，我永遠記得他下令放箭的那一刻，密密麻麻的箭雨射穿了大哥身軀。殷紅鮮血染紅了我的視線，霎時，我的世界彷彿只剩下紅色。

而後我便周全地待在鳶王府，坐觀旭日東升，臥看夕陽西下，夜宣也未再派人來殺我。如此安然地於鳶王府待下，卻未再見過夜鳶一面。此刻他乍然到來，我冷眼而觀，可他卻不說話。

「是不是你？」我很平靜地問他。

「你認爲是我？」他不答反問。

「突然放我自由，引轅羲九追出去，後稟報你的父王，以此邀功。」我的聲音依舊毫無起伏。

「你是這樣看我的？」他收回虛幻迷離的視線，側首對上我的眸，探向我眼底最深處。

「那我該如何看你？」我的聲音越發冷淡如霜，他的神色也依舊如常，未有太多情緒。瞬間，一道閃電劃破烏雲翻滾的蒼穹，如斧劈過。突見他的嘴角泛起若有若無的淡笑，風雅依舊，卻藏著一絲我看不透的深意，似喜非喜，似痛非痛。

「知道這四個月我為何沒來看你一眼？」他後退一步，目光再度投向紛飛亂雨，負手而立，不著痕跡地將話題轉移。「轅義九的死，我知道你一時間難以接受，所以給了你四個月讓你好好理清自己的心緒。如今四個月已過，放得下的、放不下的都該放下了。」

「放下？你道是放下什麼那般容易？你夜鳶向來耽於酒池肉林，身邊美女如雲，視如敝屣。三名聖女都讓你玩弄於手心，最終落得沉江祭祖，而你卻未有絲毫愧疚，這樣的你，有何資格談情論愛？你可懂愛？既然不懂何為愛情，就別對我說放下。你沒有資格！」我的音調微微起伏，只因討厭看到夜鳶那副對任何事都漠不關己，將任何事都說得如此輕鬆的樣子。

「對，我是沒有資格談愛。」突然，他的聲音湧出惱怒，紅瞳如火。「但我不允你繼續消沉下去。給你兩條路，一條，即刻離開鳶王府，出去自生自滅；另一條，留在鳶王府，我照顧你一輩子。」

——照．顧．你．一．輩．子。

這幾個字是從夜鳶口中迸出，我卻難掩可笑之感，「一輩子」竟能如此輕易說出口嗎？夜鳶果然是個不懂情愛的男人，若是大哥，他絕不會輕易承諾一輩子，因為這三個字代表一生的承諾。

「我要選擇第三條。」我邁出步伐，走出了長廊。頃刻間，漫天大雨將我的衣衫打濕，無情風雨撲上我身，雨水浸入了我的眼、口、耳，零落的髮絲沾在耳際，我想此刻的自己定是狼狽不堪吧。

夜鳶站在原地，沒有阻止我。讓雨水侵襲的眼眸早已看不清他眼中神色，我想八成是嘲諷罷，嘲諷如此懦弱的我。

我閉上眼睛，腦海中閃現記憶裡殘破不堪的畫面，可拼湊起來卻是那樣刻骨銘心，永世不忘。「第三條路，帶我進宮見你的父王。」

「進宮？」他的聲音夾雜著雨聲而來，我指了指臉上的雨水，卻又有無數雨水打在臉上如何也抹不去。

我頷了頷首，今日將會是我最後一次在雨中放縱。「夜鳶，我能幫你，你信我嗎？」

「我信。」他朝我點點頭。

聽到他的答案，我的笑容漸漸斂去，緩緩由懷中取出那張早已被雨水浸透、連字都看不清的休書，我捏著它在風雨中搖了搖，「從今日起，未央依舊是大王子夜鳶的鳶王妃。」手一鬆，休書飄揚在地，無情地躺在潰爛泥土之中，最終被泥水淹沒。

夜鳶不說話，依舊靜靜佇立廊前凝視著我。我張開雙臂迎向傾盆大雨，放聲道：「明日我便進宮見大王，重新做回那個冷情冷心的未央，今日且再任我放縱一次罷，一次就好。夜鳶，你知道麼，我剛出生時，有個僧人說我是妖孽，乃妲己轉世，會剋父、剋母、剋兄。所以我叫慕雪，終身沐浴著血光之災。果然，七歲那年母親去了，十四歲那年父親死了，四個月前大哥也走了……已經由不得我不相信那僧人說的話了，原來我真是妖孽呢，凡是我的親人皆會一個個離去。」在雨中，我笑著望向夜鳶，娓娓道出心中那股悲哀。而他的目光卻閃過詫異，一雙妖異紅瞳定定盯著我的眸子，彷彿撞見了不可思議之事。

我依舊笑得放肆，笑得狂傲，「今日是轅慕雪活著的最後一日，明日，轅慕雪將隨轅羲九死去。這個世上只剩下未央。」

疾雨飛瀉，驚雷乍起，雨勢驟急，疾風吹得院內梧桐沙沙作響。

從那日起，一場撼動北國的宮政驚變漸漸拉開了帷幕。

北國史稱——九門宮變。

北華殿早於我吐出「李芙英」三個字那一刻，大王便將殿前所有奴才摒去，包括漣漪大妃在內。她離開之時，目光中含藏著無比疑惑及敵意，足見漣漪大妃根本不知李芙英這號人物的存在。

輝煌寧寂的大殿唯有衣角與金鑽地面的窸窣摩挲聲，大王用迷茫的目光凝視著我，卻始終不發一語。我率先開了口：「大王，不知您可有興趣聽我說個故事？」

他的目光隱隱泛起清幽之色，心中似乎了然我將對他講述的故事，卻依舊頷首應允。得到他的許可，我腦海中的記憶開始閃出長久以來深銘於心的祕密，那個只有轅家人才知道的祕密，有關我的母親，李芙英。

「二十五年前，北國太子奉皇命來到南國與皇甫承商議兩國建立邦盟之事，卻在途經一處小村莊時遭遇黑衣殺手襲擊，幸得一名善心女子相救才得逃脫一劫。太子在女子的悉心照料下，養傷五日便已痊癒，可他卻捨不得走，只因多日相處之下他已愛上了那名女子。可女子早於一年前嫁為人婦，其夫君半年前進帝都趕考未歸，故堅決拒絕了太子的心意。可這北國太子向來心高氣傲，從來沒有女人拒絕過他，於是他強行姦污了那名女子。

「事後，太子要帶她回北國給她一個名分，卻仍遭到拒絕，只因女子的心始終繫於其夫君身上，未曾變過。無奈之下，太子忍痛離開她，回到了北國。興許這段記憶只是太子生命中的一段小插曲，或可或無，卻鑄就了四個人的一生悲劇。

「兩個月後，女子發現自己竟有了身孕，她想過自盡，可終捨不得腹中的孩子，只因孩子是無辜的。就在幾天之後，她的夫君回來了，高中榜眼，抬著大紅花轎要接自己的妻子去帝都享福，卻訝然得知妻子有了身孕。在此女子百般解釋與哭訴之下，她的夫君才漸漸平息下怒火，可心中卻自此藏了一個結，一個永遠的結，沒有人能解開。

「後來，他們夫妻一同進入帝都居住，相較於以往的恩愛，他對妻子明顯冷淡了許多。夫妻二人雖然舉案齊眉，究竟意難平，便在四年後的一次爭吵之中徹底將多年來的隱忍及怨氣全數發洩。他罵她是不貞潔的女人，說自己太窩囊，幫別人養著孽種整整四年。就在那一刻，夫妻倆的感情破滅，結髮之恩蕩然無存。

「三個月後，夫君貶她為妾，迎娶了張大學士的千金為妻。其後，女子日日夜夜都要受這正妻的刁難與冷眼，每日都得幹些下人活，而夫君卻置若罔聞，冷眼旁觀。後來，女子與他有了一個屬於他們的親生女兒，可這卻沒能為他帶來喜悅，他反倒喊自己的女兒為賤人、野種。」

我雲淡風輕地簡短說完一個漫長的故事，只見夜宣眼底閃過自責，流露出心痛。他上前幾步問我：「眼下，那名女子呢？」

「死了，被她的丈夫拿雞毛撣子打死了。」我緩緩說出，卻見他臉色大變，吼道：「那個畜牲，朕要宰了他！」

「不勞大王費心，他已羞愧自盡了。」看著他義憤填膺的表情，我打心底感到可笑，畜牲？這兩個詞用在你夜宣身上似乎更為妥切吧。

他的面色頃刻間有些僵硬，原本略顯蒼白的臉變得更無血色，眼瞳呆然恍惚了許久，終於意會到什麼，便猛攥著我的肩道：「你怎會知曉這麼多！」

「這一切我本不知，是那年深夜大哥聲聲質問母親時，我躲在外頭偷聽得一清二楚。大王您還不知道麼，我的名字叫轅慕雪，是李芙英與轅天宗的親生女兒。」

「你的大哥……人在哪兒？」他顫聲問著我，眼底閃著期待，可我卻用最平靜的語調扼殺了他的期待。

「我的大哥，大王的親生兒子，就在四個月前被您親自下令誅殺。」看著他的臉色一點一點慘變，我的笑意卻越發加深，殘忍地吐出那傷我最深的四個字：「萬箭穿心！」

夜宣雙肩頓時垮下，無力地向後退了一步，似乎不能接受這青天霹靂的事實。他猛然仰頭冷道：「未央，你這小女子心機果然深沉，竟隨意拿一個死去之人說是朕的親生兒子，你覺得朕會相信你的一派胡言？」

「您說得極是，像大王您這等卑鄙無恥強行占有他人之妻的人，怎可能承認自己犯下罪行？遑論要您承認您是連親生兒子都能下手的狠毒之人……你毀了我的母親，毀了我的大哥，毀了我的父親，更毀了我。是你，一切都是你的錯，你午夜夢迴之時難道不曾被噩夢驚醒？你乃堂堂九五之尊北國大王，竟做出此等齷齪之事，你配當北國的王嗎？」說到激動處，我大膽地走上前去扯住夜宣的龍袍前襟，瘋狂地道：「你賠我的母親，賠我的大哥，還我的家……我要你賠……」那一瞬間，我成了個毫無理智的瘋子，可我並未掉下半滴淚，只不斷瘋狂地指控著他。

直到夜宣用力甩開早已失去理智的我，朝外頭的侍衛怒嚷道：「來人，把這個女人押入天牢，給朕押入天牢！」

他很激動，聲聲充斥冰冷而華麗的大殿上，興許只有如此才能掩飾他心中的恐慌，才能由此掩蓋他多年前犯下的罪行。

朱紅大門被人用力推開，一道強光直射雙眼，我猛地閉目，再次睜開，雙臂已被兩名侍衛箝住拖出了北華殿。我沒有掙扎，任由他們拽著我的身子，猛然看見一直守候在門外的夜鳶，他滿眼透出疑惑。

此時的我全然沒了在大殿中瘋狂的模樣，對上夜鳶的眼瞳，我笑了。

而他的目光卻因我的笑意更顯疑惑，複雜的情緒油然可見，也隱約猜出了什麼。

「等我。」我低低對他說了聲便被侍衛押著離開了，背後一直有道視線直勾勾地追隨於我。踏著雨水未消退的地面，我不禁笑了出聲，卻是如許悲哀。

聞我突然發笑，押著我的侍衛像瞧怪物般望著我。我沒多加理會他們異樣的目光，依舊兀自狂笑著。

突然，我看見一道熟悉的身影迎面而來，他也瞧見了我，行走步伐放慢了許多。

「參見二王子殿下。」兩名侍衛一見他便恭敬地行禮。

「她？」夜翎納悶地看我，我也看著他。

放出來了嗎？一年了，終於還是被放出來了。他的面色雖不若當時蒼白，但目光卻有明顯倦意，眉宇間的狂傲不羈早不復在。我眼前的這個男人，就像一頭被去了爪子的狼。

侍衛答：「她在殿前冒犯大王，引得大王盛怒，故而命奴才將其押入天牢。」

夜翎不語，只淡淡掃了我一眼，侍衛又道：「二王子若無其他吩咐，奴才便先行押她入天牢了。」

他揮了揮手，示意他們可以離去，目光一轉，終未再看我一眼。

或許，他仍怪責我當初對他的利用吧，但夜綰推我入水之事已抵銷了我們之間的恩怨，再也兩不相欠。

或許未來的日子，我與他會成爲對手吧。

但我不在乎。

被關入天牢三日後，莫攸然來看我了，他是奉漣漪大妃之命來見我，詢問我李芙英究竟是何人。我困倦地坐在稻草上，背倚靠著鐵欄，笑著凝望依舊一襲青衣的莫攸然，身側仍佩掛著那枝笛子，滿眼的憂傷。

「李芙英是我母親。」

說完後見他微微一怔，代以滿眼的疑惑，「你母親與大王有何干係？」

「這你毋須知道。」我雙手抱膝，輕微的回音在陰暗天牢中顯得有些清冷。

「我亦無打算問個所以然。」莫攸然笑著半蹲在天牢前，隔著鐵欄與我平視。「聽說你在大王面前毫無分寸地大鬧，這哪兒像我認識的未央。」

聞言我輕嘆一聲，「不愧是莫攸然，還是你瞭解我。」

他不置可否，繼續道：「卻不知大王子竟會如此相信你，要我們別管你的任何作爲。」

突然間，我倏地想起夜鳶曾對我說的那句「因爲我們是同一類人」，便猛然脫口道：「因爲我與他是同一類人。」

他玩味地勾勾嘴角，「竟與殿下的答案分毫不差。」

「莫攸然，我一直存有個疑問，是關於楚寰，他的身上似乎藏著太多太多謎團。你可有興趣爲我解開這些謎團？」

「喔？姐夫我怎麼不知道未央你對楚寰的興趣如此之大？」

看出他對楚寰之事的迴避，我也不再追問，只道：「不願說，我自有辦法查到。」

這才發現，此刻與他說起話來竟是如此輕鬆，興許摒去了仇恨真能與他做朋友。

「你可知道夜翎已被放出來了？」他也不與我繼續閒扯，反倒談起那個被漠視了一年的人。

「爲何被放？」

「大王以夜翎是嫡長子的身分爲由下令釋放，我以爲大王子會想盡辦法阻止，可他卻不動聲色，任由二王子重新回宮。莫非是認爲他再也不帶威脅，故而……」

「不會，夜鳶他不會放過任何可能威脅他的東西，他定然是察覺了什麼，所以才不動聲色。」我立刻否決莫攸然的想法。

只見他優雅起身，以傷美的眸子俯視著我，「看來，最瞭解殿下的人是你。」

「他可是我的夫君大人。」我特意加重了夫君大人四字。

他莞爾一笑，「好了，此處我也不便多留，你多保重罷，希望你不要讓我們失望。」

丟下淡淡一句，便悄悄走出那條漆黑的過道，只聞腳步聲越來越遠，直到聲音消逝，整座天牢又陷入一片陰森冷寂。

不出五日，一道聖旨降下，讓我出了天牢並送我回鳶王府。舉朝不解，甚至有一批以漣漪大妃爲首的重臣上書大王，請求對我殺無赦，可大王卻一一駁回。而夜鳶近來也對朝中之事顯得漠不關心，時常不去早朝，反倒留在府中陪我對弈品茗。在外人眼裡，我這個鳶王妃與大王子夫妻恩愛，鶼鰈情深。

而我早在回府那一日便移出小院，入住主屋，與夜鳶同起同臥。王府上下對我的態度丕變，更不敢有絲毫怠慢。

時近立冬，屋中的珠簾讓北風吹得叮噹作響，寒氣直逼衣襟，我立刻將前後四扇微敞的窗關上。回首見夜鳶慵懶地靠在鋪滿狐皮的臥椅上，手捧著一本《孫子兵法》看得仔細認眞。近來他日日挑燈夜讀，很晚才就寢。眼看案旁燭火即將燃盡，我忙換上一支，金光閃耀得滿屋輝煌，案上擺放的燕窩蓮子湯早已涼去，他一口也未動。我隱約察覺有什麼大事要發生，他未跟我細說，我也沒有多問。只是每日陪他在房裡烘著暖爐，偶爾淡扯幾句，就是絕口不提朝中之事。

興許是在等待罷，等一個時機到來。

我端起案前的燕窩蓮子湯，清了清喉嚨，「起來喝了燕窩蓮子湯罷，你每夜必喝的，再不喝要涼了。」

他順手翻過一頁，然後抬頭睇眼望著我，燭光映照在他的側臉，熠熠生光，眸紅如鑽，更顯魅惑。

終於，他放下手中的《孫子兵法》，接過我端來那碗早已涼透了的燕窩蓮子湯，微微蹙眉道：「怎麼做人妻子的，都涼了。」

我輕笑，「早在案上擱著呢，你自個兒不喝。」

他也沒多言，湯勺在裡邊攪了攪，一口氣喝下肚，隨手將碗一擱，「自你被放出天牢，這兩個月來，父王三次遣奴才來傳你入宮，而你屢次拒絕，父王竟也沒怪罪。」

「愧疚吧。」

「愧疚？」他劍眉一挑，也不追問，只道：「你打算一直拒絕下去？」

「任何事都要拿捏得當，若不當，功虧一簣。一個帝王的愧疚之心能延續很久，但去得也快。依你對大王的瞭解，他的愧疚還能延續多長時間呢？」

「那就要看他愧疚的是什麼事了。」

看他拐著彎套我的話，我不禁失笑，也罷，這事早該告訴他了。於是我拉過一方圓凳坐在他面前，「對自己的救命恩人施暴，害其家無寧日，還失手誅殺了自己的親生兒子。」

夜鳶臉色微變，顯然意識到什麼，冷聲說道：「這救命恩人是你母親，親生兒子是轅羲九。」其語氣森冷無比。

「大王子果然聰明，一點便通。」

他的目光漸漸閃過一抹傷痛，也不知爲誰而傷。

「父王生性自負，骨子裡卻是軟弱，瞻前顧後不夠果斷。他貴爲一國之王，做出此等齷齪之事必爲心中永遠的隱痛。尙未來得及彌補自己所犯下的過錯，卻又誅殺了自己的親生兒子，他必將悔恨不已。」很快，他便平復了眼底的傷，沉穩地理清此事，「你的母親他不愛，若愛，早早便會去尋。而那個親生兒子，亦素未謀面，眞假難辨。他的愧疚至多再延續一個月。」

「好，那就一個月後進宮見大王。」我的話音方落，便聞外邊傳來紫衣與冰凌的低呼：「下雪啦！」

聽及此，我忙推開窗，看黑夜中密密麻麻飄灑著淨白的雪花，屋內燭光映照著外邊薄薄的霜雪，似染上了一層金黃。

「未到臘月，北國已降雪，若在南國怕還是暖陽高照吧。」伸手接了幾片雪花，很快便融化於手心。去年，也是此時，那個無情的帝王在未央宮對我說起年幼之事，那一刻他千年冰凍的臉上浮現了一層暖暖的笑意，煞是好看。

夜鳶攏了攏覆蓋在身的貂裘，翻身而下，越過暖爐，與我併肩站在窗前賞雪。看著他身上裹著的貂裘，我認眞道：「夜鳶，你是否一點也不懂憐香惜玉？」

「何出此言？」他頗有興趣地側首對上我的眼睛。

「你的妻子衣著單薄站在窗前，難道不該體貼地爲她披罩一件貂裘嗎？」我一派認眞地對他說著。

他眉目一閃，隨性地笑笑，「這樣就算是憐香惜玉嗎？明白了。」他頷了頷首，又問：「那你可當我是你的夫君？」

「一直都當你是夫君。」

他突然靠近我，身上散發著淡淡薰草香。我不自覺地後退，卻被他一手攬了回來，「既當我是你的夫君，何故怕我。」

緊貼在他溫暖的身軀之上，我不服氣地笑道：「誰怕你了。」

「眞的不怕？」他一寸寸地向我的唇靠近，暖暖的氣息噴灑在我臉上，我猛然閉上了眼睛。卻並非想像中的激吻，只是一陣輕微觸感若有若無地摩挲過我的唇，呼吸頓時有些急促。

一直摟著我腰間的手突然鬆開，重心不穩，後退兩步。同時我也睜開了眼簾，正對上一雙火紅眼瞳，裡頭含著慍怒，我不明所以。

「不喜歡就別勉強自己接受，我認識的未央可不是這樣的。」他的聲音似乎比窗外的寒風還要冷厲。

被他的話激怒，「難道你不想要我嗎？」說罷，我上前兩步，踮起腳便吻上他的唇。

看著他無動於衷接受我稚嫩青澀的吻，我不禁加重了幾分氣力，吻得唇有些疼痛，甚至於發麻，他仍舊是同一副表情，沒有任何回應。

正當我深覺沒趣欲退開之時，不料一雙強健的手臂猛然托起我的臀，我一聲驚呼，整個人已貼在他身上。

「讓我教你，什麼才是吻。」他濡濕火熱的舌溜進我的口中，輾轉吸吮。

我瞪大眼睛盯著他，呼吸早已被他的吻全數抽走，險些窒息。

想要推開他，可是，我不能。

這兩個月來，我一直與他同處一室，但是他睡的一直都是那張臥椅，從未碰我分毫。

他越是不碰我，我的心就越是不安，很怕，若是我對他沒有吸引力，一切計畫便無從著手。

當我開始回應他那熾熱如火的吻時，他再一次推開了我。

「連吻都不懂，還學人勾引男人。」他的目光很冷，看著我的眼神未見絲毫溫度。

我垂眸，微喘著氣，不語。

「以後不要再做這等傻事，你永遠是鳶王妃，這點沒人能改變。」

他丟下這句話，逕自拉開門扉離去。

看著那大敞未蔽的門扉，冷風呼嘯竄進，捲起了我的髮絲。

夜鳶，你究竟是個怎樣的人？

第二章　梅香縈・帳旖旎

一個月後，時近新年。

鳶王府喜氣洋洋，燈火通明，也就在今日，皇上再次遣人邀我與夜鳶一同進宮賞梅。這回我未再拒絕，於妝臺前好好打扮了一番。

碧紋金緞襖，內裡月白雪紗錦袍，身下繫一條豔紫紅繪紗湘裙。素綰飛鳳髻，幾縷青絲未挽而置於頸邊，隨風舞動。髻上斜插梅英采勝金簪，流蘇晃在鬢角如泉鳴細響。額上貼著一朵紫色月季花鈿，襯得面上濃妝更顯豔麗。

冰凌與紫衣無不對著鏡子露出驚豔表情，畢竟自來到鳶王府，我從未打扮得如此嫵媚妖豔。

當我準備妥切踏出門檻之時，一身銀白錦袍氣質高雅的夜鳶回首凝望我時愣了片刻，隨即將我額上貼著的月季花鈿取下。我才想抗議，卻見他將身上緊繫的銀狐貂裘解開，披罩在我身上，隨即繫好。

我的手撫摸過柔軟細滑的貂裘，上面還殘留著他的溫度與氣味，還沒回過神，我的手已被他挽入掌心，他朝管家道：「備車。」

我們併肩走過那條通往府門的大道，走道兩側飄聚著厚厚的積雪，近來時常降雪，下起雪來毫不停歇。北國的寒氣教我受不住，整日躲在屋內，要不窩在暖暖的被褥裡看夜鳶讀《孫子兵法》，要不就裹著貂裘坐於火爐旁看夜鳶對著棋盤獨弈。

他說：「我不是要與別人比，我要贏的人是自己。」

一陣猛烈北風颳過，我回過神，打了個哆嗦。

「還冷？」他握著我的手又用了幾分力，手心暖暖的溫度傳遞過來，我搖搖頭說：「不冷。」

後來他沒再說話，只是牽著我的手步出府門，扶我上了馬車。

那時的我並不知曉，王府中有多少雙羨慕妒忌的目光正看著我倆遠去，更不知道那時的我已經得到夜鳶全然的關愛。

我揭開馬車窗幔一角，望著車輪碾過街道上尚未清理的積雪，深深淺淺印下幾行輪印。再看看那逐漸闖入我眼中的王宮，隨著馬兒腳步越來越近。

終於要開始了，可是未央，你能堅持下去嗎？

可以的，我一定可以。

殿宇廣闊，巍峨連綿，北風呼嘯而至，一名公公奉命前來迎接我們至梅園賞花，說是滿園的人都在等著我們二人。

我與夜鳶的手始終交握著，興許在外人看來，我們眞的是一對璧人，可誰又知曉這不過是貌合神離。

果然，才至梅園便聽聞一陣嘻笑之聲，不時還夾雜嬌嗔。待走近，看見漣漪大妃那一刻我愣了愣，只見她額上貼著一朵金月季花鈿，顯得嫵媚嬌豔，高貴雅致。猛然想起紫衣曾向我提過，漣漪大妃酷愛月季，配飾、頭釵、衣衫、裙裳皆是月季圖案。因爲月季是花中之后，故而後宮三千，無人敢穿戴印有月季樣式的服飾。

恍然明白了什麼，抬頭望了一眼夜鳶，他的臉色依舊不變，領著我舉步上前拜見大王與眾妃。

漣漪大妃一聽我喊夜宣爲大王之時，雍容嬌顏頓時露出一抹清雅之笑，「未央爲鳶王妃已一年有餘，也算是大王的半個女兒了，還如此生疏地喊『大王』？」

季花鈿。

此番明顯的提醒令眾妃皆頷首附和，我的目光輕掃過大妃的額頭，金色月季於浮雲慘淡的梅園中依舊金光奪目。那時我在心中對自己說：總有一日，我會當著漣漪大妃的面，重新在額頭上貼回那朵被夜鳶取下的紫月季花鈿。

我輕輕福身，恭敬溫和地喚了聲：「父王。」

抬眸對上夜宣的眸子時，我看見他眼中複雜多變的目光，還有那隱隱閃耀的紅瞳。夜宣的紅瞳與夜翎、夜鳶的不一樣，唯有在情緒波動之際才會閃現，就像大哥的眼瞳。我這一生只見過一次，正是在五個月前，我中毒奄奄一息之時。剎那間紅瞳驚現，再也隱藏不住，也唯有在那時我才篤定明白，大哥是眞的愛我。

寒霜凝梅枝頭耀，梅蕊花瓣傾灑一地，幾陣寒風拂過，將殘瓣吹起。緋紅一片襯托眾妃，千嬌百媚，爭奇鬥豔，彷若人間仙子。夜鳶身爲大王子，理應首座，故領著我於右席桌案之首坐下，頓使我倆成了對面妃嬪們注視的焦點。過多的目光匯聚於我身上，也不知她們在打量些什麼，竟看得如此出神。

我佯作沒看見那一簇簇審視的目光，輕輕對夜鳶說了聲：「謝謝。」

夜鳶勾了勾嘴角，算是回應我的話罷，只見一雙邪魅的眸子似爲這冰天雪地又平添了幾分蕭索冷意。冬寒浸透微涼，無垠冷風直透人心，卻未減眾妃的熱情，她們修長的纖指輕撫著自己手腕的翡翠玉鐲，笑得嬌媚異常。華貴嬪臉色不冷不熱，端莊地坐在漣漪大妃的下首，不時將眼波投放在我與夜鳶身上，而她背後依舊站著那個終日陰鷙冷漠的楚寰。

華貴嬪下首處坐著一名玉骨冰肌的浣白紗袍少女，眸中含著清雅高傲的氣質，唇邊若有若無的淺笑動人心魄。那份美猶如天山上的冰蓮，令人只可遠觀而不敢褻玩。

「嫂嫂，這位可是本朝第四位華蓮聖女，想必此回大哥不敢再招惹了吧。」身旁傳來一女子話音，聽似玩笑話，卻暗藏著諷刺。

循聲而望，目光越過身旁的夜翎，見有位妙齡女子與他併肩而坐，手執一酒樽，正含笑凝望著我，似準備看我的笑話。

我亦執起案前的酒杯朝她微微一笑，「想必你是二弟妹翎王妃了，早早便聽聞弟妹你十三歲便以沖喜王妃身分嫁入翎王府，獨守空閨五年有餘。本以爲二弟身子奇蹟般康復後你總算得以享福，可惜好景不常，他又被幽禁一年，幸運的是數月之前二弟已被解禁，弟妹你終歸是熬出頭了。」

頓時，蘇翡翠一張笑臉僵在唇邊，緋紅的臉蛋隨之沉了下來。

原本談笑風生的妃嬪們似發現了我們妯娌間的濃濃火藥味，頗有興趣地停下閒聊，一雙雙看好戲的目光紛紛投射過來。

夜翎臉上悄然劃過一抹淡笑，卻也不說話，執杯飲下一口酒。北風拂過他垂肩的髮絲，明眸清澈如一泓冰凜冬水，滲出一絲若有若無的清光。

蘇翡翠忍無可忍地將酒樽重重放下，一股怒氣正欲脫口而出，只見漣漪大妃先道：「翡翠，你與翎兒何時能讓本宮抱上孫兒？」

蘇翡翠一臉怒氣頓時嚥了下去，面龐微紅，垂眸低聲道：「翡翠……」聲音硬是停了下來。

漣漪大妃淡淡地笑了笑，「翎兒是嫡長子，你們的孩子若出世便是嫡長孫，更是大王第一位孫子，你可知道這有何意義？」

「翡翠明白，翡翠會與二王子努力的。」此時的她一張臉已紅透，垂首羞怯得不敢直視他人。

華貴嬪也順勢朝我與夜鳶道：「自未央你回來後，與鳶兒的感情與日俱增，夫妻形影不離，而鳶兒以往風流本性也斂去不少，相信你們也會很快給大王添個孫子吧。」

「母妃說得是，兒臣與未央每日都在努力呢。」夜鳶毫不避諱地說，清雅的面容如許淡定。

頓時，眾妃抿嘴曖昧地笑了。

我低頭，佯作害羞，卻在案底狠狠踩了夜鳶一腳，他說謊也不思量後果！每日努力？這萬一肚皮一直沒動靜，謊言到時該不攻自破了。他要我如何圓謊？

夜鳶彷彿沒感覺到疼痛，神色平靜如玉，唇邊隱帶微笑。

突然覺得自己在眾人面前有此舉動不甚妥當，立刻收回腳，目光悄悄流轉於四周，幸無人發覺我與夜鳶之間的暗潮洶湧。才稍稍安心，卻對上夜翎那雙明銳紅瞳，全無初見時的隱隱病態，我不禁將眼神停留在他面上，卻依然是大病未癒的慵態。而他身邊的蘇翡翠見我正看著夜翎，頗有敵意地瞪了我一眼。

我悻悻地收回視線，卻聽聞始終沉默的大王開口喊了我的名字，我立刻應聲。

但見他蒼白的臉在北風呼嘯之下更顯慘然，卻在嘴邊凝著笑：「鳶兒對你可好？」

「回父王話，夫君待未央很好。」我的「夫君」二字引得眾妃竊竊私語。後來才知曉，在北國的皇室，即便是正妻亦不能稱呼王子為夫君，只能稱「殿下」或者「王子」，即若夫妻感情融洽恩愛，也只能私底下偷偷喊呼其為夫君。

大王先是微怔，隨即放聲大笑：「好個夫君！」他頓了片刻，似乎還在回味夫君二字，若有所思的目光投放得很深很長遠。「鳶兒，看來你是眞的定性了，有了未央你連朝政都不太過問了。難怪常聽奴才私下傳著你們夫妻恩愛融洽，似乎所言非虛。」

「兒臣得妻如此，別無他求。」夜鳶緊緊握起我的手，手心處傳來他穩健的心跳，那切實的溫度一波波傳入心頭。而此時他的表情也不同於以往那般淡漠而邪異，反倒認眞異常，聲音既輕且柔。

可我知道，我們都在演戲，演一場精采絕倫的戲。

「那就好，那就好。」大王不住頷首，口中喃喃念著。

白霧茫茫，梅花在霜雪中依舊含苞怒放。風一陣陣拂來，吹得裘袍獵獵，涼意襲人。

「暗香浮動疏影斜，風遞幽香素豔來。香蕊初含雪，她在林中笑。」大王的目光清遠而幽深，似有傷痛。直到最後那句：「你的母親，她也愛梅。」引得眾妃譁然，隨即鴉雀無聲，各懷心思。

大王揮了揮蟠龍錦袍衣袖，宣告賞梅宴結束，臨去前他喊走了夜鳶單獨隨行其後。

看著逐漸散去的妃嬪，我站在林中等待夜鳶回來，黃昏將至，天色漸晚。我將雙手窩在兔棉袖中，襟領上的銀狐毛隨風拂上我的臉，酥酥癢癢。

月色隱隱籠在雲後，一片淡淡暗寂。

久候夜鳶不至，我的思緒也漸漸有些飄忽。卻見一道人影一晃，已擋在了我面前，還未看清來人，只覺胳膊讓一雙手帶入深深的梅林間。我沒有掙扎，因爲我早就感覺到他的氣息，是夜翎。

他領著我來到一棵開著濃密繁花的桃樹下才停住腳步，紛紛揚揚的花瓣拍打在我們身上。他眉宇間帶著幾分閒淡不羈，我隱約又在他身上尋到，最初在倚翠樓，那個狂妄朝著我說「難道做了娼妓還要立貞節牌坊」的成禹。

「夜翎，我是你的大嫂，切莫放肆。」他的手依舊未鬆開，仍停留在我胳膊之上，我冷聲提醒道。

「大嫂？」他嗤鼻一笑，笑聲迴蕩在梅林深處，繼而縹緲至更深更遠處，「雖然你與夜鳶在父王面前作足了戲，但卻騙不了我。」

「我不懂你在說什麼。」我佯作不懂地看著他。

「不懂？方才夜鳶說起與你日日努力要生個孩子時，你爲何偷偷踩了他一腳？」他彷若看好戲般上下打量著我，不時露出幾抹意料之中的笑意。

這會兒，換我不可思議地打量眼前狂妄自負如昔、霸氣十足的夜翎，這個夜翎與那個滿臉倦容、體虛病弱的夜翎判若兩人。

我卻不動聲色地看著夜翎，上前一步，仰頭對上他那雙深邃熠熠的瞳子道：「二王子你是在吃醋？」

我霍然的轉變使他一愣，忽而一笑，將我整個人拉向他，低頭俯視著我，彷彿要看進我的心裡去。

他的臉離我甚近，暖暖的呼吸拂在我早已被風吹涼的臉頰，似乎很久沒與他這般近身接觸了，陌生之感油然而生。

「是呀，我吃醋了。」他的聲音依舊如常，也不知他說的到底是眞是假。

但這一切全不重要，我的手悄悄環上了他的腰，踮起腳吻上他微微上揚的唇。感覺到他的身軀先是一僵，

隨即化被動爲主動，火熱的唇舌與我交纏。當他的手漸漸撫上我的脊背之時，我卻在此刻猛然推開。毫無防備

的他，竟被我推出了數步。

我笑著看夜翎，「你還是輸了。」

他並未因我的捉弄而憤怒，只是站在原地，用深沉的目光看著我。

我隨手攀折一枝梅握在手心，未再看夜翎一眼，轉身欲離開梅林。

而他也沒追上來，冷凜的北風依舊侵襲著我的全身，我的面龐已是一片冰寒。

是我小瞧夜翎了，原來會演戲的不只我和夜鳶，還有夜翎。

未走幾步，看見不遠處背對著我而孤立的夜鳶，如墨髮絲垂於雪白衣袍上舞動著。

「夜鳶。」我舉步迎了上去，他亦回首看著逐漸走近的我。

在梅林間，他的眼瞳很傷然，恍惚間彷彿與大哥的眸子重疊，我的步伐猛然一僵，心底百感交集。

「未央，回家了。」他的聲音很低，卻悠遠而綿長，與冬風一齊輕柔地吹進我耳中。

我立刻邁出步伐，奔向遠處那道白色身影，由於跑得太快太急，幾個踉蹌，險些摔倒。他見我跌跌撞撞

的，亦不禁邁開步伐朝我走來。
還沒站穩腳步，我便用力撲進他懷中，緊緊摟著他的腰，生怕一鬆手他就會離我而去。我呢喃著喊道：「別走……不要離開我……」
他的手亦將我緊緊環住，輕聲說：「我在這裡，哪兒也不去。」
依戀地靠在他懷中，我哽咽了，酸楚湧上眼眶，動情地低喚：「大哥……」
突然，身上另一副身軀的溫度逐漸消失，最後遁去。
我恍然抬頭，對上夜鳶那雙冰寒刺骨的眼瞳，冷淡而犀利，寒意頓時由腳心直衝全身。

回府的路上，我倆相對無言地坐於馬車裡，氣氛安靜得難掩尷尬。
聽馬蹄踢踏聲在黑寂的小巷中清晰異常，聲聲敲進了我的心底，不免有些煩悶。
夜鳶靜靜地坐著，眸子異常陰暗，儼雅如神，由窗幔偷偷溜進的冬風吹得他一身銀白長袍微動。
我十指輕輕扣著，低聲喊了句：「夜鳶，我……」
話還未脫出口便聽聞一陣急促馬蹄聲匆匆奔來，有人大喊著：「殿下慢走……殿下慢走……」
馬車倏然停住，我的身子向前微傾，忙扶著車窗才穩住身子，卻見窗幔被夜鳶揭開，他輕然地下了馬車。
隔著一層簾，我隱約聽見兩個聲音正交談著。
「殿下，出大事了，大王遇刺！」
「遇刺？父王怎麼樣了？」
「胸口受了一劍，情況似乎不大妙。」
「刺客是何人？」

「回殿下，約莫有十人，個個是絕頂高手，四人當場遭擊斃，三人被捕，餘者不知所蹤。」

突然間，四周安靜下來，那一刻我彷彿聽見了自己的心跳聲。

一個刻意壓低的聲音斷斷續續傳來，「殿下，現下大王……是個好時機……不妨……」

「現下時機未到。」夜鳶冷聲打斷，似乎早就胸有成竹。「張虎，你隨我進宮，魯風你送王妃回府。」他簡短吩咐了一句，便乘馬離去。

周圍又陷入一片寧靜，我的呼吸隱隱有些急促，心口彷彿被什麼生生堵上，恣意蔓延的期待擴散著。大王遇刺，這確乃大好時機，王宮中共有九門，夜鳶的兵力足以控制四門，另外三門由保王派控制，最後兩門並不足爲懼。

可是夜鳶卻說時機未到，莫非他怕自身兵力並不能抵禦五門？或者有其他思量？

漸漸拉回思緒，才發覺馬車已然到了鳶王府外，我跳下馬車，寒氣直逼我的臉頰，腦袋頓感暈眩。

管家卻早早守在了門外，一見我回府立刻迎上來問道：「王妃，殿下還未歸？」

見他神色如此慌張，我不禁疑惑，道：「宮中進了刺客，殿下急著回宮去了，管家何事如此慌張？」

他爲難地站在原地，也不答話，似在思量這事該不該跟我說。

「怎麼？連我也不能說嗎？」我鳳目微挑，聲音透出明顯質問，管家原本弓著的身子彎得更低了。

隨後他悄悄附在我耳邊，輕道：「府裡來了幾個受傷的黑衣人，說是要見殿下……方才又聽聞宮中進了刺客，奴才拿不定主意……」

我一驚，「他們人呢？」

「奴才知道事情嚴重，先讓他們在府裡密室候著。」

「帶我去看看。」

一路上，步履甚急促，穿過了重重冗廊，只覺越往後走便越發暗，枯樹沙沙之聲令人有些恐懼黯然。終於，管家在一處早已廢舊的屋前停下，請我進去。

屋內漆黑一片，唯有天際那淡黃溶月映得滿地塵霜，我輕輕移動著步伐，腳步聲迴蕩在殘破屋內。管家於一處結滿蛛網的古畫前停住，輕微移開，一束強光隨即迸射出來。我伸手擋了擋眼前的光芒，待緩和後才走入密室之中。

還沒站穩腳步，有道身影如風般閃至我面前，一個耳光猛地揮了下來。一時間沒來得及反應，只覺一陣疼痛在我右頰蔓延著，火辣辣的疼痛。

「放肆！」管家怒喝一聲，險些被打昏的我這才回過神看清眼前的人是緋衣。她一身夜行衣，右手有傷，殷紅鮮血已浸透了她的衣裳。而她背後的嵐立刻上前將緋衣扯了過去，冷冷道：「你做什麼！」嵐比上次見時長高了許多，快十二歲了罷，個頭已與我差不多高，全然一副大男孩模樣。

緋衣看著我，倏地流下了幾行清淚，我沒想到一向冰冷妖豔的緋衣也會有柔弱哭泣的時刻。原本想回賞她一耳光的衝動漸漸壓下，冷冷凝視著她，待她後語。

「樓主爲了你拋棄一切，甚至於自己的性命。而你苟且偷生，還做了鳶王妃！眞不明白，樓主怎會愛上你這樣的女人。」緋衣的聲音很是激動，淚水也因情緒翻騰落得更猛。

聽她再次說起大哥，我的心驀然沉入谷底，冷冷看著她淚落如珠，笑道：「緋衣你是風白羽的什麼人？」

「什麼？」哭得正傷心的她一怔，凝淚望著我。

我越過她，悠然坐於密室的小石凳之上，冷聲道：「你不過是風白羽的屬下，沒有資格指摘我。而我們兩人的私事也不是你這個外人可以妄加評論。」

緋衣張了張口，看著我，彷彿不敢置信眼前的我就是樓主愛到連生命都付出的人。良久，她幽幽道：「未央，你的愛情也不過如此，也罷……」口氣不像指摘，倒像是自嘲。

看著她一臉傷痛，我未再發一語，只是靜靜地坐著。

而嵐卻於此時開口：「我們已無處可藏，只能來鳶王府，畢竟樓主與他曾有過協議……我希望你能求他收留我們幾日，待我們的傷勢好了，定立刻離開，絕對不會牽累你們。」

「眼下，你們已經連累鳶王府了。」對上嵐那雙依舊清澈的目光，我的口氣很是冰冷。

嵐猛然跪在我面前，目光堅定異常，「姐姐被夜宣那個狗皇帝給捉住了……念在與白樓相交一場，求你收留我們幾日，只要幾日就好。」

「落……被抓了？」我隨即出聲問道，卻見嵐點頭。

暗自思忖片刻，一個計畫悄然在心中成形，自石凳上起身，「管家，備些糧食和水給他們，對了，還有金瘡藥。」

「王妃，這不好吧？還是等殿下回來……」管家畏首畏尾地提醒著我。

「殿下那邊我自有交代，你且按我說的去做便是。」

帶著異樣的情緒我回到了主臥房，久候夜鳶未歸，我乾脆褪了衣衫窩進被窩裡等他歸來。想來大王被刺，宮中定然大亂，一時也難以回府吧。

隔著羅幃紗帳，案上燭火因窗未關上而晃晃悠悠，忽明忽暗。我蜷縮著身子，凝望窗外一輪明月懸空而掛，疏星幾點點綴冬夜的黑暗，似一幅冬夜圖，簡單安逸又淒婉。我輕輕吐氣，將面前紗帳吹開，飄揚片刻即趨於平靜，我又吹了口氣，紗帳飛舞半晌又娓娓飄落。興許是太過無聊，我反反覆覆不厭其煩地吹著紗帳。

想起緋衣那一耳光，疼痛至今仍殘留臉頰之上。而心中若有若無的悵然，在迷茫無助中暗藏孤獨。

大哥……

我悄然閉上眼睛，腦海一片空白，想要抓住什麼，卻又什麼都抓不住。

朱檐丹壁白玉雕欄的府邸，一群嬉戲的孩子在碧綠草坪上追逐歡笑。在那華彩溢美的天地間，唯獨我一人孤立遠處看著他們嬉鬧，我像個多餘之人，不該存於這世上。看他們臉上漾起笑容，羨煞了我，我多想與他們一起追逐玩樂，可每次他們總是推開我，說：「娘親不讓我和你玩，說你是妖孽轉世。」

倏地，絢爛的瓊宇仙境轟然陷入一片黑暗之中，一切皆變得黯淡無光，呼嘯的冷風呼呼如刀颳過耳畔。我嚇得捂起耳朵，不敢睜開眼睛。突然，一個溫暖的懷抱將我擁入懷中，一個溫柔的聲音對我說：「不要怕，我會一直保護你，不讓任何人傷害你。」

我這才敢睜開眼睛，看見大哥一身風雅白衣將我緊緊摟在懷中，我正想回抱他，卻撲了個空。迷茫地看著大哥一步步遠去的身影，我立刻去追，可怎麼也趕不上，只能大喊：「大哥、大哥……」可他一直不理會我，依舊無情地前行。

頓時我來到一處萬丈深淵前，浮雲陣陣縹緲，而我的視線卻早沒了大哥的身影。噙著淚，無力地跌坐在深不見底的懸崖邊上，無依無靠之感從心底一絲絲滲透出來，沒有歸屬感，也沒有安全感，迷茫與恐慌交織成最大的夢魘。

剎那間一片烽煙起於面前，刀光劍影連天而下，有個白衣男子筆直地站於一丈之外，朝我伸出了手，是大哥……是大哥……

我瘋狂地朝他跑了去，可密密麻麻的箭雨卻從天而降，那是——萬箭穿心。

陌生的暗潮，層層的絕望，如影隨形地縈繞上心頭。撕心裂肺的疼痛滾滾侵襲而來，我想喊出聲，卻一個字也無法脫口，只能掙扎著。越掙扎，心就越痛，像一根無形毒針狠狠刺著我的心。

終於，淚水潸然而落，冰涼的液體沾濕了臉頰。

我猛然驚醒，卻對上一雙赤紅瀲灩的眸子，驚恐絕望的我映在他的瞳中，如此清晰。想也沒想，我撲入他懷中，雙手緊緊勾住他的頸項，哽咽道：「你終於回來了。」

他不說話，只靜靜地環著我，輕輕撫著我的脊背，欲撫去我紊亂的情緒。

我將下顎抵在他肩上，緊緊環著他，就怕他會推開我。清淚一滴滴滑落，滴在手背上，久久沉浸於方才的夢魘之中不得而出。

「夜鳶，我以後再也不惹你生氣了，你別走……」這一次，我沒有再叫錯名字，我清清楚楚知道，我抱著的這個人，是夜鳶。

他溫實的手掌拂過我額後的髮絲，一聲嘆息油然逸出，冷淡語氣中帶著微微的無奈，「我沒有生你的氣。」輕輕將我推開一些，抬起衣袖擦去我臉上的淚水，這個動作，他以前似也做過一次。

他的目光清幽而明亮，燦若星辰，彷彿照亮了漫漫黑夜，卻藏著數不盡的疏離。他似乎一直都是如此，滿臉的清然冷漠讓人捉摸不定。

待抹盡我臉上淚水，他便讓我輕躺於床榻之上，將被褥嚴嚴實實地蓋在我身上，「早些睡，有事喊我。」

看著眼前這個令人摸不透的夜鳶，我不禁有些迷惘。他像壁天裔，性格無情，彷彿對任何事都不在乎。他像壁天裔，懷著權力的欲望與政治的野心，為達目的可以毀滅一切。唯一不似壁天裔的，便是那冷漠眼瞳中一直有我。

看著他欲起身離去，我自被褥中探出手，攥著他的手臂，「別走。」

他回首目不轉睛地盯著我，劍眉緊蹙，眸光銳利，彷彿看進了我的心底。

屋內很靜，瑞腦香綿綿不絕地瀰漫四周，靜謐無聲。

我緩緩由床上起身，低低地重複了一遍：「我要你陪我。」

他深沉的眼底閃過矍然，一道凌厲眸光自他眼中閃過。他甩開我的手，冷道：「我並不是你寂寞時倚靠的藉口。」丟下這句話，便邁著步伐離去。

看著他離我越來越遠的背影，我緊緊咬著下唇，一股血腥味無限蔓延至口中。唯有那片刻的恍神，我赤足跳下床，追了上去，自他背後緊緊擁著他，臉頰貼在他堅實的脊背上，暖暖體溫將我的身軀溫暖。

「我是你的妻子。」我緊緊圈著他的腰，就是不讓他走。

「只是作戲。」他用力扳下一雙緊緊纏繞在腰間的手。

我快步繞過他，一把擋在他面前，「當年你對那三個聖女下手、摧殘她們時都沒猶豫過，為何面對我卻如此怯懦，你在怕什麼！」

他冷笑，一字一句地說：「我對你沒興趣。」

「你有，你的眼睛早就告訴我了，你想要我。」我的話音未落，就被他的吻吞噬，陡然間天旋地轉，彷若熾熱風暴將我席捲。

他那清冷的眸底微亮，似是灼灼火焰自幽深處燃起，我伸手環上他脖頸，迎接著他激烈狂吻。在我將要窒息那一刻，他由我唇上移開，熾熱的目光深深凝視著我，「你在玩火。」語罷，一個旋身，已將我抵至冰涼的牆壁之上。

我只穿了一件寢衣，牆上的冰涼使我打了個冷顫，還有絲絲的疼痛蔓延。但是我圈著他頸項的手卻依舊沒有鬆開，對著他那雙深如寒潭的眼瞳，我看到了一簇簇火焰。

他抬起左手，食指輕觸我的臉頰，溫熱的氣息暖暖拂在耳邊。我的心一陣顫，踮起腳尖在他頸項上輕咬一口，低聲道：「我要你！」說完這句話，我已滿臉火辣，正為自己言語放縱羞愧之時，竟發現身上寢衣已被他除去，他的指尖正一寸寸撫摸著我的肌膚，所到之處皆灼熱一片。

除了大哥，我頭一次在另一個男人面前暴露自己的身子，心中不免有些羞怯，垂下眼眸不敢看他分毫。

忽地，左腳一空，我險些由牆上滑了下去，他的左手緊緊托住我的腰，右手將我的左腳纏繞在他腰際，明顯的突硬讓我想要退卻，他卻又將我拉近幾分，邪魅地笑道：「怕了麼，剛才是誰說要的？」

我才想開口說些什麼，只覺他的左手由腰間緩緩上襲，已撫上我胸前的豐盈。我立刻伸手按住那隻遊走的手，一時間沒了方寸，只能緊緊地按著。

看出了我的恐懼，他輕聲道：「若是你不願，可以立刻停止。」

看著他溫柔的眼睛，以及他那強抑下欲望的話語，我的心底一片波瀾，咬了咬牙，終頜首道：「我願意。」才落音，只覺腳底一空，已被他橫抱起走向床榻。

紗帷清淺，曳地靜垂，整間屋子瀰漫著靡靡的香味。

纏綿過後，我全身痠痛，無力地伏在他懷中，三千青絲鋪灑在枕畔，窗外煦風一陣陣輕吹而入。他眉目輕閉靠在衾枕之上，左手環著我的肩頭，不時輕輕撫慰。

我很累，卻難以成眠，只能呆靠在他懷中陪他一同沉默。他雖緊閉著眼睛，但看得出表情凝重異常，似在思考些什麼，偶爾劍眉微蹙。此刻安靜的他似乎更像大哥了，大哥眉宇間亦時常流露出這樣的複雜，內心彷彿藏了太多太多事，無人能進入他心底最深處，一切只由他自己默默承受著。

夜鳶的眉頭又是一蹙，我不禁伸手撫上他的眉心，欲爲他撫平那陣陣哀愁。稍被觸碰他全身一僵，隨即捉住我停留在他眉心的手，以溫熱掌心包裹著我小小的手，依舊沒有睜開眼睛。

「慕雪。」他淡淡地喚了一聲。

「叫我未央。」已經數不清這是第幾次糾正他了，今日他並不如往常那般喊我未央，而是一口一個慕雪，他每喚一次，我內心便彷彿被什麼東西狠狠擊過，疼得我連呼吸都嫌困難。可無論我如何糾正，他卻始終喚我爲慕雪。

他不再與我糾纏，只是摟著我的手臂緊了緊，又陷入一片沉默，思緒似又開始神遊遠颺。

看著他冰冷凌厲的臉，我問：「父王他怎麼樣？」

「傷得挺重，莫攸然已穩住了他的傷勢。」他的聲音甚是清淡，悠悠地傳在我的耳邊。

「爲何不任由他傷重致死？」我又問。

「時機未到。」依舊是這四個字，說得很是堅韌，無人可以動搖。

「被捕的刺客現下如何？」

「關押在天牢，等候審訊可以問出背後的主使者。」

「逃匿的兩名刺客已被我留在鳶王府的密室裡。」我的話才說完，便見他緊閉的雙眼倏然睜開，如深潭般靜靜凝望著我，冷寂的眼神似在怪我自作主張。確實，這個決定很可能會害了鳶王府，但也是救鳶王府。

「夜鳶，這麼多年來，你有無數機會可以拿下那個王位，但是你沒有動手，總說時機未到。你等待的時機是——名正言順吧？」

眼神冷寂的他突然笑了出聲，問我：「怎麼個名正言順法？」

「長子繼位，名正言順。」

「可是有嫡長子。」

「謀逆！」我立刻接下，他的目光突顯銳利，沒預料到我竟能猜中他內心的想法。

腰間一緊，他一個翻身，已將我壓制於身下，溫熱的氣息暖暖拂在我髮頸間，「我的想法似乎都被你看透了。」此時的他神采懾人，深眸熠熠。

「我只能看到你的表面，卻永遠看不透你的心。」我笑了笑，側首看向衾枕，我與他的髮絲竟已蔓蔓糾纏在一起，便執起幾縷糾纏的髮絲，含笑道：「你看，這就是結髮夫妻嗎？」

他看著我，並不答話。

黯然鬆開我們的髮絲，伸手緊緊擁著他，幾行清淚自眼角緩緩滑落。

察覺到我的異樣，他有些納悶地問：「怎麼了？」

「沒有。」不願讓他看到我的淚水，我側過頭，將臉靠在他的肩膀上，緊緊環著他。

他也未再追問，只回擁著我，溫熱的呼吸近在咫尺，卻彷彿離了千里之外。今夜的纏綿，是對是錯？可爲何與他的距離似乎越拉越遠，越來越看不透他呢？

窗外月光粲然生媚，金光湧動。

第三章　幽情寄・冷處濃

也不知何時在夜鳶懷中沉沉睡去，醒來已是日上三竿，暖暖的日頭籠罩著滿地積雪浮出淡淡紅輝，與我糾纏一夜的人兒早已不知去向，沒來由的恐慌充斥整顆心。

而紫衣與冰凌早已備好浴桶與熱水，讓我一醒來便可沐浴更衣。我支著渾身痠痛的身子走向那煙霧瀰漫的浴桶，裡面撒了月季花瓣，清香撲鼻。此時的紫衣與冰凌見了我竟都垂下頭去，滿臉通紅一片。

納悶地看著她們異樣的神情，正想開口問她們究竟怎麼了，卻發現自己身上留下了一塊塊教人羞得不敢直視的吻痕，我忙將整個身子浸入浴桶中，藉著水氣掩蓋我面龐的燥熱。

溫滑熱水洗去了昨夜的疲累，我捧著手爐，站在窗前凝望紫衣與冰凌踢著雞毛毽子，歡聲笑語在院內朗朗迴蕩。枯枝依依照影，枝上凝玉塵，瀅珠殘水聲聲，看著眼前的一切我不時爲之一恍，似乎凝神想了許多，回過神來卻又不知自己想了什麼。

落被捕，嵐與緋衣定將冒死前去搭救，可他們一旦進宮就難有活路，那兒定然有天羅地網等著他們，我絕不能讓他們被捕，他們還有很大的用處。

想必夜宣遇刺之事已傳遍整座天龍城，南國的壁天裔亦不可能不知曉。以他的行事作風來看，勢必有所行動。是否派兵出征，派誰出征？而北國又將派誰應戰？有莫攸然在，夜宣應該不致有大礙，且現下還不是他死的時候，他不能如此便宜地就死了。

也不知在窗前站了多久，只覺有股熟悉的氣息逼近背後，接著一雙手臂便環上了腰間，攬我入懷。我原本凝重的臉色不覺露出淡淡笑容，慵懶地倚靠在他胸膛之上，「下朝了嗎？」

「嗯。」夜鳶的下顎抵上我的額頭，低聲應了句。

「父王傷勢如何？」這是我最擔心的一件事。

「仍昏迷未醒。」

我眉頭微蹙，忙問：「那……今日的早朝？」

「漣漪大妃臨朝。」

「什麼！」我的身軀一僵，聲音微微提高了幾分，「漣漪大妃只是一介女流，怎可臨朝，你爲何不阻止？萬一她乘勢控制朝堂該如何是好？」

頭頂傳他來一聲輕笑，手指撫過我鬢角那縷被風吹亂的髮絲，「我要的，就是她控制朝堂。」

手爐湧出裊裊輕煙，籠罩我們兩人，淡淡的香氣縈繞在鼻間。

將手爐放上窗臺，自他懷中轉身，似懂非懂地對上他的瞳子，我看見裡面有著奪目的傲然，薄唇噙著一絲若有若無的笑意，彷彿一切盡在掌握之中。

他卻沒有解釋，只勾起鋪瀉在我胸前的一縷青絲道：「那兩名刺客，要你多費心了，你該知道如何發揮他們的用處。」

靈光因此話一閃，我回摟著他堅實的腰際，忙問：「南國是不是有動靜了？」

「動靜可不小。」他臉上笑意漸深，魅異的眸中含藏著太多心思。

「那……那……」突然間我竟慌了神，連一句完整話語都說不出，只能傻氣地看著他，聲音停留在「那」字上徘徊。

見我這般表情他唇畔的笑意越發大了，眼底滿是寵溺之色，更像是發現了什麼，閃耀著明熠眸光，俯身在我臉側落下一吻，笑道：「你想說什麼？」

我眨了眨眼睛，這才摒去失態，娓娓述起當前時局，「南國乘北國群龍無首之際必定領兵討伐，可此刻的南國已不再有壁嵐風元帥、曠世三將，況且轅羲九已死，莫攸然現居北國，壁天裔是南國之帝要親握朝綱，斷不會親征北國，便只能派名將方天雲出征。而北國，大王遇刺，這漣漪大妃坐鎮朝綱，定然無所作爲，又能派誰去應戰呢？」話音剛落，我的心也被自己的話點醒，詫異地看著夜鳶，「莫非……」

他沒讓我繼續說完，再次攬我入懷。我掙了掙，想把話說清楚，可他手臂非但不鬆，反倒摟得更緊。緊貼在他胸膛之上，我感受到他的心一下下有力地跳動著，我也沒再掙扎，輕輕靠在他懷中，若有所思。

窗外的紫衣與冰凌早已不再踢毽子，冷風拂過，吹得她們髮絲凌亂也未覺，只是併肩站在院中滿眼羨慕地看著窗前相依偎的兩人。

後來，夜鳶帶著我到天龍城南郊閱兵，八萬大軍早已整齊莊嚴地分列兩側，左側軍隊甲冑鮮明、手持刀盾，右側軍隊玄色盔冑、手握長槍。目不斜視，皆筆直地佇立著，對夜鳶肅然懷敬。

這便是「雪域鳶軍」，我從壁天裔的口中聽過，他曾多次與之交鋒，皆無法擊潰，甚至還吃過它的敗仗。壁天裔常說：「要殲滅北國，必先滅雪域鳶軍。」

也曾聽紫衣說，夜鳶十七歲那年，主動請纓出征南國，夜宣只當他是玩心大起，便隨意撥給他五千精銳，讓其隨著北國大將王廷一同出征。卻未曾想到，就是這五千精兵力挽狂瀾，令北軍反敗爲勝。

據聞，當年的夜鳶手執長刀，以一人之力殺敵百十餘人，擁有過人的統軍才能。後又一人單槍匹馬直闖南軍主帳，親取大將首級，嚇得南軍聞風喪膽。

十七歲的夜鳶初次領兵，竟立下如此大功，朝野爲之震驚，夜宣也就將這支五千人的軍隊賞賜給了夜鳶。

夜鳶不負眾望，短短兩年，奔馳於茫茫大漠，收復失地數千里，斬敵千餘人，收羅名士歸其麾下。那支軍隊已由最初的五千人擴張到三萬人，他也成爲與曠世三將齊名的戰神。

可就在十九歲那年，他突然一蹶不振，置三萬大軍於不顧，日日酒池肉林，流連風塵之中，民心大失，對其行爲甚是不解。此荒誕行徑足足過了一年才休止，二十歲那年，他重新整軍，卻不再是一有戰事便出征，而是處處徵兵，名義上是爲朝廷而徵，實際上徵到的一半兵士皆被他祕密收於雪域鳶軍。當夜宣緩過神時，夜鳶已然集半壁江山之兵權於一身，地位無人可撼動。

這些事我都是由紫衣口中得知，從不知道夜鳶也是個將才，他的權勢之大更是大大超乎我的想像，莫怪夜宣與漣漪大妃都要忌他三分。

在高臺之上，他身著玄色龍鱗甲，冷風獵獵捲起他的墨色風氅，撲撲作響。披著雪白銀狐貂裘的我，站在他身側，顯得格外渺小。

「是要起戰事了嗎？」望著下方軍隊眼中展露蓄勢待發的精銳，還有蠢蠢欲動的野心。從何時起，夜鳶竟征服了八萬大軍隨他出生入死，就是謀逆造反也心甘情願？看夜鳶那邪魅的外表，更像個待在溫室之中整日受皇室庇佑而生的人。可誰又能想到，正是如此的天之驕子也要承受常人所不能受的痛苦。

見他不發一語，我又問：「我很想知道，你做的這一切究竟爲的是什麼？爲母親討得一個太后之位？報復父王多年的冷落？」

夜鳶目光灼熱，因我此話微微動容，目光抬向淡雲飄浮的天際，那銳利的目光彷彿能刺穿重重雲霄，「你知道南國那群自以爲身分高人一等的子民怎麼喊北國人？是『北夷胡蠻』！同樣是人，我們北國爲何稱夷爲蠻？若你以爲我爭奪王位爲的只是一己私欲，那就太小看我夜鳶了。我要統領北國，將它帶往昌盛巔峰，不讓我的子民再被人稱作北——夷——胡——蠻！」他在說最後四個字時，堅定異常。

聽到夜鳶的話我心底陡生震驚，不禁再次審視我身邊這名男子，發覺自己竟從未眞正看透這個人，更萬萬沒想到他會說出這樣的話來。

是的，早在南國，我便時常聽人們口中說著「北夷胡蠻」四個字，我也認爲此四字理所應當，從未多想。可是沒有想到，這四個字竟深深印刻在北國人的心中，且視爲一種恥辱。

「既然父王沒有能力帶領北國走出北夷胡蠻四字，那便由我來吧。」眼瞳中射出無可比擬的氣勢，這份氣勢彷彿似曾相識。是的，在壁天裔的眼中我見到過，那是霸氣，那是狂妄，更是野心。

忽然間，我啞口無言，只能靜靜地站著，凝視他那份挺拔的偉岸，以及面容上沉澱了霸氣的堅毅。

突然間，我笑了，已經許久許久不曾如此發自肺腑地笑。

因爲，未央沒有選錯人，夜鳶，是帝王之才，沒有人比他更適合做北國的王。他的帥才、他的雄心、他的隱忍、他的審時度勢、他的聰明睿智，他的一切都奠定了一個結果——他是北國未來的王。

只有他，才配做未央的男人。

閱兵歸來已是入夜時分，魯風駕著馬車於南郊一路奔馳而行，明月疏星皆被烏雲籠罩。我探頭看著車外飛速閃過的景色，枯枝、殘葉、巨石、溪水，皆包覆夜幕之中。而北風依舊狂嘯不止，一陣陣地灌進馬車。

夜鳶將一直趴在車窗前的我扯到他身旁坐好，手撫過我早已讓冷風吹得失去溫度的臉，「你還眞是個孩子，不是最怕寒嗎？」

「我才不是孩子，我快滿十六了。」對於他稱我爲孩子很是不滿，蹙著眉頭反駁著。

面對我的反駁他只是淡淡地笑著，今日他對我笑了許多次，可眼中卻藏著很多我看不透的東西。這經常令我手足無措，總覺得他離我很遠，對我很是疏離。可他卻又眞眞正正地在我身邊，會將我擁入懷中，會牽起我的手，會眼含寵溺地對我笑。然總覺得少了些什麼，又說不上來是什麼。

可我不在乎，只要我在他身邊，只要他屬於我。

我輕輕枕靠著他的肩頭，把玩著他的右手，白皙修長，比女人的手還要美。真不敢相信這樣一雙手能在戰場上斬敵數千人，指揮著千軍萬馬。

「夜鳶，我一直以爲你只是個站在陰暗之處掌控全局的野心家，可今日我看到了很不一般的你。」

「野心家？」他頗爲意外地重複了一遍。

「怎麼？你敢不承認？」

「頭一回有人敢當著我的面說出這幾個字。」他探出一隻手攬上我的肩，問：「不知未央眼中，野心家是褒是貶？」

「你自問呢？」我不答，反將這個問題丟還於他。

忽然間，他沉默了下來，若有所思，以一種深靜的眼光凝視著我。正想說些什麼，馬車猛地停下，一聲嘶吼在黑夜中格外淒厲。

魯風的聲音低沉地傳來：「殿下……」他喚了一聲，欲言又止。

夜鳶鬆開懷中的我，揭開窗幔向外望去，張虎手中的馬燈隱隱能照亮前方，我也自夜鳶背後望了出去。

一匹白馬之上，有位風華絕代的女子，長衫隨風舞動，宛若人間仙子。我認得她，華蓮聖女，在賞梅宴上見過的。

夜鳶突然回首凝了我一眼，輕聲道：「你在這兒等我。」隨即便跳下馬車，朝白馬上的女子走去。

我挑起窗幔，靜靜看著夜鳶的身影越走越遠。華蓮聖女優雅地翻身而下，雪白風袍於黑夜中勾勒出絕美弧度，嘴角的笑意漸起，目光中沒有別人，只有那個朝她走去的男子。

「王妃，殿下與華蓮聖女並非你所想像那樣。」魯風見我直勾勾盯著他們，竟出聲解釋道。

「魯風，你可懂何謂欲蓋彌彰？」我收回視線，直逼他那略顯慌亂的目光。

他被我一盯，立刻慌得垂首，僵硬地站著。

看著他一副畏首畏尾、生怕說錯話的樣子，我勾起一抹冷笑，也不再爲難他，遂輕輕放下窗幔，坐回馬車內，靜候夜鳶回來。

約莫過了一刻鐘，夜鳶回來了。看著他神色平靜依舊，我沒有探問他與華蓮聖女之間的事，他也未向我解釋些什麼，直接駕車回府。一路上我們沒再說過半句話，只聽著馬蹄聲聲漸遠。

翌日，他依舊早早去了早朝，直至午膳仍未歸府，我亦無胃口便撤了午膳，坐在桌案前摘著一瓣又一瓣的梅花，緋紅的花瓣傾撒了滿桌，紫衣與冰凌也察覺我的異樣，站在身側沒敢說話。

直至我將最後一瓣花摘下後，管家匆匆跑來通報說大王請我進宮，我一怔——大王這麼快就醒轉了？未多想，稍稍整了整衣衫便隨公公進宮。步下馬車，走在殿宇巍峨的王宮大道上，天際微微飄下了小雪，雪白塵霜拍打著我的眼睫，微微蒙了眼角視線。我卻是昏昏沉沉，渾身上下提不起一點氣力。攏了攏衣袍，蔽去寒風，手足冰涼。

走了好一會兒才抵達北華殿，一來到此我整個人便緊繃了起來，略微混沌的思緒漸漸清明，這才邁著穩重的步伐踏入北華殿，轉入大王臥寢處。四周很是寧靜，唯有數名侍衛守在殿外，別無他人。

寢宮內燈火明熠，桌案上如臂粗的紅燭燃燒得嗞嗞作響，照得暖床上恍如白晝。裊裊熏香瀰漫著整座寢宮，格外沉郁。原本金光湧動的寢宮因夜宣的聲聲低咳而顯得異常陰暗。

「未央……你來了……」目光微微閃耀著病態，夜宣的胸口纏繞了一圈又一圈紗布。

我站在寢榻邊凝望病懨懨的他，低聲喊了聲：「父王。」

他倚靠在榻上，隔著曳地的輕紗凝望我，又似望向更遠更深的地方。嘴唇微裂，滿臉滄桑，彷彿稍不留神便要嚥氣歸天。

「二十五年前，我身中多處刀傷逃進一間屋子躲避追殺。而屋子的主人，一個平穩鎮定的女子幫我度過了難關，並悉心照料著我直到傷勢痊癒。這個女子名叫李芙英，相貌不算絕色卻極清秀，她很愛笑，笑靨美倩動人。每回見到她笑，我的心總能不自覺放鬆。我自小身在皇室，從沒見過這般純眞無邪的笑容，興許是在宮廷中看多了阿諛奉承的笑臉，對於她暖洋洋的笑格外心動。

「不可否認，李芙英是我一生最難忘的女人，只因她是我所鑄下最大罪愆。當時，我一時克制不住自己的衝動，而強行要了她。當我看到她滿臉淚水漣漣，才驚覺自己做了多麼可鄙之事，但是我會負責，可以帶她回北國做我的女人，我不會委屈了她。

「她卻不同意，她告訴我，她最愛的是那個跳入泥水中爲他摘採芙蓉花的男子，她會一輩子在那裡等著他回來。我執意帶她離去，可她卻以死相逼，拗不過她，我便黯然離去了。畢竟我是北國的太子，多留一日危險就多一分。

「兩年後，我曾找過她，那個村子卻已人去樓空。聽人說，她的丈夫高中榜眼，領著她去帝都享福了，而且……他們還有了一個兒子。興許我不該去破壞她此刻的幸福……可若我知道那所謂的兒子竟是我的孩子，就是用任何手段我都會帶她回北國。沒想到，我一時鬼迷心竅竟害了她一生，甚至命人誅殺了我的孩子！如今我想要補償，又能去尋誰呢？」

我面無表情地看著他悔恨不已的臉和那縱橫而下的淚，冷淡地開口道：「父王您可知道母親臨終前說了什麼嗎？」語罷，我看見他期待的目光，我笑答：「她說，其實當年很想與您去北國，但是她不能背棄轅天宗，做個人盡可夫的女人。她還讓我與大哥不要怪您。」

夜宣臉上赫然閃過激動，掙扎著想自寢榻上起身，口中喃喃問道：「你說……說的是眞……的？」才剛癒合的傷口再次裂開，殷紅鮮血染紅了整片紗布，我卻無動於衷地站著說：「父王您可知，我大哥此次前來北國的眞正目的？不是爲了竊取北國機密而來，而是想見見這二十五年來素未謀面的父親。」

「什……什麼！」他的臉色更加慘白，全身微微顫抖著，「不可能……他……他爲何說……說他是來刺殺……朕的！」

猛然捉住了夜宣口中那個「他」字，是誰？是她還是他？

靈光一現，莫非是南國伏有奸細！否則夜宣何以如此肯定我們是南國來的奸細，還派大軍狙殺我們！

「父王您的傷口裂了，我喚御醫進來爲您上藥。」我不動聲色，轉身欲出寢宮召喚御醫。

「慕雪！」夜宣哽咽虛弱地喚了我一聲，「芙英只剩下你這個女兒了……就讓朕盡自己所能補償你吧。」

「慕雪不需要父王的補償。」背對著他，我冷聲回拒。

「你就給朕一個補償的機會罷，你的母親，你的大哥，還有你。」

得到這樣一句近乎哀求的話語，我的嘴角勾起冷笑。人人都說，人之將死，其意識最爲薄弱，受不了任何刺激，果然不假。

「父王若想補償，還請先養好您的傷。」我丟下一句話，踩著柔軟的紅氈一步步出了寢宮。

夜宣你何其可悲，母親如此愛轅天宗，就是死前也說自己不悔。一個對愛情如此忠貞的女子，怎可能移情愛上你這個姦污她的男人？

夜宣你何其可笑，大哥自幼便將對你的憎恨銘記心中，多年來出征北國也是爲了親取你的首級，又怎會想要見你這個所謂的父親？

雪勢漸大，片片團團如扯絮般飄灑在華麗莊嚴的飛檐琉璃之上，四周早已是白茫茫一片，連綿起伏，銀妝素裹。北風一陣陣席捲著我全身，攏著貂裘的手又緊了幾分。鵝毛大雪覆蓋著我的髮絲，偶有幾簇溜進頸間，融化成水滴滑入脊背，激起一個個悸慄。

頂著茫茫大雪，我僅有一個想法，就是速速回府，蹲至炭盆邊，脫去濕透的雪地靴，然後窩進被褥裡好睡上一覺。

隔著霧氣彌漫雪花飛揚，迎面走來一名玄色錦衣男子，待走近，我才認出是楚寰。他一見是我，步伐亦爲之一頓，上下打量我一番後才道：「大王又召見你了？」

「是啊。」因爲冷，連牙齒都打顫了，微微哆嗦著問：「你這是要去哪兒？」

「哪兒都不去。」他冷冷地回我，隨後又說：「走吧。」

「嗯？」我跺著腳，納悶地看著他，一時還未反應過來。

「送你出宮。」

「何必要送我？」

「我可不想你走到半路暈倒。」他蹙眉望我，似頗不耐煩答腔。

「噢。」還沒出聲應道，他已領先走去，我趕忙跟上他的步伐。攏了攏衣襟，看著他剛毅分明的側臉，腦海中浮現的是多年前與他相處的情形，不禁失笑，「楚寰，你是不是很討厭我？」

他步伐依舊穩健，面無表情地朝前走，踩著雪花嗞嗞作響。

「既然那般討厭我，爲何又要包容我？當年明明是我拽著你偷偷跑出若然居，卻是你被莫攸然罰著多浸三個時辰的寒潭。每次莫攸然不理我，我就對你發脾氣，可你卻像個木頭似的呆站著任我使性子。你越是不理我，我就越挑釁你，我就是想看看你生氣的樣子，可卻從來沒能見到過。其實我一直很怕你，每次你一用殺氣十足的目光盯著我，我就不敢說話了，可我知道，我能在你面前放肆，因爲莫攸然是我姐夫，他不會讓你欺負我的。與我相處的那七年，你一定恨死我了罷，我知道，你總是一副冷冷冰冰的樣子，彷若毫不在乎，其實你早想鞭抽我了對吧？」我越說越起勁，甚至開始比手畫腳，他猛地停住步伐，我也立刻停下。

「素聞鳶王妃孤高冷漠，今日一見，傳聞不可信。」他動了動嘴角，一句淡漠冷言便將我連篇話語擊敗。

「是麼，是這樣傳的嗎？」我不以爲意地笑了笑，見他又朝前走去，我忙疾步追上，一把擋在他面前，「楚寰，能告訴我爲何幫夜鳶嗎？」

「說了這麼多，總算步入正題了？」他似乎早預料到我閒扯連篇背後的目的，便將犀利目光對上我，「我幫你的夫君，不好嗎？」

「只是好奇，你與莫攸然之間究竟藏著什麼祕密，你究竟是什麼人？」

「未央如此聰明，爲何不親身去查？」

「那你告訴我從何查起？」

對於我的緊追不放，他目光閃了閃，眼瞳驀然直逼我背後，最後落在一處，僵了片刻。我好奇地轉過身，隨著他的目光望去，幾片雪花打在臉上，冰涼入骨。

遠處嶙峋山石讓白雪覆得潔如光玉，枯枝參差交雜，茫茫雪花中一名女子手執青梅，踮腳在一名男子右頰落下一吻。長髮如瀑沿著兩肩傾瀉而下，幾縷髮絲被風吹起，飄揚輕舞。

我黯然轉身，欲避過他們朝另一處歸去，楚寰卻攔住了我，「逃跑可不是我認識的未央。」

「那你認識的未央是什麼樣的？」我斜目冷問。

「上前，讓她離你的男人遠點。」

「你錯了，我會上去賞她一耳光，讓她別在這兒丟人現眼。」我一字一語地吐出口來，然後揮開楚寰擋在面前的手，「但這裡是宮廷，我可不想在眾目睽睽之下吵吵鬧鬧引來奴才們注視，我想你不會不知道嚼舌根的奴才有多麼可怕吧？」

丟下一句清冷的話，越過楚寰，我踏雪而去。

急雪迴風，冰天僵冷，他沒有追上來，我也就自顧自地朝玄玉門走去。王宮共有九門，第一道玄風門，第二道玄甲門，第三道玄華門，第四道玄夜門，這四門是歸屬於夜鳶。第五道玄清門，第六道玄玉門，第七道玄翼門，第八道玄袁門，第九道玄炫門，這五門歸屬於夜宣，與朝中各大將掌管。

這九門中最重要的四門，有兩門讓夜鳶牢牢控制住，此等威脅王位之事夜宣不可能不懂，可卻遲遲不能動他，足見皇權已被架空了一半。夜鳶當真是個令人費解的人，若此時舉事奪位輕而易舉，可他偏偏要等那一個名正言順的時機。

興許他是個驕傲的人罷，不屑背負謀逆的罪名。

腦海中驀地閃過方才華蓮聖女吻夜鳶的一幕，我的手不禁緊握成拳，指甲狠狠掐進掌心，百般滋味也不知從何說起。待走出玄玉門後，只覺腳步越發虛浮，整個人的氣力被什麼抽了去，而且好冷，真的好冷。

我一直朝前走著，想找尋駕車帶我進宮的魯風，此刻竟不見其蹤影。我恍惚地掃視著四周，才想起魯風一直在玄甲門外候我，而我卻為了避開夜鳶從玄玉門走了出來。

未央你真傻，是真傻。

就在我昏昏沉沉快支撐不住時，一雙手托住了我的手臂，眼前忽地一片黑暗，彷彿什麼都看不見。只能軟軟地倚靠在一副肩膀之上，良久我才緩過不適，睜開眼簾對上一雙正一眨不眨盯著我的瞳子，目光中含藏複雜的情緒。

我朝他笑了笑，「夜翎，你是來看我笑話的？」

他不答話，伸手探了探我的額頭，眉頭緊蹙，「你病了。」

「天龍城裡傳爲佳話的夫妻，實竟貌合神離，這第四個聖女還是不能逃脫愛上夜鳶的命運。而夜鳶……那我費盡心機得到的又是什麼，會淪爲北國人的笑柄吧。」興許是病糊塗了，我竟神智恍惚地將擱在心中許久的事說了出來。

「我送你回去。」他扯過我的手，想將我背起，我卻毫不領情地甩開，「我不需要同情，不需要憐憫！」

我微紅了眼眶，也不搭理他，搖搖晃晃地朝前走去，我討厭讓人看見我狼狽的模樣。

「沒有人會憐憫你，是你自己總看不起自己。」夜翎的聲音由背後傳來，這句話令我步伐一頓，茫然回顧，在雪中尋找他的眼睛，狠狠瞪視他。

「爲何你總要硬撐起堅強和冷漠，僞裝自己的脆弱與孤獨？」

「你沒資格管我！」被他一針見血的話語刺痛，我近乎咬牙切齒地回他一句。

「你還眞是個孩子，何時才能長大呢？」他臉上浮出一抹淡然憂傷，教漫天飄落的大雪襯得格外淒涼，彷彿又見一年前那個被幽禁在府邸病態慵然的夜翎。

興許我是眞的病了，病到眼眶中凝聚了點點淚水不住滑落都不自知，我不敢相信自己會在此人面前哭。

抬起袖子狠狠擦去臉上一抹清淚，轉身想離去，卻見幾道黑影如鬼魅般降臨在我面前。沒待看清，一把雪亮的刀便朝我揮了下來。

閃亮鋒芒刺痛了我的眼，一雙手臂迅速將我向後護去，這才免了致命的一刀。夜翎面色驟然變冷，凜冽的寒意自他身上傳來，四周的黑衣殺手一見夜翎明顯一愣，呆立於原地面面相覷竟無人動刀。

雪片微微急落，傾灑在鋒利刀刃之上凝結出薄薄冰霜，正當我對這批殺手爲何遲遲不下手感到疑惑之際，只見夜翎一把緊攬著我的腰，帶我飛速朝他的馬匹奔去。我的腦袋越來越沉，眼皮也萬分沉重，腳上根本無一絲力氣，只能任由夜翎以臂力托著我，然後上馬。

韁繩一緊，馬兒也察覺到殺氣，一聲低嘶，驚醒了呆立在後的殺手。忽聞一人大聲吼道：「主子有令，格殺勿論。」

夜翎騎坐在馬上，緊緊將我護於懷中，雙腿一夾，飛奔而出。凌厲的風雪肆意颳在臉頰上，眼前的一切飛如閃電，馬蹄一聲聲似踏進了心坎中。

耳畔是夜翎平穩的呼吸聲，背後也傳來陣陣馬蹄聲，緊追不放。

「閃身。」夜翎忽地將我的身子朝左一傾，還沒來得及反應，一支強有力的箭便由耳邊呼嘯而過。我怔怔地倚靠在夜翎懷中，暗自心驚，若非有他，怕是我已成了刀箭下的亡魂。

馬兒飛速疾奔，勢如驚雷，也不知要奔向何方，只覺四周越來越荒涼冷寂。沒來由的恐慌瞬間侵襲著我的身心，我不想死，未央還沒做完要做的事，怎能死！

又是一道呼嘯而來的聲響，但這次不是朝我而來，而是馬。

身下一空，馬兒淒厲的嘶吼聲響徹荒蕪郊林，長箭射穿了馬兒後腿，我與夜翎毫無預警地自馬背摔了下來。夜翎將我緊緊護在懷中，自一片又陡又斜的坡滾落而下，身上的許多疼痛皆因有他牢牢保護而得免除。偎靠在他懷中，傾聽著他強穩有力的心跳聲，我緊咬著唇，沒有發出半點悶聲。

直到他的身軀狠狠撞上一棵枯樹，才止住了我們的翻滾。一聲悶哼由他口中迸出，臉上稍顯痛楚，我忙由他懷中掙脫，擔憂地審視著他，「夜翎，你沒事吧？」

「死不了。」他勉強說了三個字安慰我，可我知道，自從馬背跌下後他便緊緊護著我，沒讓我受一點傷，所有的痛都自己承受著。這個傻子！

我忙將他扶起，而殺手們已排排立在我們背後，目露森冷寒光。

夜翎稍稍平復身軀的不適，瞳中冷芒驚現，「你們的主子是誰？」

他們不說話，只緊握手中的刀，眼底似對他閃過幾絲畏懼，彷若……在懼怕夜翎。

「讓我替你們回答罷，是漣漪大妃。」他一字一句說得清晰異常，殺手們的臉色立刻微變。

領頭喝道：「既然殿下知道，就請讓開，奴才們也不想傷了您。」

「倘若我不讓呢？」他緩緩起身，擋在我面前，聲音既陰冷又堅定。

「殿下莫讓屬下為難，您該知道刺客若不能完成主子的命令只有死路一條，今日無論如何，奴才們都要取了她的命回去交差。」

我也由雪地上爬了起來，只見夜翎的藍綾衣袍微滲血跡，我知道，是由於方才那一撞，如今的他一定正強忍著身上的疼痛罷。再望向那數名殺手視死如歸的表情，我便明白自己在劫難逃，但有夜翎在我身邊，我很清楚他定然會護著我。

「好。」他的嘴角勾起一抹詭異冷笑，握起我的手，倏然轉身凝望一旁斜坡，斜坡之下是無底深壑，淡雲密布，風勢呼嘯，深不見底。

「未央，敢不敢跳下去？」他聽似雲淡風輕的聲音飄進我耳中，手心感覺到一絲冰涼滑入，是他的血。

「你敢我就敢……」口中的「敢」字才說到一半，只覺腳底一空，夜翎攬著我一躍而下。耳邊呼嘯的風雪令我意識混沌，但仍能清晰看見夜翎那張堅定不移的臉。

我為之一震，他眞的……陪我一起跳了下去？他可知道這底下是萬丈深淵，他明明可以放開我自己保命的，卻還是帶著我跳了下來？

白雪紛飛不住灌進山谷，只見他那一汪如泉的眸子凝然不移地注視著我，與我一同墜入無底深淵。

冷！

此刻我的心底唯此念頭，冷入神髓。

哆嗦著睜開眼睛，對上一雙紅色眸子，他半跪在我身邊，脫著我的……衣裳。

我想也沒想便甩他一耳光，怒道：「下流！」

「不錯麼，還有力氣打人。」對我這一巴掌，他不怒反笑，細微的聲音縈繞在這處空寂的……山洞，不遠處生了一堆火，嗶剝聲與他的笑聲夾雜著。

我瞪著他，腦海中記憶瞬間湧現——我與他一同墜下山谷，然後掉入寒潭。冰寒刺骨的水氣浸透著我，一向熟諳水性，可在這冰涼寒潭中竟無法動彈，冰水不斷灌進我的鼻眼間，呼吸一絲絲被抽盡。

是他救了我！忽回想起夜翎帶著我往下跳之時，那目光並非視死如歸的決然，我們果眞於絕處逢生。這只是巧合嗎？

「你是否早知道這底下是寒潭，所以才拉我一起跳的！」

「若非如此，你以爲我會傻得與你一塊兒殉情？」他挑挑眉，一副似笑非笑的模樣，伸手又要脫我的衣裳。我立刻緊攥著衣襟朝後縮了幾分，戒備道：「你要做什麼！」

「幫你脫衣裳。」他又想剝開我的衣裳，我死死攥著就是不讓他得逞，冷冷瞪著他，「你脫我衣裳做甚！」我的聲音一分分拔高，不斷迴響在這空寂的山洞中。

「莫非你想一直穿著濕衣裳，令自己病上加病？」他挑眉打量著渾身濕漉漉的我。

經他一語我才感覺冰寒，手足冰涼得彷彿不受控制，身上的肌膚已透出青紫。看了看他微紅的左臉，還殘留著五指印，我有些愧疚，卻道：「我自己可以脫，你轉過身去。」

「你確定你有力氣脫？」他撐著自己的額頭掃我一眼，見我還待啓口，悠然截斷，「也對，打我的力氣十足，況且這幾件衣裳呢。」

見他支起身子轉身走至火堆邊，撿起一根柴火便往裡丟。我納悶地看著那堆並未潮濕的柴火，想必是有人來過這兒，準備了柴火，而且……夜翎他對此環境似乎很熟悉。

「你別回頭啊。」盯著他的背影，我低聲提醒。

「你快點脫。」他口氣中有明顯的不耐。

看他一直背對著我無意回過頭來，我便僵硬地將衣裳褪去，自後面遞給他，「喏！」

他頭也不回地接過便攤開衣裳挨在火堆旁烘烤，又生硬地擠出幾個字：「褲裙也脫了。」

我環著自己的雙臂，打著哆嗦，猛然搖頭，「不用了。」

「你放心，我還沒到飢不擇食的地步。」他輕輕抖動著我的衣裳，暖暖的火光映照著他的側臉，我才發覺他全身上下也淌著水，想必亦和我一樣寒氣入骨罷。一想及此，便灑脫地將褲裙也脫下遞給他，然後蜷曲著身子坐在他背後的草堆上，而他自始至終都未見移動分毫，只靜靜地烘烤著我的衣裳與褲裙。

山洞外狂風呼嘯凜冽，枝影搖曳，火光簇簇。

山洞內突然的沉寂與清冷的黑夜同鳴，我雙手互環，摩挲著雙臂問：「夜翎，我與夜鳶大婚那日，你是否早就知道這是夜鳶的計謀，而我合著夜鳶將你從大敵當前騙了回來？」

「是，我知道。」他直言不諱地回答我，目光依舊定於手中烘烤的衣裳上。

「其實你是將計就計，反將了我與夜鳶一軍罷。讓父王囚禁只是掩人耳目的幌子，你真正的目的是祕密收買朝廷重臣。」

他的手有片刻的僵硬，隨即鬆弛而下，「夜鳶告訴你的？」

「不，當我得知你被放出來後便已知曉。」我驀地想起夜鳶對夜翎被釋放之事似乎絲毫不放在心上，想必亦早就料及吧。

他不再說話，火勢的嗶剝聲越來越烈，熊熊燃燒著。我的身子被烘得暖暖的，已漸漸摒去寒冷僵硬，得到了舒緩。

突想起莫攸然說過的話，我陡生好笑之感，幽幽開口道：「去戰場撿那個石子，也是在作戲，對嗎？你的目的只是爲了讓天下人相信，你對我的愛已到了那樣的程度。還有……你將月季插在我的髮間，說回來就娶我，也是爲了讓我相信你對我的情，對嗎？」

他不語，我繼續說：「其實最會演戲的人，是你夜翎。」

「說起演戲，你又何嘗不是個厲害角色？」他的聲音飄飄而來，動手將衣裳翻了個面，繼續烘烤，「你確實獨具慧眼，選了夜鳶作爲你的盟友，論權勢、論計謀、論才貌，他是最佳人選。可你眞的能抓住他麼，你眞的瞭解他麼，他遠比你想像的要心狠手辣，冷酷無情。正如多年前，爲了他的母妃，他不惜親自遠赴南國刺殺我，若不是母后的暗人一直在保護我，我怕是早已淪爲他劍下亡魂了。你以爲他憑何一步步緊逼母后與我，得以恣意控制整個朝廷，掌控半壁江山？憑的就是他的狠毒與冷酷。」他的聲音像在敘述一件再平常不過的事，口氣平淡得虛幻。這段話說完之際，我的衣裳已經烘乾，他便遞了過來。

接過暖烘烘的衣裳穿好，一股柴火香氣圍繞著全身，冰涼的身子也因這乾適的衣裳而漸漸回暖。見他又動手烘烤褲裙，我的目光沉了沉，笑道：「是的，我選擇了夜鳶，不惜將自己的身子當作賭注押了上去。我以爲自己能抓住他，可今日我好像輸了一半。興許如你所言，夜鳶眞是個冷血之人，他對我也是不冷不熱，有時覺得他離我很近，有時卻又離我那樣遠。可該如何是好呢，我將一切都押了上去……贏了，我將擁有一切，輸了，我將一無所有。」

我自嘲地笑了笑，揉了揉疼痛昏沉的頭，不再說話，只是雙手抱膝，將頭深深埋入雙臂之間。

良久，他說：「說要娶你，是眞心的。」

半晌，他又說：「撿那顆石子，並非作戲。」

片刻後，他還說：「我可以放棄一切，我只要你。」

因爲他最後一句話，我驀然仰頭，正對上他深切的目光，有些怔忡。直到他將我擁入懷中我才猛然驚醒，想要推開他，卻被他緊緊扣於懷中不得動彈。略微沙啞的聲音在耳邊響起：「未央，我愛你。」

未央，我愛你。

頭一回，有人對我說愛，哪怕是大哥，都沒有說過愛我，他憑什麼說！

「我知道，你的眼中只有轅羲九，哪怕他已經死去。也知道，夜鳶是你選定的男人，哪怕你會賠上一切。更明白，即便我放下了一切，你也不會隨我走。」他的呼吸噴灑在我頭邊，眞眞切切的語氣沒有一絲作假。

「若你眞的愛我，就放棄與夜鳶鬥罷。這份恩情，我將會銘記於心。」沒有再掙扎，我靜靜地倚靠在他懷中，輕語低言。

「我要的不是你的銘記。」

「那我們便只能永遠站在敵對立場了。」我的聲音陡然冷硬，而他擁著我的雙臂也漸漸鬆開，我一語不發地由火堆邊撿起那半乾的褲裙，背對著他穿好，隨後安靜地坐在火堆旁，探出冰涼的手烘烤著。

他緩緩起身，走出山洞，傲然偉岸地筆直佇立於洞口，凝望漫天飄雪。

那夜，他穿著早已濕透的衣衫站了整整一宿。

翌日，雪停。

一束溫暖的亮光射進我的眼縫，逼得我不得不睜開眼簾。昏昏沉沉地看著夜翎站在我面前，他的面色有些蒼白，似乎受了風寒，而我亦全身虛弱無力，又冷又餓。

他將軟軟趴坐在地的我扶起，「走罷，我們出谷。」

我藉著他的力道起身，昏沉沉的頭一陣暈眩，金黃幻彩的暖陽映照著我的臉，卻依舊寒氣逼人。

「雪未融，我們這樣能出去？」

「不能再等了，若是又降一場大雪，我們定然要困在這裡，無水無糧，我們真得成一對餓死鴛鴦了。」他半認真半玩笑地托著我的胳膊，領著我朝洞外走去。

我盡可能穩住自己虛軟的步伐，不增加他的負擔，只因他的面色亦很蒼白。興許是看出了我的想法，他無奈地嘆了聲：「一點風寒不算什麼，最要緊的是先離開這裡。」

領著我出了洞，洞外那一道道斜坡起伏頗大，許多正融化的積雪由枯枝與高坡悄然落下。他牽著我的手，一路走得甚急，我亦追隨著他的步伐，儘管我早已疲累得連說話都嫌困難。但再如何累也比不過保命要緊，這山谷隨時可能大雪崩塌，又隨時可能再次降雪，到時我們就真成一對殉情的怨侶了。

一路左轉右繞，踏雪攀石，我終究撐不住，體力透支，無力地癱坐在冰涼雪地間。夜翎回頭看著我，我也看著他，直喘氣道：「歇會兒，我真的，走不動了。」

深眸之中閃過淺淺笑意，他長長吐納出一口涼氣，上前將我由雪地拖起，背起我繼續前行。

我笑著伸手圈上他的頸項，懶懶地靠在他肩膀上。才走出數步，他的步伐卻突然慢了下來，我問：「累了麼？歇會兒吧？」

他搖搖頭，「我想就這樣一直走下去。」

我伸手推了推他的後腦勺，佯裝不懂其中深意，打趣著：「一直走下去我們早該凍死了。」

他也不點破，就這樣背著我靜靜地往前走。我將臉靠在他肩膀上，看著他的側臉，微抿的嘴角隱隱勾勒出笑意，似乎沉醉於此刻。我環在他頸項上的手緊了緊，闔上眼簾。

夜翎，成禹。

這兩個身分就像一道蠱，時刻蔓延在我心中。

在南國，在青樓對我施暴逼我跳湖的成禹，在太師府使喚我爲奴爲婢不時對我冷言相向的成禹。

在北國，爲我不顧生命跑上戰場撿那顆石子的夜翎，那個要我等他回來便迎娶我的夜翎。

忽然間，我聽見一陣陣馬蹄聲踏遍這空寂山谷，聲聲撼心。他的步伐猛地一止，我倏然睜開眼簾，望著白茫茫的遠處湧現幾道黑影。我一眼便認出身著玄色風氅的夜鳶，背後追隨著十餘名盔甲兵士。

他也看見了我，乘馬緩緩前進，冰涼的目光凝視著已然狼狽不堪的我們。夜翎的手一鬆，我便由他背上跳了下來，一步步朝夜鳶走過去。那張完美面容有種勾魂奪魄的美，一雙邪異火紅的瞳子深沉如玉地盯著我。

奇異的溫暖與失落浮上心頭，在靜謐中悄然而生。

待我走近，只聽他冰冷地對背後兵士說道：「去接二王子。」

兩名兵士領命下馬，小步奔向了夜翎。我不由自主隨著他們的步伐而轉身，望著夜翎孤立風雪中的身影，挺拔傲然，卻顯蒼涼與孤寂。

「回去吧。」夜鳶不知何時已下馬來到我身邊。

「你不問我發生了何事？」我側首對上他的瞳子，但見裡面依舊一片冷寂，彷彿沒有任何事能夠動搖他。

「有必要問嗎？」他冷漠地迎上我的眸子。

對於他的漠不關心，沒來由的怒氣瞬間湧上心頭，「孤男寡女在山洞內相處一夜，你難道不想知道發生什麼事了？」

沒待我的聲音落下，他便轉身上馬，似不願與我多閒話一句，「張虎，帶王妃上馬，回府。」

瞪視著馬背上那道玄色身影，我毫不猶豫地脫口而出，道：「我和夜翎在山洞裡，什麼事都做了。」

只見那背影一僵，扯住韁繩的手隱隱泛白，我以爲他會轉身對我說些什麼，可是他沒有。雙腿用力一蹬，乘馬而去，唯留下一行行馬蹄殘印於雪上。看著他越走越遠的身影，我的雙腿再也支撐不住，隨即一軟，筆直往後仰落，倒在冰涼的積雪之上。

我輸了。

第四章　傷別離·蕭關去

再次醒來已是夜裡戌時，紫衣與冰凌二人擔憂的目光終於放鬆，悄悄吐納一口氣，欣喜道：「王妃您終於醒了！」

我的眼波怔怔流轉於頭上那頂雪白帷帳，一時間竟連呼吸都困難，只能呆傻地看著。腦海閃現的是夜鳶無情而去的身影，以及那冷淡漠然的目光。

突然間，我覺得自己什麼都沒有了，夜鳶……他與壁天裔都是同一類人，江山與權力才是他們最看重的。

未央，你眞傻。

這場遊戲還沒開始，你就已經輸了。

「王妃，您要不要吃些東西，您從昨兒個到今夜都滴水未進吧？奴才爲您……」紫衣的話才說到一半，我的淚水便頃刻滾落，灑在衾枕之上。

「王妃您別哭啊。」冰凌瞬間慌了神，拿起帕子便爲我拭去眼角淚水。

如今的未央還剩下什麼？沒有了，什麼也沒有了。

大哥，對不起，未央眞的已經盡力了。

「王妃是否身子疼痛難受？快告訴奴才，好去請御醫來瞧瞧，您別光哭啊。」冰凌猛然跪倒在地，連連磕頭乞求道：「魯風才剛因爲沒能送王妃安然回府而被殿下杖責五十，若是又被殿下知道奴才照顧不周，鐵定是要趕出府的……」

我黯然撇過頭去，含著淚凝望身側急得兩眼淚光閃爍的冰凌，沙啞地問：「殿下……杖打魯風？」

紫衣一見我啓口，緊繃的情緒頓時放鬆，趕緊順一順自己的胸間，「王妃您開口說話了，冰凌你快起來罷，想必王妃是昨夜受驚了。」便將冰凌由冷涼的青磚地面扶起，又去桌案旁端起一杯冒著熱氣的茶水遞給我，「王妃您先喝杯茶潤潤喉。」

我緩緩由床上坐起，接過茶水卻不飲，直勾勾地審視著冰凌。

冰凌揩了揩凝在眼角未落的淚，哽咽道：「昨夜聽聞魯風說王妃您無故失蹤，可把殿下急壞了，盛怒之下將魯風拖下去杖責五十，隨後調動了千名將士在天龍城裡四處找尋，他頂著風雪不眠不休找了您整整一夜。奴才在鳶王府待了這麼多年，頭一回見殿下如此憤怒，對一個女人如此緊張……奴才之前還心想殿下對您……想必也像對先前那幾個聖女玩玩就罷了，可經過了昨夜，奴才方知道您在殿下心中地位竟如此……」

手心緊握的瓷杯未拿穩在地上摔了個粉碎，我掀開蓋在身上的被褥跳下床，取過一件貂裘隨意披罩著便衝了出去。

燈火瑩煌映微雪，冷香殘紅霜天曉。

我一身單薄頂著夜晚寒露衝出了鳶王府，找遍了整座鳶王府都沒見到夜鳶的人影，直到遇見管家，他面露慌張，支支吾吾地吐出「鳳亭閣」三個字。我也沒有細問，便一路直奔鳳亭閣。

我知道鳳亭閣是什麼地方——數個月前，我生辰那日，被夜鳶包下的那間客棧。

憑藉著點滴記憶，我來到鳳亭閣外，卻被門口兩名手下攔住。我冷睇他們一眼，自懷中取出白玉晶石擺於他們面前，冷聲道：「我是鳶王妃。」

二人一見晶石，古怪地對望一眼，眼底深處彷若流露出一絲緊張，猛然跪倒，「奴才見過王妃。」

看著他們的表情，不由令我想起方才神態支支吾吾的管家，心上更是疑惑，越過依舊跪伏在地的兩人，直闖鳳亭閣。

整間客棧依舊被人包下，安靜之中散發著淡淡宜人香氣，與其他嘈雜的客棧相比，這兒倒是少了幾分喧囂，多了幾分高雅。夜鳶所以經常光臨此地，只是這裡天龍城數一數二的客棧。

步入那一階階以大理石砌成的華美階梯，越往上走便越清楚聽見一聲聲平緩悠揚的弦音由屋內傳出，繞指絲柔深情無限，浮沉微動。

穿過交錯的長廊，轉過素白的牆角，一陣清風拂過浣紫羅幃，裡面傳來陣陣歡聲笑語，鶯燕宛轉動人。

「殿下，您又走神了，該罰酒一杯。」嬌柔甜膩的聲音傳入耳畔，我揭紗直闖，轉入插屏，低低的嬌嗔夾雜著媚笑逸出。

一名貌美女子倚靠在夜鳶身上笑得異常嬌媚，她的衣衫凌亂，雪白酥胸若隱若現摩挲著他，豐滿裸露了一大半，雙頰格外紅豔引人遐想。見我來亦絲毫不見尋常女子的嬌羞，反倒更加作態地貼靠在夜鳶身上。

可我的到來倒引得簾後撫琴的女子頓然停下，依舊伏在夜鳶懷中的女子卻手執酒樽，兼以妖媚目光上下打量著我，滿臉審視意味。縱然疑惑，嘴上仍問道：「哪兒來的姑娘，竟敢闖進殿下包下的雅座？」

我杵在原地良久，望著眼前的一切，胸口一股熱氣盈盈湧動，堵在心上十分難受，原本即衣著單薄的我突感冬日寒氣直逼心頭，冷入神髓。濃郁的脂粉香味傾灑在鼻間，引得我反感至極。一股沒來由的怒氣直襲胸口，卻硬生生壓下。

心中默默念著，務必要忍住、忍住，在他面前爲自己留下最後一絲尊嚴，「打擾殿下的雅興了。」對上他那雙看似平靜如水卻又波濤如浪的眸子，我雲淡風輕地淺笑，隨即揚長而去，獨留滿閣脂粉與一簾旖旎。

步出鳳亭閣時，外頭兩名手下仍跪倒於地，似乎自我進去之後便沒敢再起來。心底陡生好笑，想必清楚接下來將發生之事，故而跪著準備領罪。

冷然的目光掠過他們，步出門檻，猛烈的北風呼嘯在耳邊，枯枝被風吹得搖曳四擺。風勢越發強烈，吹得我髮絲散亂，雙頰通紅僵硬。這條天龍城最繁華的街道也因夜裡的寒氣顯得淒涼異常，連個路人都尋不到，想必家家戶戶皆躲在暖炕上吃著小菜、品著小酒，一窩一夥的閒話家常罷。唯有我這個傻子才會頂著寒風，獨自一人走在夜半荒涼的街道上。

忽聞一陣急促的腳步聲踏踩著積雪由遠至近，一聲「轅慕雪」響徹黑夜，來回縈繞。

聽他這般連名帶姓地喊我，腳下步伐一頓，卻聞又是一聲：「你只會逃跑嗎？」

我轉身，與停在距離我十步之遙的夜鳶對視，那雙眸子有股令人沉墜的幽森，亦有勃然欲發的悲傷。我從沒見過這樣的夜鳶，這樣頹廢哀傷的夜鳶。

心底一凜，對著他那沉沉哀傷的目光，我自嘲一笑，「留下來看你尋歡作樂嗎？」

他雙拳緊攥，沉默片刻，才道：「我尋歡作樂你會在乎？」他彷彿在嘲笑自己一般，火紅的瞳子黯淡了許多，再也不見光彩奪目。「我又怎會不知道你一直在利用我？是了，我們一直都是相互利用的關係，沒有誰能責怪誰。」他冷然的聲音依舊不變。

夜鳶此話一出，我的眼淚隨即不爭氣滾落，懦弱與徬徨在他面前暴露無遺。夜鳶早就知道我一直在利用他，也將我們之間的互利關係看得如此清楚，唯獨我遲遲不能看清，非要攫住他的心才罷休。

興許是因爲怕罷，我怕他會半路丟下我獨自離去，畢竟我這個盟友在他眼中也不過是顆棋子，隨時可以丟棄。我又怎會不知夜鳶的本性何其冷血無情，利用過後的東西盡可一腳踢開，也正因知他性情，所以想方設法非要攫獲他，避免自己是他下一個踢開的人。

是我錯了。

有的東西越是想抓住，便離得越遠，越讓人看不透。

「我懂了。」哽咽之聲於靜寂夜空下顯得格外淒冷，我遂邁步而去。

走了幾步，有雙手臂自背後緊緊圈著我，我掙扎，他的手臂卻收得越緊，彷彿怕一鬆手我就走了，再也不會回去了。

感覺到他雙臂間的溫暖，我有些怔忡，還沒來得及反應，他便略帶沙啞地說：「慕雪，別走。利用也好，假意也罷，我只想你留在我身邊，在你放棄我之前我絕對不會放開你。」

聽著他一字一語眞眞切切，我的心彷彿被什麼扯過，窒悶之感襲在胸口，如何都揮之不去，只能怔怔地靠在他懷抱中聽他繼續說：「我想通了，即便你的心底始終有個人我也不在乎，我不會跟一個死人去爭。因爲現下你是我的女人，將來與你併肩站在一起的人也是我。」

他將懷中的我轉過身，正對上他的眼睛。在他眼中，我看見的不再是一片淡漠與冷鷙，眸中那隱忍著的欲望與熾熱無限蔓延到最深處。態度突然轉變的夜鳶令我措手不及，害怕地後退一步，怕這又是一次有目的的利用與假象，我不能一錯再錯。

見我後退一步，他又上前攬住我的腰，將我拉近。他眼底的哀傷與掙扎是我從來沒有見過的，那份哀傷似乎隱藏了太久太久，突然的流露竟是那樣急切，深深撼動了我的心。

「即便你和夜翎……」他的聲音頓住，傷淡的目光黯淡了幾分，原本緊壓在胸口的悶氣重重吐出，於緊抿的唇畔勾勒出一抹淡笑，「我們重新開始。」

我不可置信地眨了眨眼睛，深怕眼前看到的、聽到的全是幻象，眞不敢相信一向冷血無情的夜鳶竟會說出這般話來。

當我仍發怔地瞧著他時，他已捧起我的臉俯身吻上我的唇，不同於那夜的激狂霸道，他柔軟地在我唇上輕吮輾翻，卻更加撩撥我的心。我的腳早已失去全部氣力，只能緊抓他的手臂，仰頭回應著他的吻。他的舌頭探進我的口中交纏嬉戲，帶著香醇的酒氣，那份微醺之感似要將我迷醉，而我卻甘願在裡頭沉淪。

我不知道自己在抓什麼，只知有個東西我好想抓住，不想放手，就怕一放手便再也抓不住了。

十天後，南軍乘勢進犯，大王帶傷臨朝商議因應計策。今日夜鳶進宮前，面色也格外凝重，自晨起便再沒說上一句話，我也沉默地配合他，只靜靜看著他逐漸遠去的身影。

我在屋中癡等著他歸來，直到夜裡仍不見蹤影，心中越發確信自己的猜測。果然，原本隨夜鳶一同進宮的張虎倒先回來了，他有些緊張地前來稟報說起今日朝堂上發生的一切。

今日大王詢問諸位武官們，誰願領兵出征，朝中武將皆不發一言地站至一旁，無人敢說一句話。雖說曠世三將的陣仗早已不再，可南國出擊依舊是北國人的一大噩夢。大王見無人敢迎戰，便親自指派夜鳶為主帥、莫攸然為副帥，率領二十萬精兵出征，一人掌控十萬兵權。

可朝堂一群擁護夜鳶的大臣立刻出聲阻止——夜宣已然臨危，隨時可能撒手人寰，若是夜鳶這一去不回，夜翎可就要坐收漁人之利，夜鳶就是想反擊亦無可奈何。夜宣此次還特意任命莫攸然為副帥一同追隨應戰，用意更是讓人擔憂。

人盡皆知莫攸然是漣漪大妃的人，明眼人一看便知大王意向。一來，莫攸然曾是曠世三將之一，自當是統軍帥才，若有他相助必定如虎添翼；二來，這二十萬兵權若是全部交給夜鳶，定然威脅夜宣的皇權，故只能用莫攸然牽制夜鳶；三來，大王病重，夜鳶若遠至邊關迎戰，無疑給了夜翎一個大好機會，興許可藉此良機剷除朝中夜鳶一派勢力。

迫於北國的安危及聖旨的壓力，夜鳶接下了帥旗，明日即啓程迎戰。夜宣的如意算盤倒是打得響，可惜他千算萬算，漏算了莫攸然。漣漪大妃可是殺碧若的元凶，我不信莫攸然嚥得下這口氣。

我摒退了張虎，由床底取出兩套早已備妥的禁衛服，便獨自邁出門檻，頂著夜露降霜朝密室走去。冗廊深深，燭火隨風搖曳，吹得我衣袂翻捲，髮絲亂舞。偶聞梅香伴隨著一陣又一陣的清風吹入鼻間，芬芳幽冷，香氣襲人。

轉入那間破舊不堪的小屋，塵土飛揚，氣味嗆鼻。我忍不住輕咳了幾下，步伐也頓在原地，腦海中驀然閃現——兩年前，嵐總氣急敗壞地喊「臭女人，不要再捏了」，還有落那雙暗藏憂傷的清冷眼瞳，我刻意膩著她喊「落姐姐」。還有半年前，大哥帶我離去時，緋衣含淚祝我們幸福。

深深吐納一口涼氣，我咬了咬牙，仍舊按開密室的機關。

爲了成全天下，有些東西，即使再捨不得，也要捨得。

捧著禁衛服，走向兩個疑惑凝望著我的人，我笑道：「這兩件禁衛服給你們，便可在宮中自行走動。」

緋衣探手輕撫著禁衛服，美眸掃過我，「何意？」

「幫你們。」我冷硬地吐出三個字。

「幫我們？你有這等好心？」緋衣嗤鼻而笑，嬌媚的面容滿是不屑。

「你們進宮刺殺夜宣無非是想爲風白羽報仇，可單憑你們幾分區區薄力就想殺夜宣嗎？只有我，只有夜鳶才能幫你們殺了他。」我淡淡地說完，隨後便見緋衣射出一道「憑什麼要相信你」的目光過來。

「我知道你們爲了幫風白羽報仇早已將生死置之度外，可你們做此無謂犧牲也太可悲了。事到如今，你們也只能相信我。我定會讓夜宣萬劫不復，我要他一敗塗地。」狠狠地說罷，但見嵐與緋衣對望一眼，竟未出言駁斥我，興許是被我眼中濃厚的恨意怔住，反倒沉默等待著我的後語。

「穿上這兩套禁衛服，去劫天牢。」

「若是見到被捕的三名白樓手下，不要留情，殺了他們！」

「然後引來禁衛，你們要反抗、要掙扎，但最後一定要活著被捕。」

我一連三句話，引來嵐的激動，他怒道：「不行，他們都是與白樓出生入死的夥伴……況且姐姐也是其中一人啊！」

「只有死人才不會再開口說話。」沒待我回話，緋衣竟先啓齒了，那語氣平靜得教人覺得不大眞實。

「他們已受了半個月的刑都未曾開口，若要說，早就說了。」嵐連連搖頭，始終不肯接受緋衣的話。

「嵐，這個世上沒有永遠。總有一日，會有人受不了而鬆口的。」緋衣如大姐姐般輕輕撫上嵐烏黑的髮絲，水眸中含藏最深沉的悲哀。

嵐不再說話，緋衣則是側首凝望著我，淡淡地問：「說說你的計畫吧。」

那一刻，我對緋衣不再反感厭惡，反倒生出了欽佩。一個女子要說出這樣的話該要有多大的勇氣，可我明白，她做的一切皆是爲了大哥。

爲了大哥，早已將生死置之度外，哪怕是萬劫不復。

冬寒斂盡風歸去，枯影黯淡，又冷落。

我攏著雙臂無力地走在漆黑冗廊，輕然的腳步聲不斷迴蕩於廊中，一聲聲敲打在耳畔，既深又空寂。

在冗廊拐角處，我見到身著銀袍華衣的夜鳶，背著手佇立廊前，忽急忽慢的冷風掠過他的容顏飄飛。他的神情冷淡，瞳中一片空澈，縱衣衫飛揚，烏黑的髮瀉在肩頭，玄色綾雲絲帶束起，幾縷被風吹凌。清寂眼眸中不時帶著自嘲卻又深沉的幽光，薄唇微挑，也不知在思索些什麼。

我放輕腳步自後方緩緩接近他，踮起腳蒙上他的眼睛，他的身軀微微有些僵硬，隨即放鬆釋然，稍稍側頭，清聲笑道：「未央，別鬧。」

「你又知道是我了。」我鬆開蒙住他眼的手，而他也回轉過身含笑凝望著我。牽起他修長的手，我領著他邁入屋內，闖入眼簾的是那被燭光照耀得寒光陣陣的炫目盔甲。

他的步伐生生頓住，目光深鎖於面前的盔甲，握著我的手緊了緊，「你都知道了？」

我淡笑道：「如此震驚朝野的事，誰能不知。聽說你明日就要啓程了，這樣急嗎？」

他點頭，回道：「軍情迫在眉睫。」

他鬆開我的手，緩緩步至盔甲邊，眼瞳中閃爍著耀眼奪目的光芒，卻暗藏令人難以捕捉的擔憂。

我問他：「怎麼了？」

他的手頓時停留在盔甲的冰涼鎧片之上，將目光投遞向我，「我走了，你該如何是好？」

深知他言語中的深意，我的神情有些恍惚——他是在擔心我。自那夜我倆相互坦誠，夜鳶對我的態度似乎有了很大轉變，雖然臉龐依舊那般清冷，可我卻眞眞實實感覺到他在我身邊。

「你放心領兵上戰場去罷，別擔心我。」

他猛然將我擁入懷中，手臂收得很緊，我的呼吸頓時有些急促。他的手指沒入我散落的髮間，將我的頭深深按在他懷中，他的心跳在我耳邊來回跳動。

「有些東西若強求不得，定要狠心拋棄。夜鳶寧可負天下，也不願負你。」

「傻瓜，未央怎會讓你負天下。」

他一把將我抱起，朝帷帳內走去，同時溫柔地吻著我，不斷替我解開身上重重的衣衫束縛。我攬著他的頸項，用力回應著，身軀好冷，卻覺得渾身如火在燒，需要人爲我澆灌。

我們跌在屋內的柔軟紅氈之上，他的身軀重重壓制住我，將我裹得密不通風。手指熟練地在我赤裸袒露的身軀來回遊走愛撫，我已能感覺到身體深處湧起一股熱流，盡情燃燒著我的小腹。

我情不自禁地舉起雙腿纏上了他的腰，手臂緊緊絞住他的背，因他的挑弄而渾身顫抖著。我情難自制，朝後弓起身子略帶呻吟喘息，喊道：「夜鳶，夜鳶……」

得到我的邀請，他猛然一挺，深深地進入了我，一次又一次將我帶上最高點。

那夜，我們倆都很瘋狂，似乎將壓抑太久太久的心緒盡情釋放。那時的我沒有多想，我只知道，我是他的妻子，他是我的丈夫。

翌日，天際陰沉，似有一場風雪即將降臨。

我早早便將夜鳶的盔甲裡裡外外仔細擦了一遍，然後親手爲他穿上。他始終不發一語，只用深渺目光鎖定於我。待我爲他將甲胄穿好，他依舊靜靜站著，盯著我許久。

我傻氣地站在他面前，垂首盯著青磚地面，昨夜想了很多離別的話要對他說，可眼下站在他面前卻一個字都吐不出。

也不知過了多久，張虎小心翼翼地敲了敲門，低聲提醒道：「殿下，馬已備好，該出發了。」

夜鳶沒理會張虎的催促，而是低聲地說：「我走了。」

我低低頷首，輕應一聲。

「我不在的時候，你定要好好照顧自己。」他輕輕攬我入懷，臉頰緊貼著我耳畔，暖暖的呼吸拂過髮絲。

我環上他的腰，冰涼的甲胄貼著我的身子，可我卻不覺得冷。想起一件始終難以啓齒的事，我思索再三才說道：「有件事，我想對你解釋清楚。那夜我與夜翎什麼都沒有發生，我先前說的都是氣話。」

感覺他的身軀怔了怔，雙臂又將我摟緊了幾分，「嗯。」

「你信我？」他的反應頗令我訝異，解釋之言我早已在心底重複演練過不下百遍，卻沒想到他會如此回應。

「只要未央說沒有，我便信。」

心底最深處彷彿讓什麼輕輕觸動，蕩出陣陣漣漪。我說沒有，他便信麼，那我是否也該信他？

自他的懷抱掙扎而出，我舉起食指點上他的右頰，說：「那天我看到華蓮聖女親你這裡了。」

聞我此言他有片刻的閃神，隨即清雅地笑了出聲，「原來如此。若我說是她主動的，你信嗎？」

「信。」不知為何，聽到他這句解釋我竟再無質疑，即刻釋去心底疑惑。隨之我佯裝生氣地說：「她主動，你為何不拒絕？」

「她有利用價值。」他的笑意漸斂，轉而一臉嚴肅，這樣的他又令我看不透了。既然得到了他的答案，我也不想繼續相纏，便轉移話題，「利用也不行，我要懲罰你。」

看他一臉不解的模樣，我笑意盈盈，踮腳在他右頰落下一吻，「她親了，我也要親。」

「傻未央。」他寵溺一笑，手指輕輕撫過我的眸子，「有沒有人說過你的眸子很特別？」

我頷首，無言以對。

張虎卻已是心急如焚，又敲了敲門，「殿下，時辰到了。」

我輕輕推著他的胸膛，也催促著：「快去罷，可別耽擱了出征吉時。天龍城的一切有未央在，你安心打仗，一定要回來。」

他不答話，卻執起我置於他胸膛之上的右手，食指在我手心輕輕寫了一個字，是——「鳶」。正當我仍納悶他此舉，他已緩緩闔上我的手，然後緊緊包裹在他掌中，深情地注視著我，「轅慕雪，等我打敗壁天裔，回來娶你。」

怔怔凝視著他緊裹住我的那隻大手，我呆愣片刻，腦海中似乎又有一層記憶讓人剝了開來……

──「轅慕雪，你等著，我打敗壁天裔就搶你回去做新娘。」

我呆傻地盯著那隻手，始終沒能回過神。直到夜鳶與張虎一齊踏出了門我才回神，邁步衝了出去，對著夜鳶的背影喊道：「夜鳶，一定要回來，我會等你回來。」

那道背對著我遠去的身影頓了頓，卻未回首，也沒有對我承諾什麼，毅然邁步與張虎遠去。風勢漸起，清冷如斯，那道身影漸漸隱入大道的盡頭，隨之消失不見。

我知道，他一定會回來的。

也不知在原地站了多久，只覺手足冰涼僵硬，腦海中似乎閃過許許多多記憶，充斥著我的腦海。那是一層從未被探究的記憶，若非手心這個「鳶」字，怕是將永遠隨著未被剝開的兒時回憶而埋葬。

紫衣突然急匆匆地跑來，面上滿是焦急神色，微微喘著氣，「王妃，外頭來了位公公，領著一批禁衛，說是奉皇上口諭請您進宮。」

「進宮？」我收起方才的失態，唇邊勾勒出一抹冷笑，「好，那進宮便是。」

紫衣慌張地攔著我，說：「不行啊，王妃，殿下才剛領兵出征，就來了這樣一群氣勢洶洶的人，大王一定別有他意……」

「紫衣你也知道的，殿下遠征，如今大王下令命我進宮，我若拒絕，這可是拿鳶王府一百餘口人的命交換。你們盡管安心待在府裡，等待殿下大捷歸來。」

‧夜鳶

九年前他十七歲，孤身一人前往南國刺殺潛伏在那兒已久的「皇弟」夜翎。夜翎之事唯有父王、大妃與母妃知道，這是北國皇室的一樁天大祕密。以前他不懂，這等機密之事母妃何以知悉得如此清楚。後來他才明白，他們之所以讓母妃知曉，只是爲了提醒她，嫡長子並非眞的患了不治之症，而是帶著北國的榮辱潛進南國；更爲了警告母妃莫對太子之位存有妄想，太子之位將永遠留給嫡長子夜翎。

就在他的刺殺將要得手之際，竟從天而降十多名黑衣殺手，刀光劍影，殺氣橫生。他竟疏忽了漣漪大妃手下培養的一批暗人。他縱有通天本領也敵不過如此多頂尖暗人的連番搏鬥，負傷之下只得逃亡而去。

一路跌跌撞撞竟躲闖入轅府，手臂與腿腳皆受重傷，鮮血隨著虛弱無力的步伐一滴滴傾灑於地。當他正尋思該躲於何處隱蔽地方，以避過眾人視線好好療傷之際，一名年約七、八歲的小女孩卻站到了他面前，眨著一雙炯炯有神的眼睛看著他。

他緊握著手中長劍，欲殺她滅口。豈料她毫無恐懼地看著他，出聲問：「你是殺手麼，我可以救你脫險，但是你得聽我的。」

聽似天眞無害的話語，卻暗藏冷凜，她的表情非同於一般七、八歲的孩子。他暗自思忖，說不定可藉她之力治好身上創傷，屆時要擺脫這個小丫頭輕而易舉。一想及此，便冷冷地應道：「好。」

她立刻笑了，可眼底卻全無笑意，是個很奇怪的女孩。

後來，她告訴他，她叫轅慕雪，卻不問他的姓名，反倒自作主張地喊他爲「影」。

躲在她小閣內養傷那段期間，他從未與她說過話，也未受到任何人干擾，因爲這個小閣裡只有轅慕雪與一名丫鬟蘭語，彷若與世隔絕般根本無人會踏入此地。他在安心養傷之餘，也對這個神祕的小女孩甚爲好奇。

她的臉上總是掛著燦爛笑意，可笑意卻從未到達眼底。有時她站在閣前欄杆眺望遠方，一站便是大半日，從不說一句話。

每回由貴族學院課畢歸來，她總會對他說：「今日轅沐錦又在某某少年面前裝可憐，看著她淚眼婆娑的模樣，眞想將她的眼珠挖出來，看她再如何演戲博取眾人同情。」故而說那轅沐錦可恨。她也總提起自己的兄長，提到他，眼底便不再冷漠，而是發自內心盪漾出笑意。

數日之內，她對他說了許多，話彷彿永遠都說不完一般，而他卻同樣能體會她心中的孤獨。他自己又何嘗不是呢？父王將他的愛全給了那個遠赴南國的嫡長子……他也曾多麼渴望父王的疼愛，可父王卻當著朝堂眾人面前說：「母賤，子更賤。」他是父親，怎能對自己的妻兒說出此等卑劣之話語。

他曾幻想著，倘若當年被父王選至南國為奸細的人是自己，母妃是否就能得到父王寵愛，自己就能得到父王的重視。可母妃卻只緊緊擁著自己，低聲地笑，「傻孩子，夜翎是嫡長子，無論你做得再多，你永遠只是長子，前面始終少了個『嫡』字。你的父王永遠會打壓你，只因你是長子，他怕你奪了嫡長子的地位，他擔憂……他一直都在怕。」

看著母妃那張滄桑的臉，他突然覺得原本豔冠後宮的她老了許多……那時他便在心中暗暗發誓，那個王位他非要不可。

興許是眼前這個小女孩與自己遭遇相仿，看著她總偽裝在臉上的笑似令他瞧見了另一個自己，無限的哀傷竟深扯著心底最柔軟的一處。好幾次欲開口安慰，卻被她打斷。

她冷冷地說：「不要說話，你聽著就好。」

原來，她之所以對他說這麼多，只因為他一直沒開口說過話。

原來，她只想找一個肯聽她說心事的人，僅此而已。

後來，他再沒有開口，只靜靜傾聽她的一字一語，也將他的心帶入了更深更遠的記憶中。

直到那日他的傷勢已復原，準備偷偷返回北國，卻驚然發覺，轅慕雪口中所謂的哥哥竟是那個與莫攸然、壁天裔並稱曠世三將的——轅羲九。他臨走前不禁多問了一句：「你的哥哥是轅羲九？」

她倒是頷首默認，隨後扯著他的衣衫道：「我知道你要走了，但是你必須幫我做一件事，報答我對你的救命之恩。」

他詫異地看著她堅定的目光，他一直以爲這個女孩只是性情冷了點，卻未想到她對人世之情瞭若指掌。他心中浮出對這個丫頭的欣賞，進而答應了她的請求——將轅沐錦丟入帝都城的妓院。

這等事對他來說自是簡單不過，他於夜裡潛進轅沐錦的屋內將她打暈，隨後便用一床被褥將她整個人裹起，再賣給妓院的老鴇。

當他將老鴇所給的十兩銀子交給轅慕雪時，她嘲諷一笑：「沒想到這丫頭竟能賣十兩銀子。」說罷，便將那十兩銀子用力一拋，丟棄在遠處的荊草中，隨後朝他微微一笑：「你已不欠我的恩情，可以走了。」

他猛然扯住欲轉身離去的她，邪異目光湧動著如火的燦爛，他突發奇想地問：「做我的妻子可好？」

她卻未顯出羞澀與驚慌，倒是上下打量了他一陣，才道：「近來爲何總有人要我做他的妻子呢？」

這句話倒引起了他的好奇，便問：「還有誰？」

她答：「壁天裔。你知道壁天裔是誰麼，是南朝壁嵐風大元帥的兒子，也是曠世三將之一，將來他的成就絕不比他父親壁元帥低。而你一個殺手，憑什麼要我做你的妻子？」

原本說要娶她只是一時興起，然聽她這樣一說便挑起了他心中的欲望，更因她最後那句「憑什麼要我做你的妻子」而激起了久藏於內的野心。唇畔不禁勾勒出淺淺笑意，他扯住她垂於身側的手，以食指在她手心上輕輕寫了一個字。

她的視線一直停留在手心，待他寫完，方念出：「鳶？你的名字？」

他頷首而笑，堅定地說道：「轅慕雪，你等著，我打敗壁天裔就搶你回去做新娘。」

年少時的一句承諾深深刻印在他心中，並以打敗壁天裔爲目標努力著，興許連他自己都不明白當初何以會對一個小女孩如此承諾。或許是她的孤單氣息感染了他，又或許是讓一個七歲女孩就有這等心機而吸引，再或者是她的語氣激怒了他……

當時如此年少輕狂，一次的衝動刺殺竟引出一段相遇，而這段短暫相遇在年僅七歲的轅慕雪心中不過是人生中一段小插曲，可有可無，甚至可能隨手丟棄或忘。那時在她眼中，就連壁天裔都不過是一枚能善加利用的棋子，她又怎會將一個認識不過數天的殺手放在心上?更因爲，那時的她眼中只有轅義九一人。

可他不一樣，一句脫口而出的承諾，造就自己成了後來手握北國半壁江山兵權的戰神，更於朝廷扶植了屬於他夜鳶一派的勢力，足可與當今皇權分庭抗禮。而他所統御壯大的雪域鳶軍兵力，內中含藏之深刻意義唯有他自己明白。

第五章　殷紅冷・無怨尤

臘冬已過，時近立春，這是我來到王宮的第三個月。更簡單地說，自上回李公公奉大王旨意命我進宮後，我便被囚禁在辛嵐宮，位處宮中最偏之地，卻是離大王的北華殿最近之處。

這幾個月大王來過數次，每回我們總是安靜地坐於案前，泡一盞茶聊上一會兒。他最常提及的就是母親，而我也不時刻意地與他談及母親。每回說起，他總要哀聲嘆上幾口氣，隨即陷入一陣哀傷悔恨之中。

我又怎會不知夜宣將我囚禁於此，只是為了牽制手握重兵的夜鳶，且他也怕夜鳶萌生反意，掉轉頭來對付他罷。看來先前我與夜鳶刻意扮造的「夫妻情深」假象也達到了預期目的。我們等的就是夜宣將我囚禁，讓他以為有我在手，夜鳶會有所忌憚。

可他又怎知螳螂捕蟬、黃雀在後呢？

就在一個月前，宮中傳來一起消息，上回刺殺大王的餘孽同夥闖入天牢救人。才正將被捕的同夥三人解救而下，大批的侍衛便已湧入天牢，一場生死搏殺就此展開。先前被捕的三名刺客因每日受刑拷問，早已負傷累累，可仍拚死反抗，終是死在亂刀之下，包括落在內，那個曾被我喚作姐姐的落。

嵐與緋衣最終被擒獲，關押在天牢，繼續審問。我知道他們想從二人口中得到兩個字——夜鳶。

興許在夜宣心中早就認定那群刺客是夜鳶派來行刺的，故而定要審問出他的名字，便有充分藉口治夜鳶謀逆之罪。

人都說虎毒不食子，可虎子又緣何會食父？

做爲一個父親竟連對兒子的一點點信任都沒有，也難怪夜鳶恨他恨得如此強烈如此深。

春意盎然，辛嵐宮靜謐異常，紫衣被春風一吹早已昏昏欲睡。

我曾以辛嵐宮奴才不合我心意爲藉口，請求夜宣召紫衣進宮，他許是想一個丫鬟並無多大干係，故而准了。猶記那日她看穿夜宣此次召我進宮定欲對我不利，我便明白紫衣雖然膽子小，卻是個聰慧伶俐的奴才。被夜鳶選中派在我身邊伺候的奴才果然非同一般，每個人都有他們自己所在的位置。

一想到夜鳶，我的心便吊得老高，目光掠過半掩的鳳帷，靜謐的暖陽由窗外射了進來，鋪得滿地金燦。我攏了攏讓風吹亂的鬢髮，走至窗前凝望柳絮飛揚，白蕊細灑於青石苔上，如覆塵霜。

芍藥花開得正豔，香氣迎面撲來捲進鼻間，頭卻是一陣暈眩，來得濃烈。我立即扶上窗檻穩住身形，眼前昏暗一片，步伐一軟險些摔倒，一雙手卻及時攙住我。

我闔上雙眼倚靠在那人身上，低低地說：「紫衣，快扶我去躺會兒……」

順著力道，我步伐虛浮地走了過去，然後輕躺於寢榻之上，腦海仍是一片空白。寢宮內很安靜，熏爐裡的沉香馥郁地飄進鼻息中，我漸平復了身體不適，緩緩睜開眼簾。

第一眼望見的便是夜翎那雙擔憂的目光，我心下一驚，沒想到會是夜翎。自上回山谷一別後，我便再也沒見過他。

只見紫衣焦急地守候在旁凝視著我，夜翎卻低斥：「杵著做甚，還不請御醫！」

紫衣這才回神，匆匆跑了出去。

而夜翎便坐在一旁靜靜地陪我等著，他不說話，目光很是深沉。

我問：「最近可好？」

他淡然應了聲：「嗯。」

我又問：「怎有空來辛嵐宮？」

他沉默片刻，嘴角微微勾起，回道：「沒事，就想來看看你。」

我張了張口，還欲說些什麼，卻不知從何說起，終是不再啓口。他也未再發一語，沉默地端坐著。

不一會兒御醫便讓紫衣給請了過來，他將一條長長紅繩綁在我手腕上，閉目輕探，神情複雜。不一會兒，他才收起紅線，恭謙欣喜地賀道：「恭喜鳶王妃，已有兩個多月的身孕。」

聞言我心念一動，隨之又掉入谷底，面色漸漸冷下，絲毫沒有將爲人母的喜悅。

而夜翎則是怔住了好一會兒才擠出「恭喜大嫂」這四個字，幾乎是從齒縫中吐出，僵硬異常。

我有身孕之事於一天之內傳遍了整座王宮，多數奴才私底下的議論皆是——看來鳶王妃會是第一個給大王生孫子的人了。只有我知道，無數的朝廷重臣蠢蠢欲動，皆盯著我的肚子不放，更清楚意識到此刻的我有了身孕代表著什麼。

我靜靜佇立於白絹繪墨屏風前，迎著靜謐月光不住沉思，宮內一片清寂。帷帳的影子漫地而起，不時隨風而盪，映得一室淒涼。

紫衣手執一盞宮燈來到我身邊，隱在暗處的我突被一片金光包裹，刺得我眼睛有些疼。

「王妃，您已是有孕之身，應該多休息爲好。」紫衣擔憂地凝視著我，目光中微有波動情緒。

我將手撫上自己的小腹，無聲地看著紫衣良久，才啓口：「紫衣……」

彷彿察覺到我想說些什麼，她立刻打斷，輕聲地說：「殿下要是知道王妃您有身孕，定然會非常開心。」

「去準備一碗藏紅花。」我冷聲打斷，目光逐漸由迷離轉爲清明。

她手中的宮燈頃刻掉落在地，怔怔地看著我良久，嘴唇蠕動，「王妃、王妃，那是……您的孩子……」

「紫衣，想必你比我更清楚，這個孩子，絕對不能留。」不知何時，我的手已然緊握成拳，指甲掐入手心，疼痛傳遍了整隻手臂。

紫衣頹然跪倒在地，雙手撐著玉磚重重朝我磕了一個頭，哽咽道：「紫衣很想代替殿下謝謝王妃您的深明大義，但奴才相信殿下絕不會因王妃您的決定而開心，反倒會自責悔恨，所以紫衣不代殿下謝您。」隱有幾滴晶瑩淚水灑落在玉磚之上。

深夜，月光被濃雲遮蔽，疏星卻依舊璀璨奪目，幾束昏黃照進銀鉤繡戶。

我靜靜仰躺於寢榻之上，目光流連著繚繞的鳳帷，忽地下腹一陣絞痛，我緊咬下唇，冷汗由額際滑落。窒悶的寢宮透出郁郁沉香，夜色濃黑得不著邊際，宮闕清遠透著別樣的哀傷。

再也承受不住疼痛，緊咬著的唇齒一鬆，疼痛呻吟由口中逸出，我蜷曲著身子在滿是錦緞的床上翻滾。一抹冰涼由下身溢出，濕了裙褲，腥惡之味將我團團圍住。

孩子，不是娘不要你，而是你與你爹的命，娘只能保全一個。

孩子，娘不能讓夜宣那個無恥之徒利用你要挾你爹，更不能讓你成爲一個罪人。

所以，娘只能在你尚未成形之時拋棄你，不能讓你成爲害死你爹的罪魁禍首，絕對不能。

夜宣，未央今日所受之苦，將來定會十倍乃至百倍奉還。

夜色濃黑，辛嵐宮瀰漫著一宮的罪孽。

翌日，紫衣飛鴿傳書於遠方正在烽火硝煙下的大王子，信上只有八個大字：「宮娥陷害，王妃小產。」

殘葉蕭瑟，雨捲殿檐，層雲陰霾，長風滾動。

我癱軟地靠在織錦屏風後的臥椅之上，側耳傾聽潺潺水聲，依稀入耳。

紫衣立於屏風前的花梨木雕茶桌，執各色精巧玉瓷小杯泡著茶，微微水氣縈繞開來，雨前茶香襯著淅瀝春雨竟如是悅耳異常。

「讓你辦的事可有辦妥？」我的聲音不高不低，交雜著雨聲逸了出去。

「奴才已飛鴿傳書給殿下，想必不日就能送達殿下手上。」紫衣認眞地回話，纖柔長盈的手指仍舊熟練嚴謹地泡著茶。「王妃，自您小產之後，辛嵐宮似乎多了些生面孔，而王妃您的寢宮似乎……」她的聲音越來越弱，靈動的目光中淨是小心翼翼的謹愼，生怕說話聲讓人聽了去。

我虛弱一笑，心中亦了然，前兩日才傳出我有孕的消息，後又傳出我小產的噩耗，想必夜宣心中剛成形的計畫已被我硬生生打碎罷。他應是疑心這孩子是我親自扼殺，故而對我多加了幾分防備。

可防備歸防備，他終不能確定這孩子究竟是誰害的，只命人在後宮詳細調查此事原委。反倒是宮娥之間盛傳我的孩子是夜綰公主下藥謀害。也不知打哪兒來的消息，說是數月之前夜綰公主親手將我推下了湖，若非大王子救得及時，我恐已一命嗚呼。

夜綰公主對此事也有耳聞，當日便到夜宣面前哭訴冤枉，夜宣倒未細問小產之事，反倒詢問她推我下水是否眞有其事。夜綰梨花帶雨地僵在那裡，倒像是默認，夜宣當場便賞了她一耳光，隨後將其禁足。

有了夜綰這件事，夜宣的面上也掛不住，草草便將我小產之事告一段落。他也在怕罷，若眞查出害我小產之人是夜綰，夜鳶是萬萬不會罷休的。

忽聞一陣輕碎的腳步聲於宮外緩緩移動，由遠至近。不一會兒便聽有人高唱：「華貴嬪駕到。」

紫衣忙放下手中的茶，跪地相迎。我也欲起身，可掙扎了數次仍無法由椅上坐起，只覺下腹又是一陣抽痛。

才剛邁步而入的華貴嬪一見我，忙上前安撫，「你小產後身子弱，虛禮就免了吧。」

「謝母妃。」我這才放棄掙扎起身，又倦倦地躺了回去。

今日的華貴嬪只一身浣紗素衣裙，與平日的金光閃耀、雍容華貴明顯不同。其舉止端容皆有滄桑之感，眸中隱有倦態。

「母妃何事至此？」並未壓抑心中的納悶，我出聲探問。

她廣袖一揮，示意紫衣起身，我則朝紫衣使了個眼色，讓她在寢宮外候著。一來有些話不想在她面前提及，二來讓她防著有人鬼祟偷聽。

「鳶兒去了快三個月，他的消息也寥寥無幾，而你……卻又小產。突然間本宮覺得自己費盡心機做了這麼多事，似乎什麼都沒得到，反而失去了更多。」她有些疲累地揉了揉自己的額頭，目光中深藏著倦與哀。頭一回在她眼中看見這樣的情緒，一向高傲自負的華貴嬪也會說累？

「母妃，事已至此，已由不得您說累。」我強硬地將她見軟的氣勢徹底壓下，「殿下此次出征，定會歸來，未央一直都相信。」

華貴嬪慘然一笑，有些勉強，「本宮只是怕有個萬一。」

「絕無萬一，殿下乃命定的王者，不會輸。北國的子民還在等著他，而他，也有自己的夙願要完成。」

華貴嬪的唇陡然緊抿，目光漸恢復了往日的高貴嫵媚，一雙凌厲的眸子在我身上來回打轉。

我毫無顧忌地將自己的一切心緒展露於外任她審視。我知道，我的眼睛已暴露出了野心與仇恨，可嘴邊仍掛著淺淡笑容回視於她，「母妃若真疼愛殿下，以後請兩耳不聞窗外事，安心待在您的寢宮。即便是大王挾制，即便是另立儲君，即便是殿下大捷，都請您務必穩住心緒，不到大軍攻城那一刻，切勿輕舉妄動。否則死的人不只是未央與您，還有殿下。」

十日後，我收到了自邊關捎來的飛鴿傳書，本以爲會有安慰的話語，未曾想到上面僅有四個字：「長樂未央」。這四個字一氣呵成，瀟灑的行書透著清勁，筆鋒中少了平素的孤傲沉斂，倒隱透悲傷。

夜深之時，時常被夢魘纏身，連連驚醒，汗水早已濕透寢衣。每回我總是自枕下取出那張寫著「長樂未央」的信，反反覆覆地看著，便能伴我安然入睡。

不知爲何，這四個平淡無奇的字竟能使我感到安心，興許……正因它平凡，而更顯柔情悠遠，深深撫慰了我的心。

漸入六月初夏，天氣轉熱，辛嵐宮的戒備越發森嚴，書信皆無法送出，就連紫衣想出宮熬藥都被攔下。所有事皆被夜宣派來的奴才經手而做，我們宛若籠中鳥，除了夜宣再見不到任何人。近來就連夜宣都不能得見，聽宮中傳聞他病情漸重，莫攸然早已隨軍遠行，宮中御醫束手無策，急得焦頭爛額。

可今日我卻得到夜宣的准許出宮，只因今日是大哥的忌日，但夜宣仍未掉以輕心，辛嵐宮大半的守衛皆跟隨著我出宮祭拜大哥。大哥之墓設在天龍城北郊一處偏僻小丘上，我採了一束雪白芙蓉花，輕輕插在碑前。手心撫摸上墓碑刻著的「一代名將轅羲九之墓」幾個字，指尖有些疼痛，一股酸澀熱氣湧上眼眶。我以爲這輩子我都沒有勇氣來此祭拜大哥，可今日不同，我一定得來。

很快，我就能一洗母親當年的恥辱。很快，我就能爲你報仇。大哥，慕雪馬上就能做到了，你開心嗎？

我黯然起身，回首望著背後，幾十名手執佩刀的侍衛目光肅然緊盯著我，連眼皮都不眨一下，生怕轉眼間我便消失不見。

可夜宣你千算萬算，又怎知我今日來探大哥並非想找個所謂的逃脫藉口，而是要引開你安插在辛嵐宮的一半守衛，唯有如此，楚寰才能帶著他的手下潛入辛嵐宮。

回想起一個月前紫衣將我小產之事飛鴿傳書給夜鳶，之後便聽聞一樁大快人心的消息——夜鳶率一小股軍隊橫闖位處西山的南國副將軍營，力斬數百人，親取副將首級。南軍大亂，猶自後退數里。

夜鳶此舉甚爲衝動，若是未殺副將反被擒拿，後果將不堪設想。可他們卻說，那日的殿下，就像變了個人似的，手中的刀只會殺人，殷紅鮮血濺了他的銀盔。一片蒼涼血色籠罩著荒煙瀰漫的戰場，他們從未見過如此瘋狂的殿下。

聽及此，我的手不禁撫上「長樂未央」四個字，心中蕩開層層悲傷，終於明白，原來承受喪子之痛的人不只未央，還有遠在邊關的夜鳶。更使我驚覺，即便相隔千里，我們卻承受著同樣的傷痛、同樣的心緒。

紫衣站在我背後，爲我攏攏飄散的髮絲，擔憂地說：「王妃，時近黃昏，該回宮了。」

我瞥了眼紫衣，隨即頷首，與背後眾多侍衛一齊回宮。

南軍已非當年的南軍，曠世三將的輝煌早因滄桑歲月而淹沒在史書之中，他們終將是一段逝去的歷史。新的歷史，也該來臨了吧。

北國元豐十八年七月中旬，宣王病重，夜裡猝然咳血，宮中大驚。王昏迷三日夜，轉醒。密詔嫡長子翎於北華殿，數個時辰有餘，嫡長子翎方離去。

北國元豐十八年八月上旬，邊關捷報連連，南軍被迫撤退百十餘里，北軍窮追不捨。

北國元豐十八年八月中旬，宣王立嫡長子翎爲儲君，舉朝震，遂有反之，宣王殺。後百官慎言，猶自跪地迎儲君翎。

北軍大捷，退敵數千里，南軍潰不成軍。眾將皆歡，班師歸朝。

邊關方告大捷，宣王猶自稱老，帶病禪位。

辛嵐宮內再次湧入二十餘名侍衛，將寢宮團團圍住，原本我與紫衣閒悶之時還能在辛嵐宮外漫步，而今卻連大門都不得邁出一步。

今日便是儲君夜翎繼位之日，被囚禁的我們都能聽到風聲，想必正於歸朝途中的夜鳶也該聽聞了。

夜宣不愧是老謀深算之人，藉由南軍進犯之事，授命夜鳶領兵出征。這極其危險的一著棋，夜宣也敢鋌而走險交付兵權，更妄想以莫攸然瓜分兵權，牽制住夜鳶。

待聽見北軍第一道大捷，你便好巧不巧地稱老稱病，隨即立夜翎為儲君，強勢之姿滿朝震撼，卻也是敢怒而不敢言。數日之前又聽聞北國大軍擊潰南軍，你便提前禪位與夜翎。待夜鳶歸朝之時，北國江山早已易人，便也無可奈何。

好一招環環相扣的計謀，已經在做垂死掙扎了嗎？

可夜宣有所不知，正是這一招令他自以為天衣無縫的計謀，賠盡了自己的江山。

你為何不納悶，夜鳶竟願在此危急關頭受命前去應戰，賭上自己性命？

你絲毫不納悶，當你宣布禪位之時，夜鳶一黨竟無人出來反對，全然平靜接受？

興許你心裡明白，只有你在賭，賭夜鳶他不屑做弒君奪位之舉，不甘背負逆臣賊子罪名。你更將我和華貴嬪做為人質囚禁於宮，諒他夜鳶不敢輕舉妄動。

宮殿之上，黑夜蒼穹綻放著無數絢爛奪目的花炮，那是新帝繼位的光輝，閃耀著動人光芒，夜翎應該登位了吧。

數日前才禪位，今日儲君便已經匆匆登位，夜宣，你也在怕嗎？

你是該怕。

琉璃雕瓦，檐上星燦，月光與花炮相映，斜映了半身。

忽聞侍衛恭敬道：「參見大王。」

燭影深深，素帷低低，層層垂簾，宮燈熠熠。

我回首見一身明黃繡金團龍華袍的俊朗男子，隔著珠簾輕紗正深沉地凝望著我，那身影忽明忽暗，令人捉摸不透。宮燈將他蒼白面色映得清晰可見，今日是夜翎的登位大典，竟不開心嗎？

他廣袖一揮，駐守的侍衛紛紛退下，偌大的寢宮頃刻間陷入一片冷寂。

錦綾窸窣聲漸近，他揭起層層輕紗，撥開擋在我們之間的珠簾，一聲聲叮噹交鳴來回盪在耳邊。

他離我很近，氣息交織在一起，彷彿能聽見彼此的心跳聲。

我卻是徐徐拜倒在地，未綰起的髮絲靜靜垂落玉磚之上，插在髮間的珠玉四蝶花簪也隨我的擺動而發出清脆聲響。

「參見大王。」

面前那道影子無聲地將我籠罩其中，如一尊雕像木然佇立，我便一動不動地繼續跪伏在地。

忽地影子一晃，他便已單膝跪在我跟前，單指挑起我的下顎，迎上他那雙極致纏綿卻又冷凜的目光。

心緒平靜地打量著他略顯蒼白的臉，我低聲說：「今日大王登位，翡翠大妃想必在宮中等候著您駕臨。若是久候不至，怕是又要到辛嵐宮鬧了。」

「若今日我再說一次，願放棄一切只要你。」

我卻輕笑道：「大王若放下一切，便只有死路一條。未央不願跟隨一個連命都保不住的男人。」

他的手指隱隱用力，掐得我下顎生疼，我蹙眉輕哼。

但見他的目光突閃激狂，手中微微用力，我一個踉蹌狠摔在冰涼玉磚之上。他趕忙以手掌護住我的頭，免去了撞擊，幸未有意想中的疼痛。

他雙手撐於兩側，半俯身，已將我圈禁在他胸膛之內。

「既然朕放下一切也得不到你，那朕便不放。」他的聲音沉了幾分，面上蒼白之色漸轉爲寒氣逼人的欲望，那笑，儼如初次於倚翠樓一見，像是對待玩物一般。

「大王，未央是您的大嫂。」察覺到周身的危險，我伸手欲推拒，卻被他箝制得更緊。

「大嫂？」他嗤鼻一笑，魅惑的聲音來迴響徹寢宮，「你對夜鳶可有愛？」

「他是我的夫君。」

「你不敢說愛他對吧？你若愛，便不會親手殺了與他的骨肉。」

我一驚，沒料到他竟看出失了那孩子是我親自下的手。心下一亂，面色卻猶自鎮定，仰視著他，「我的孩子是如何沒有的，你該去問問你的王姐。」

「孩子是誰害的，朕沒興趣知道。朕只知道，眼下的你在辛嵐宮，便是朕的人。」他伸出手，攬上我的腰，吻便落了下來。

我慌張地撇過頭，避開他的索吻，他有些惱怒，隻手轉回定住我的頭，吻再次落下。手不停在我身軀之上摸索，一分分將我衣衫解開，我羞怒地在他身下掙扎著，前所未有的恐懼將我整個人團團包裹。

此情此景似極了數年前在倚翠樓對我施暴的成禹，像噩夢般充斥著我的記憶，我未有猶豫，啓口便在那張吻得我密不通風的唇上咬了下去。

可這次的他未如當年那般呼痛離開，反倒吻得越發深入激狂，血腥味傳入口中令我有股作嘔的衝動。

絕望之感漸漸攀升，腦海中恍然出現夜鳶臨走前那個夜裡，他對我說：「有些東西若強求不得，定要狠心拋棄。夜鳶寧可負天下，也不願負你。」

這麼快就要拋棄了嗎？我不願放手，我還沒親眼見到夜宣遭受他該有的報應，我怎能放棄。

恍惚間，一滴滾燙的淚水自我眼角滑落，灼傷了我的肌膚。夾雜著淡淡的喘息，我說：「夜翎，你還要再逼死我一次嗎？」

他的動作因我的話而停下，滿是欲望的眼瞳狠盯住我，嘴角殘留著血跡，滴滴灑落在我臉上，冰涼錐心。

「逼？」他仰頭大笑，笑中有嘶啞，有傷痛，有滄桑，有自嘲，「未央，夜翎何時逼過你？」

怔然凝視著他，那雙魅異瞳眸隱藏著太多東西，濃烈得彷彿可以燃盡一切。沉重的熾熱與傷痛令我無法喘息，窒悶在心頭的灼烈更無法吐出，只能凝視著。

突然間，他整個人似乎被掏空，盡失氣力，卻強支著身子由我身上而起。而我仍衣衫凌亂地躺著，目光始終沒有離開他，而他亦靜靜地看著我。

「對不起。朕不會再逼迫你，但朕留定你了。」最後幾個字，他說得格外堅定，似恢復了往昔的神采。

夜翎微整龍袍，將視線自我身上移開，轉身揮開擋在他身前的捲捲珠簾，又是一陣強烈的叮噹交鳴聲，卻是那樣刺耳。

看著他傲然的身影穿過層層輕紗，最終消失不見，寢宮內又恢復了平靜。

我緊咬著唇，口中仍殘留血腥之味，臉上淚痕未乾，睫上依舊凝著淚珠。狼狽地爬了起來，將凌亂不堪的衣衫攏好，卻見辛嵐宮的數名廚子端著銀盤進來，裡面放著數盤珍餚，香氣撲鼻。

「王妃，這是大王讓奴才們為您準備的。」

他們一盤接著一盤將其放置在玉桌之上，清脆的琮琤相擊之聲充斥寢宮。生怕自己的狼狽面目讓他們瞧見，我慌忙轉過身去。

就在眾人退出之時，一個低沉冷淡卻又隱含關懷的聲音傳來：「王妃，夜寒露重，請保重身子。」

我一僵，這聲音，是楚寰。

就在三日之後，也不知打哪兒來的風聲，竟從關押刺客的天牢突然傳出一道駭人聽聞的口供：「受命夜翎，刺殺夜宣。」

宮娥們紛紛議論此事的真假，納悶於夜翎才初登大寶，刺客們始終緊咬的唇齒竟突然鬆口，供出了幕後主使。眾人皆懷疑此爲明顯的栽贓嫁禍，口裡滿是不屑。可朝堂卻又起紛爭，原本沉寂無聲、連連被打壓的夜鳶一派一夕間湧現，彈劾的奏摺堆滿了龍案，天龍城內風聲四起，人心惶惶，甚至有人於街頭巷尾慷慨激昂地大罵夜翎，痛批其龍位乃謀逆得來，百姓紛紛響應。

翌日，一道聖旨降下，禁軍湧入天龍城內，凡聚眾妄議朝政、辱罵新王者皆收押入牢。卻不想民憤四起，天龍城內暴動連連。

反新王者，高呼夜翎並無資格登位，百姓倒是擁立擊潰南國大軍正歸朝來返的大王子夜鳶，其呼聲之高令朝野驚惶。

那天夜裡我正斜倚在窗臺之上，紫衣興沖沖跑了進來，眼中帶著嬌媚可人的笑，聲音壓低卻有掩不住的激動，「王妃、王妃……殿下回來了。」

霓裳踩衣曳地，廣袖迎風交錯，滿院落紅殘了一地。

我平靜地轉過身去，望著一臉興奮的紫衣。夜鳶，終於回來了嗎？

「紫衣聽說，殿下歸朝卻未遣散軍隊，大王許是早知道此事，兩日前便已緊閉城門，三萬大軍於城門駐守。可區區兩萬如何敵得過殿下與莫元帥的二十萬大軍？」紫衣跟在我背後低聲稟報她所聽到的一切，隨即發出一聲嗤鼻之笑，「莫元帥的突然倒戈令漣漪大妃與太上皇始料未及，自亂陣腳。聽聞……殿下在天龍城外打著夜翎謀逆的旗幟，欲討伐。天龍城內民心所向，紛紛響應。」

轟隆一聲，若石破天驚，響徹暗夜蒼穹，撼動巍巍天龍城。

紫衣一驚，側首將目光投向窗外，隱隱瞧見閃爍的火光，忽明忽暗，若隱若現。

我信步走至妝臺，看著銅鏡中的自己，嘴角勾勒出一抹笑意。

執起玉梳，輕輕理順自己的髮絲，笑著說：「紫衣，爲我梳個五鳳朝陽髻罷，我要迎接殿下。」

紫衣臉色一喜，輕巧地走至我身邊，動手爲我挽髻，手法十分熟稔。

打開妝臺之上緊閉的銀盒，裡面靜靜擺放著一朵紫色月季花鈿，信手拈起於指間把玩片刻，隨即貼在額間。我說過的，總有一日，我要在你漣漪大妃面前戴上這朵曾讓夜鳶取下的月季花鈿。花中之后並非你漣漪大妃一人專屬。

忽然，宮門被人用力踢開，幾個手中持刀的侍衛凶神惡煞般闖了進來，朝我怒道：「漣漪大妃召你過去！」

「哪兒來的狗奴才，竟如此不懂禮數。」我唇邊雖依舊掛著微笑，聲音卻是冷凜。

由鏡中可見侍衛們皆面面相覷，思量片刻後怒氣重歸眼底，怒道：「逆臣賊子之婦還敢在爺面前擺架子！」

一聲冷哼伴隨著輕笑自我口中逸出，好整以暇地執起螺子黛細細描眉，寢宮內再次陷入一片寂靜，唯有外頭隱隱傳來撼天動地的炮火聲。

瞬即，一道身影閃過，最前頭的侍衛突然眼睛瞪得老大，毫無生氣地瞪視著我，隨即倒地。頸項上現出一道細絲般的傷痕，血沿著玉磚緩緩蔓延開來，沾染了好大一片，如血紅的蓮，如此奪目。

紫衣已將五鳳朝陽髻綰好，而我的眉也描畫，放下螺子黛，取出朱釵斜插入髻。起身，睨著那個倒臥血泊的男人，再望望餘下數名早已嚇得瑟瑟發抖的侍衛，我笑道：「逆臣賊子？」

一身淡青色錦衣的楚寰，手中握著一柄長劍，劍鋒凝著一滴嫣紅的血，渾身上下充斥著冷凜殺氣。又見其長劍一揮，燭光反射著劍鋒，璀璨耀眼，我眼簾一閉，避過鋒芒，一股腥味傳入鼻間。

再次睜開眼睛之時，餘下幾名侍衛也已慘死楚寰之手，沒想到楚寰的劍勢比以前更疾快了。

「外頭的人都解決了？」我看著那張冰冷的面孔問，他將手中的劍收起，隨後冷然應了我一聲。

「那我們該走一趟漣漪大妃那兒了。」遠方轟隆之聲越來越近，我的笑容也越發燦爛。楚寰看著我的雙眼，目光閃爍著飄忽的迷離，很快便收回失態，靜靜地伴在我背後，走向北華殿。

漣漪大妃想必是在北華殿恭候著罷，夜宣，大勢已去，你一定要撐著最後一口氣，未央還準備了許多戲碼等著你呢。

高低垂懸的宮燈將蜿蜒遊廊映照得金碧輝煌，彩繪的巨大圓柱聳立。

玉階漫長，我踩著輕穩步伐緩緩而來，楚寰與他的手下已換上禁衛服跟隨於我，若不細看，實難分辨他們與漣漪大妃派去押我的數名侍衛有何分別。

來往的宮女們神色有些慌張，許是知道外頭形勢不妙故而緊張地四處奔跑。

走入通透奢華的北華殿，四壁讓宮燈映得明晃晃，不時有幾陣輕風溜入，輕靈地將滿殿紗帳捲起。如此金碧輝煌的大殿此時竟顯得淒涼滄桑，偶爾傳來幾聲冷笑，陰森至極。

踩著細棉紅氈，衣衫摩挲窸窣有聲，看著輕紗後的榻上有名男子咳嗽連天，兩鬢斑白，眼角瞇起的皺紋蹙在一起，十足是個病重的老人。

側影幽幽，漣漪大妃端坐於榻邊，溫婉清雅的臉上閃過狠意，犀利的眸子直勾勾朝我額間那朵月季花鈿射了過來。她身邊簇擁著十餘名禁衛，有幾位刀鋒盡顯，架在華貴嬪纖弱的頸項之上，彷彿一個用力，她的咽喉便會讓人割斷。

走進最裡一層珠簾，我探首揭開，馥郁的沉香裊裊升起，瀰漫於簾幕之後。紫衣戒備地擋在我身前，似擔憂面前那群殺氣畢露的禁衛會對我不利。

漣漪大妃倒是笑著上前，一把掐住紫衣的下顎，一字一語地說：「滿殿皆是哀家的人，你以爲憑你一介丫頭就能救自己的主子？」

紫衣並不呼痛，只睜著炯炯雙眼盯著她，漣漪大妃冷哼一聲，這才將其鬆開，「況且，哀家哪捨得殺你的主子，她還有利用價值。」

「大妃是想利用未央與母妃來牽制夜鳶，逼其退兵？可大妃您不知道，『箭已在弦，不得不發』的道理？」我雙手負立，平靜地看著這個女人，她臉上的笑容看似無害卻又暗藏殺機。

「那哀家不妨賭上一賭，你與這個賤人在他心中抵不抵得過這北國江山。」漣漪大妃揚眉一笑，唇邊滿是自信，彷彿已認定我們二人在他心中何等重要，「若是抵不過，那你們就與哀家一齊陪葬，哀家要讓夜鳶痛苦一輩子。」

我一笑，上前兩步，以強者的姿態湊近她耳畔，薄唇輕啓，「您以爲，夜鳶料不到母妃與我必然會成爲你們手中的人質？」

漣漪大妃一怔，猛然驚駭，轉身想命殿中禁衛將我扣起，卻不想有人更快一步，劍已抵住龍榻之上夜宣的頸項。漣漪大妃這才發現，我背後那批禁衛已非當初她所派去押我之人，面色慘白一片。

瞬即，滿殿十餘名禁衛皆讓楚寰的手下輕易斬殺，血濺了一地金磚，飄揚的紗帳映上了猩紅，一滴滴淌下，駭人異常。

「你……」她的面龐很是蒼白，卻不見慌張，依舊鎭定地看著我。可我知道，她在強忍內心恐懼，因其瞳目已經洩露了一切。我的心底閃過一抹快意，不想竟能在一向冷靜自持的漣漪大妃臉上見著慌張。

「大妃，您太小看了夜鳶，輕看了未央。」我移動著步伐，緩緩走到病懨懨躺著的夜宣身邊，只見楚寰的刀已在他頸上劃出一道輕痕，一滴血沿著刀鋒滲出，勾勒出一縷刺目的血痕。

他那雙眼瞳瞪得老大，驀然閃過妖紅，裡面有絕望。

我的唇畔浮起嘲諷笑意，「夜宣，有時未央真是佩服你，敢於取捨。你深知，在北國只有莫攸然與夜鳶聯手，再加上他夜鳶的雪域鳶軍，如此才足以擊退南國大軍，保住你的江山。這著棋若下對了，既可保住北國江山，又能立夜翎爲太子。可你的棋下錯了，竟妄想用莫攸然牽制夜鳶，你們絲毫不知莫攸然早便倒戈相向。漣漪大妃您可記得碧若？莫攸然此生最愛的女人，碧若。」

「咳……你……你們早就知道。」夜宣一邊咳嗽一邊掙扎著，絲毫不顧楚寰抵在他項上的刀，血更加洶湧地滴落。

「楚寰，收刀。」見此情景我忙朝神色冷淡的楚寰喊了句，待見刀鋒緊收我才鬆了口氣，隨即嫵媚一笑，「未央等了這麼久才等到今日，你夜宣怎能如此輕易就死呢？我要你親眼看著自己的江山，葬送在你手中；看著你最疼愛的夜翎，因你的自以爲是而死於夜鳶之手；更要讓你看見自己的兒子謀奪了你的江山，卻又民心所向，名正言順。」

「名正言順？你妄想！」漣漪大妃終於一聲尖叫，嘶厲之聲來回縈繞耳畔，「翎兒手中握有大王蓋了璽印的聖旨而傳位於他，你們竟想以莫須有的謀逆罪名加諸在翎兒身上，作你的千秋大夢。夜鳶那個小雜種還妄想謀奪王位，盡享萬世美名，他永遠都是個逆臣賊子。你們就只會派自己的走狗在民間放出翎兒謀逆刺父的罪名，騙騙那些什麼都不懂的草民還行，史官、朝堂大臣、宮中侍衛、奴才，皆知道他夜鳶謀逆！」

「漣漪大妃，我看作春秋大夢的人是你吧。」我的音量提高，冷冷壓下她咄咄逼人、自以爲是的氣勢。

看著我自信滿滿的模樣，她怔忡片刻，還沒反應過來，便見一道白色身影踩著輕盈步伐由內堂揭帳而出。

白衣華袍，素手柔膩，容顏飄飛，雪膚凝瓊。宛如水中洛神優雅高貴地走來，手中捧著明黃色的聖旨，震驚了漣漪、夜宣。

「華蓮聖女？」漣漪大妃不可置信地盯著她，更恍然大悟這一切早已讓夜鳶算計妥貼，一年前他遠征之時，便已算到一年之後的今天。

夜宣的嘴張得老大，目光隱透絕望的光芒。華蓮聖女是北國最聖潔的女子，象徵北國的榮辱，其實也就是北國的一道擺設，做給天下人看的。聖女既代表北國的榮辱，必然長期伴在大王身邊，出席各種宴席，對大王的言行舉止甚爲瞭解，可說是平日伴在大王身邊時間最久長的女子。

「夜翎手中的聖旨是他逼迫大王寫的，眞正的聖旨在華蓮這兒。」她高舉聖旨，擺於眾人眼前，笑得傾國傾城。纖手一鬆，聖旨赫然敞開於我們面前，裡面的字竟與夜宣的筆跡一般無二，只不過有些虛浮潦草，筆鋒無力。華蓮聖女不僅貌美，更是睿智聰慧，深知夜宣此時病重，斷然寫不出筆鋒犀利的字跡，故而轉爲潦草虛浮，毫無力道。

這場宮廷爭鬥，早在一年前夜宣遇刺之時就已分出勝負。唯有夜宣、漣漪二人依舊沉浸在自己所設的謀局，參看不透。

九門四下騰起濃煙，無數的火把自四面八方蜿蜒而來如長蛇迤至，地動山搖的衝殺聲、鼎沸交雜的刀劍相擊聲由遠處傳來。想必王宮九門此刻已被夜鳶控制了罷，這九道門的區區戍守兵力在夜鳶與莫攸然的大軍威逼下，不投降也難。

王宮中的奴才逃的逃、散的散，無數珠寶首飾遍地滾撒無人問津。

我則領著紫衣走過黃帷低垂的御書房，燭影深深，照得夜翎的臉色略顯蒼白。一名忠心侍主的奴才仍舊伴在夜翎身側，如今大勢已去，仍有如此奴才肯追隨，想來是夜翎之幸。

火光搖曳，將他案前堆積如山的摺子照得明晃晃，而他卻緊抿鋒唇，目光隨著我的步伐而移動，像是一直在等候我的到來。

我於龍案前停下步伐，紫衣手中端著一壺酒，小心翼翼地擺放在龍案上。他倒是神情自若，彷彿外頭依舊平靜，他仍是北國萬人之上的天子。

「不久前，朕還信誓旦旦地說一定要留你。可是朕似乎真的沒有能力留下你，不錯，能配得起未央的人只有最強者，夜翎不夠強，所以你選擇了夜鳶。」

我淡定地看著他一字一語說著，聲音隱透蒼白虛弱，猶見他愴然一笑，「有時我真恨父王，若是未將我送去南國十七年，如今朝堂也未必由他夜鳶一人獨大。可若未將我送去南國，又怎會在倚翠樓見到那個款款一曲〈廣陵散〉的嫣然？她的一耳光猶記在心，她剛烈地縱身尋死歷歷在目，她狼狽地由狗洞鑽出猶如昨昔。」

避過他熾熱如火的眼神，我執起酒樽，倒下瀲灩生香的醇酒於杯中，遞至他面前，平靜地說：「夜鳶大軍已到，未央便以此酒送你上路，保留全屍。」

他啞然失笑，起身接過酒杯，一飲而盡。

看著他何其決絕的舉動，我的喉間一陣哽咽。

待酒飲盡，他將酒杯重重置落於案上，嘴角猶噙著一絲從容笑意，可目光卻已成灰暗一片，再無那耀眼奪目的紅。

一陣晦澀難忍的熱氣浮上眼眶，我上前一步緊緊抱著他，問道：「你恨我嗎？」

他不由一陣輕笑，「未央可曾聽過，情到深處無怨尤？」

此言一出，緊摟著他的手鬆了幾分，情到深處，無怨尤？

他的手輕輕撫過我鬢髮，暗啞的聲音亦有哽咽，「臨死之際，未央竟能來送朕，死而無憾。」

「夜翎……」我將臉深埋在他胸前，感受到他雙臂微微顫抖緊緊環住我，彷彿要保存最後一絲餘溫。

「來生，做夜翎的妻可好？」他啞了聲，彷彿透著一道深深的痕跡。

我緊抿著唇，沒有答他，而他等不到我的回應，有些哀切地喚了聲：「未央……」

「我叫轅慕雪。」在他將要鬆開我那一刻，我才緩緩開口。

他身子一顫，我繼續道：「下輩子，請辨明我的名字——轅慕雪。」

火光沖天，照得夜空亮如白晝，濃煙滾滾，簇擁著天闕之暗。

我與紫衣站在一丈之外，看著御書房的大火隆隆而起，火光將黑夜吞噬。

良久。

殺聲漸褪，隱隱聽見遠處傳來勝利的歡呼聲，紫衣還沒來得及興奮，我便已奔向九門之首的玄風門。我知道，大軍入城，必由此入。

一路疾奔，出了宮門，腳下情狀皆怵目慘烈。

隨著我逐漸逼近，更加震耳的號角聲隆隆傳來，我的心緒越顯激動。

回首，宮闕之上，火光瀲灩奪目，猩紅如血。

倏然停住步伐，緊咬下唇，看著千軍萬馬就在我眼前，雪域鳶軍的旗幟高高飄揚，劍戟森森，宮闕撼動。

爲首那匹棕紅駿馬之上，一名男子風氅獵獵，戰甲耀眼炫目。

他回來了，終於回來了！

一道白色身影不知何時已從我背後翩然擦過，她手中捧著一襲明黃繡金祥雲龍袍，一步步走向夜鳶。

夜鳶翻身下馬，華蓮聖女於他跟前跪下，用儼雅溫婉之聲說道：「恭迎新王入宮。」

後面黑壓壓的軍隊亦劃一跪下，無數戰甲發出鏗鏘有力的交擊，聲響渾厚如虹一波又一波撼動著整座宮闕，直達九霄。

「恭迎新王入宮！」

「大王，萬歲，萬歲，萬萬歲！」

響徹雲霄的聲音震盪著心扉，我凝眸注視著眼前那名男子，鬢如絲，眉如墨，瞳如火，唇如鋒。多少次於夢中一再相憶，此刻終眞實出現在我眼前，眼眶不由一陣酸澀。

夜鳶越過跪地相迎的華蓮聖女，一步步朝我走來，儼然是王者之姿。冷峻側臉有如天斧雕琢，不著喜怒，意態從容。

「慕雪。」他出聲喚我慕雪，當著千軍萬馬的面喊我慕雪。

隱忍多時的淚水不禁滾落，我提步迎向那個緩緩朝我走來的男人，撲進他懷中。

他緊緊擁著我說：「我回來了。」

臉頰貼在他冰涼甲胄上，我無聲地頷首，淚水無止盡地滾落。

「慕雪，一直在等你回來。」

此時，我不再自稱未央，而是慕雪。

我要在他面前做轅慕雪，因爲，還有更重要的事等著我去做。

夜宣雖已一敗塗地任我剮殺，可還有一個人未得他該有的報應，依舊不可一世地坐擁其天下。

該討回來的東西，轅慕雪一樣都不會落下。

第六章　乾坤定・悲掘墓

殺戮才剛剛開始，流血遠沒有結束。

是夜，新王夜翎讓大火困燒在御書房，火滅之時尋獲的是具焦黑屍體。

夜鳶下令，夜翎謀奪王位、挾持大王，故焚盡屍首，挫骨揚灰。

漣漪大妃聞夜翎死訊，悲慟之餘，撞牆自盡，血濺北華殿。

夜宣一病不起，莫攸然當即入殿診斷，不出一刻鐘大王已薨。

夜翎王后蘇翡翠貶爲庶人，終身不得歸天龍城。

長公主夜綰於謀害鳶王妃之子一事嫌疑重大，廢爲庶人。

參與夜翎謀逆者，上至王公貴胄、下至大小群臣，株連九族。

於民間散播謠言、造謠生事者，流配邊疆。

匿藏亂黨、妄議新王、擾亂朝堂者，斬立決。

此次九門宮變受牽連獲罪處斬者不計其數，絲毫不留任何轉寰餘地，手段之冷殘滿朝皆駭。滿城的風言風語也因新王夜鳶祭出殘殺重懲逐漸平息，最後隱遁得毫無聲息。滿朝文武已於傾軋間去了一半，新王張榜，網羅民間有才之士出仕朝廷。

北國元豐十八年十月初十，夜鳶登基爲王，改年號爲夙華。

是夜，我從夢中驚醒，一雙手臂將我攬入懷中，一下又一下輕撫著我微微透汗的脊背。

我倚靠在他堅實胸膛前，聽那一聲聲躍動的強勁心跳，手緊攥著他的襟領，低聲喃道：「我夢見孩子了……他在怪我爲何沒有保護他周全……他在怪我……」

「慕雪，別怕，是夢。」他的聲音低沉，語氣中有說不盡的柔和，「孩子，我們還會有的。」

我依舊緊攥著他的襟領，拳頭泛白，身軀微微有些顫抖，「不一樣了，不一樣了……如今的你是王，你有整個北國，你權勢滔天，你還有後宮三千，你有……」我的聲音逐漸低微，最後將話語隱遁在唇中。

只聽頭頂傳來一聲微弱嘆息，緊擁著我的那雙手臂倏地鬆開，身上的倚靠突然消失。我有些不知所措，正想抓住他，卻感覺身子一空，已被他打橫抱起。

怔怔看著他幽深的目光，我緊緊攀上他的項頸，也不知他想做什麼，只能迷茫地看著他。

他一語不發地摟著我穿過重重鵝黃輕紗，越過餘煙裊裊的金鼎，最後邁步出了寢宮大門。

涼爽秋風猛然吹打在僅披罩了件單薄錦紗寢衣的身子上，輕寒漸起。看著他那張喜怒不形於色的側臉，依舊是那樣冷硬。他與我一樣，只著了一件明黃寢衣，甚至赤足而行。

守在宮外的眾侍衛見大王這般模樣，不禁瞪大了眼睛，連應有的行禮都忘了。

最先反應過來的是紫衣，她曖昧的眼神溜過我，隨即跪地喊道：「參見大王。」此語一出，背後數名侍衛連連回神，一同拜倒。

我攀附在他頸上的手緊了緊，頭輕靠在他肩窩上，感受到他暖暖體溫，身上寒氣漸去。他不說話，只是摟著我，於眾目睽睽之下走出宮門。我也不說話，安心地靠在他懷中，將一切交給他。

月上中天，更漏聲遲，夜靜無聲。

宮闕高牆深深蜿蜒，王宮大道讓月光映得朦朧如幻。

一路來往巡視的侍衛撞見這樣的我們，皆是一愣，隨即立於一旁行禮。

原本一直讓夢魘纏身、心緒紊亂的我不禁笑了出聲，他問：「笑什麼？」

我仍舊輕笑，「堂堂天子，竟赤足摟著女子行走於宮廷之中，奴才們該笑話了。」

他冷峻的臉上也閃過絲絲笑意，「那就由他們笑去。」

「明日宮中可要盛傳慕雪是妲己惑主呢。」我半玩笑半認眞地說。

「誰敢。」兩字一吐，有著不怒則威的冷意。

「口上不說，背地裡要說的。」

倏然間，他沉默了。片刻後，緊抿的嘴角再次泛起絕美的笑意，「那朕便甘願做妲己的紂王。」

我一愣，從未想過夜鳶會在我面前說出這樣的話來，一時間竟無言以對，只能靜靠在他肩上。心底五味參雜，我低聲輕吟：「從別後，憶相逢，幾回魂夢與君同。」

他摟著我的雙臂緊了緊，輕聲道：「夜鳶亦如是。」

也不知走了多久，他才輕輕將我放下，赤裸雙足踩於冰涼地面令我微微一顫，更震驚的是，夜鳶他帶我來到的是朝堂。望著這璀璨奪目的殿堂，我納悶地問：「大王帶我來這兒做甚？」

他挽著我的手一步步踏入朝堂，我心裡雖感疑惑，卻仍跟隨他走了進來，我們的腳步如許輕巧。置身於這座富麗高貴的朝堂，突感到一股神聖不可侵的莊嚴。

他不說話，仍舊牽著我的手，一步步踏上金階，眼看龍座離我越來越近，我立刻停住步伐，不再前行。

「大王……」我一時亂了方寸，掙扎脫開他的手，不安與慌張皆透露在臉上。

「朝堂，天龍之氣最盛之地，你夜夜被夢魘纏身，若能吸取日月神聖精華之氣，定能擺脫夢魘。」他倒是率先坐在那張天子龍座，然後朝我伸出了手，嘴角仍舊掛著淺淡笑意，「過來。」

震驚看著面前伸出的手，他眞要我陪他坐在龍座之上？不可，於禮不合。

看出了我的猶豫，他只道：「怕甚？這裡沒有旁人，朕只想慕雪能陪朕一起坐擁北國江山，睥睨天下。」

心念一動，我不自覺地伸出左手與他的右手交握，一步、兩步、三步，輕輕旋身，在他身邊坐下。

端坐在龍椅之上，望著眼底，朝堂皆在我們腳下。我知道，從這一刻起，我已擁有了一切。

「你說朕擁有整個北國，可慕雪在朕心中的地位與北國同等分量。你說朕權勢滔天，可朕卻永遠不會將你推開。你說後宮三千……」他的聲音頓了頓，我的呼吸一窒，心跳漏了幾拍。

他的目光自朝堂之上緩緩轉至我臉上，深邃赤眸中透著懾人奪目的傲然，「那朕，空設後宮便是。」

淡淡一句話，那樣雲淡風輕，卻直蕩我心湖，傾覆了神魂。

他的目光是那樣懇切，我心蕩出了更大的波瀾。從沒想過，人人口中那個殺戮遍野、冷血無情的帝王竟會對我說出這樣一番話來。

是眞情，是假意？還是一次因心動脫口而出的承諾？

他俯身，我閉眼，只覺他溫熱的唇落在我眼簾之上，我的眼角卻溢出了淚水。好久，好久，沒有感受過這久違的心動，那種讓人捧在手心裡呵護的感覺。

我一直以爲，這個世上只有大哥一人是眞心疼我的。

卻不知，在這北國的朝堂龍椅上，我又遇見了一個這樣的男子。

可是，他會是第二個大哥嗎？

翌日，我在一聲聲「萬歲，萬歲，萬萬歲」的高呼中醒來，惺忪的眼睛於四周流轉片刻，猛然彈身而起。

這才憶起昨夜我與夜鳶並未歸寢宮，而是在朝堂後方的偏堂入睡。

我暗叫不妙，竟睡過了頭，萬一讓朝臣們看到我以女流身分出現在朝堂，那可是觸犯宮規的。

掀開蓋在身上的錦衾，赤著足跳下榻，髮絲披散垂腰，幾縷瀉在胸前。我輕手輕腳地往前走去，隱約聽見朝堂傳來夜鳶那威嚴冷漠的聲音。此刻的我也顧不得擔憂，只想看看夜鳶於朝堂之上的風姿，故而躡手躡腳一路前行，悄悄躲於朝堂與後堂相隔的一道門邊。

「大王登基已有數月，該立妃正位宮闈，執掌鳳印。」說話之人是莫攸然，聽聞他以北國第一功臣之姿受封宰相，如今已是一人之下、萬人之上。

朝堂頓時靜默下來，眾臣皆在等待大王發話，可夜鳶卻遲遲未有回應。

良久，夜鳶的聲音悠悠而來，「南國，妃次於后，皇后者，母儀天下。北國，妃正位，母儀天下，說起來終歸矮了南國國母一截。」

此言一出，百官即懂他的意思，連連附和道：「大王說得有理，再怎麼，咱們北國也不能低他南國一等……」

朝堂上頓時沸騰聲起，我悄悄拉開門扉一角，自門縫偷偷向外探看，第一眼對上的便是夜鳶那張剛毅的側臉，只見他手中捏著一份奏摺，冷睇滿朝文武。看著他淡噙笑意的嘴角，目光如炬，渾身運籌帷幄的霸氣，王者氣派在這莊嚴朝堂上展現得淋漓盡致。

奏摺於指尖把玩片刻，他滿意地看著文武百官紛紛頷首，隨即宣旨：「傳朕旨意，北國廢國母大妃之稱，改王后。」

「大王聖明。」

「眾卿以為，宜立誰為朕的王后？」他將奏摺放下，拂了拂衣袂，看似詢問卻又不全然像，口氣中明顯透出危險氣息，彷彿朝堂之下若有人說錯半個字，將會萬劫不復。

眾大臣面面相覷，竟無人敢答話，一逕垂首。

「緣何尋思如此之久？」他的聲音漸冷，目光冷冷掃視滿朝，不經意對上了正於門邊偷看的我。我乍然一驚，忙閃入門後，心中竟有些驚慌，興許是那冷淡異常的目光我從未見過，故而感到心慌。

未央，你不該沉溺於柔情之中而忘了夜鳶的本性，他是冷血、不擇手段的，對他無甚價值的東西他定然會一腳踢開。未央，你不能沉溺下去，莫忘你與他之間最初的交集便是利用關係。

我深深吐納一口氣，平復心中紊亂，脊背輕輕抵上門扉，又聞莫攸然的聲音傳來。

「微臣請立大王元妃未央爲后。」

莫攸然此言一出，眾臣紛紛附和，齊聲道：「微臣請立大王元妃未央爲后。」

「傳令下去，擇黃道吉日，冊立未央爲后。」夜鳶的聲音這才斂去冷意。

「大王，是否還要冊封三夫人……」

「冊封三夫人之事，以後莫再提起，朕並無打算。」

我緩緩由門扉輕滑而下，最後跌坐在冰涼地面，原來夜鳶帶我來朝堂之意只爲表明他的心跡。

——「你說後宮三千，那朕，空設後宮便是。」

夜鳶，爲何要對我如此之好，我寧願你如壁天裔充填後宮，也強過獨予我萬千寵愛。後宮這般危險之境，你給我如斯寵愛，不是將我推往風口浪尖嗎？

可我卻偏偏想要獨占這份愛……不該如此，未央你何時也變得矛盾起來？你心中只有大哥一人，你獨活於世的目的不是爲了替大哥報仇嗎？莫非你動搖了？

直到一雙玄色錦繡祥雲龍靴出現眼前，我才抬頭仰望立於面前的夜鳶。已經退朝了嗎？

「醒了？」他俯視著地上的我，又問：「坐地上不冷？」

「眞要冊立我嗎？」我問了一句出奇傻氣的話，換來的是他漸露陰鬱的眼神。我知道他誤會了，忙起身說道：「天龍城皆知未央本是南朝壁天裔的皇后，卻與南國九王爺私奔至北國，他們能接受這樣一個女子爲王后嗎？當初他們接受我爲鳶王妃只因我本是你拜堂成親的妻子，可如今我卻要做北國母儀天下的王后。」

「朕說能，便能。」他的口氣很是強硬，隨後正色說：「除非，你不願。」

「我怎會不願，只是擔心。」

「方才你也看見，滿朝無一人反對。」

「那只是駭於你的威嚴，難保他們背地裡……」

「誰敢說你的不是，朕便殺了他們，反正這個江山本就是拿無數鮮血換來的。」這話說得殘忍，還有濃濃血腥味，卻讓我深切感受到他對我的在乎——甚至不惜以血來證明。可是，你待我如此之好，我怕總有一日會負你，就如對夜翎……

「慕雪，一切交給朕去處理，你只要安心等著立后大典便好。」

看著他，我輕輕頷首應允，不再說話。興許有些事早已注定，並非我所能改變，只要達成了我的目的，我就該走了，該走了。

日出東方，黃道吉日。

我身著華彩褘衣，朱色鳳袍，長裙曳地，珠玉纍纍。

青絲梳以鳳髻，髻嵌五鳳朝珠冠，額貼豔紅月季花鈿。

龍蟠朱梁，禮樂長鳴，金階之側百官俯首相迎，前後二十八名宮女一律淡紅宮裝引路追隨，隨款款步伐拋撒血紅月季，瓣瓣漫地，與直達金階的紅氈相映，紅得奪目。

我於正殿階前徐徐下拜，紅錦長裾逶迤背後，禮官宣讀冊立詔書。

鳳冠綴下的流蘇垂於眼前，輕輕晃動，髮髻間朱釵華勝搖曳生光。

詔書宣畢，授鳳印。

夜鳶親自步下龍階迎我起身，華服璀璨，容顏清雅，目光含柔。

看著眼前這個人，心中閃過無數念想，紛繁縈繞心頭，時而欣喜、時而膽怯、時而慌張、時而甜蜜……一時間，竟不知該以何種情緒形容當下的我。

眼前這個帝王，爲了我而空設後宮。

是該得意我已牢牢鎖住他的心，還是該悲哀我與他之間始終存在著「利用」這一道鴻溝？

我的手被他緊緊握住，一步步踏上金階，與他併肩俯視群臣。

文武百官跪伏在地，口中高呼：「王后，千歲，千歲，千千歲。」

握著我的那雙手依舊如許溫暖，我不禁用了幾分力道回握於他，十指緊扣。

今日，我成爲了北國史上第一位王后。

王后以下，不設妃嬪。

靜靜端坐燈火輝煌的雪鳶宮寢殿，望著眼前一盞龍鳳戲珠足燈，龍鳳尾端托著一環形金登盤，盤上燃著三支臂粗紅燭。

喜帕、喜帳、喜燭、喜餅，樣樣被那璀璨燈火映照得血紅一片，出奇地，我的腦海竟閃過一幕幕猩紅畫面——

大哥的血也是這樣滿目猩紅，鮮血染了我的雙手與衣裙，更將整個周身都染遍。忽地，閃電大作，一聲響徹雲霄的雷鳴轟隆打下，駭得我由榻上彈起，紫衣則是被我駭得一驚，忙過來相扶，「王后，您怎麼了？」

微微喘著氣，胸口起伏不定，怔怔地看著她，一時竟出了神。

「這天變得還眞快，方才猶是星光璀璨，一時竟變了天，似有一場大雨將至。」紫衣扶著我重新坐回榻上，口中輕喃。

胸口忽地一悶，總覺今夜似乎會發生什麼事。

又是一陣閃電，猙獰的光芒映照了整座雪鳶宮，咯吱一聲，開門聲極爲刺耳陰森。我與紫衣齊目望去，那白衣女子迎風翩然而立，宮外的寒風席捲而來，寢宮內紗帳紛紛亂舞。

華蓮聖女踩著輕盈步伐款款前行，目光淡然，卻似藏著一柄無形刀刃，直逼於我。

「華蓮聖女，今日是王后冊立之日，你來做甚？」紫衣彷彿也感覺到周遭詭異氣氛，不禁開口說道。

「來看看咱們北國最榮耀的女人，未央王后。」她穿過重重輕紗，那張傾國傾城的容顏逐漸清晰。

平復心中紊亂，我悠然一笑，「華蓮聖女言重了，說到最榮耀，本宮自當比不上先后漣漪大妃。她可是與夜宣大王同寢同臥，舉案齊眉。」

她諷刺一笑，「雪鳶宮，乃以帝后之名而命。大王更且爲你不惜空設後宮，你比起漣漪大妃可是有過之而無不及。」

「華蓮聖女來此並不單是爲了吹捧本宮而來的吧。」我拂過鬢角一縷讓風拂亂的髮絲，語音含冷。

她美眸一傾，掃向身旁戒備的紫衣，我便懂了她的意思。我揮揮手摒退紫衣，她猶豫再三才退下。滿殿悄然無聲之時，華蓮又上前幾步，以嘲諷的目光看著我。

「本宮知道你來此緣何，因爲你愛夜鳶，你以爲幫他奪到了帝位，他會冊封你。」我在他面前直呼夜鳶之名，語音冰寒刺骨，聞此譏諷之言她的面色絲毫未改，只是眼中嘲諷益濃。

「是啊，我愛夜鳶。」她竟也直呼其名諱，承認得如許坦蕩，「你呢，你眞的愛他？又或只當他是你復仇的工具？」

「我與夜鳶的事，豈容你過問。」猛然打斷她，我的語氣越發冷硬。

她卻未因我的冷凜而住嘴，面容上純淨澄澈之美已不復見，反是笑得妖豔嫵媚，「你感到很驕傲嗎？可你的內心卻是那樣自卑，你看看你的眼睛，絲毫沒有爲后的喜悅。我都能看得出來，夜鳶又怎會看不出來？這樣的你能榮受多久的寵愛？這後宮能空設多久？」

我強抑心頭怒火，聲音冰冷至極點，「你今日是來向本宮宣戰的嗎？」

「華蓮哪敢向寵冠後宮的王后宣戰，華蓮只是想在你冊后之日……告知『您』一件事。」

「本宮並不想聽。」

「九王爺的事也不想聽嗎？」

我的身子頓時僵硬冰涼，閃神片刻隨即勾起笑意，「九王爺與本宮何干？」

「嘖、嘖，王后還眞是無情，九王爺爲了你而死，你竟說與你毫無干係？」她臉上的笑容格外詭異，「南國未來的皇后竟與九王爺私奔來北國，害死九王爺後以鳶王妃的身分住進鳶王府，而後竟又坐上北國王后之位。還記得破城那日，夜鳶喚你爲慕雪是麼，轅慕雪。你與自己的親哥哥私奔，眞是不知廉恥……」

話音方落，我一耳光就摑了過去，她沒躲開，硬生生接下這一巴掌，頭被打偏，嘴角滲血。

「你算什麼東西，居然敢在本宮面前說廉恥？」我冷睇著略顯狼狽的她，順手攏了攏鳳袍，笑意依舊掛在兩靨之下。

「既然王后不願說廉恥，那華蓮便和你說說安葬九王爺的那座墳吧。」她近乎咬牙切齒地盯著我，目光中嘲諷依舊。

墳？

我心裡一涼，卻不知她想說些什麼，便靜靜地望著她，等待後語。

「你可親自掘過墓，看看裡面是否有你大哥的屍體？」

「你，究竟在說些什麼！」我的笑意一分分斂去，臉色慘白一片。

「若我說，裡面根本沒有你大哥的屍體呢？」

「沒有……」我的手微微顫抖，腦海中一片空白，腳忽地一軟，朝後一個踉蹌，跌坐在榻上。

「裡面根本沒有你大哥的屍體。」

沒有大哥的屍體？

屍體，沒有？

宮燈綺麗，電閃雷鳴，冷風灌襟。

忽然間，靜謐籠罩陰森，就連自己的心跳聲都能清晰聽見。

我猛然由榻上起身，狠狠瞪著華蓮，全然失態，「你在胡說什麼！」聲音倏然提高，尖銳響徹整座寢宮。

紫衣推開宮門，朝我奔來，憤怒地朝她大喊：「華蓮聖女，你要對王后做什麼！」

「信不信，就由王后自己判定了。」她笑得璀璨如花，看在我眼裡卻是那樣刺眼。

心頭一陣絞痛，我推開擋在面前的華蓮，衝出了寢宮。背後的紫衣急急大喊：「王后，今日是大婚，王后您要去哪兒……」

我置若罔聞，只顧朝前衝去，腦海中一直重複著一句話：「大哥沒死，大哥沒死。」

髮髻上的鳳冠隨我猛然疾奔而摔落在地，鳳冠上的明珠散落，滾了一地。珠翠滾落之聲狠狠敲擊著我的心，同時也拉回我的意識，步伐猛然停住，站在原地微微喘氣。
萬箭穿心，怎能存活？
未央你太傻了，華蓮聖女這麼做不過是故意激怒你而已，你竟然因爲這樣一番話而如此衝動。遂緩緩蹲下身子，將腳邊滾落的鳳珠一顆顆撿起，收攏在手心，目光含著自嘲。
「王后您在這兒做甚？」楚寰冷冷的聲音在頭頂響起。
我的手一頓，他怎會在此？轉念又想，楚寰以第二功臣之姿被封爲北國鎮南大將軍，授與十萬兵權，今日冊后他又怎會不在呢？一聲輕笑，繼續拾珠。
他也蹲下，爲我拾珠。
我們倆就這樣靜靜地相對而蹲，我雲淡風輕地問：「轅羲九的屍體可是被葬在南郊小丘之上？」
「是。」
「你確定？」
他的手一頓，隨即才道：「嗯。」
「不是在北郊小丘？」此刻輪到我的手僵住，目光炯炯地盯著面前的楚寰，一陣閃電破空而過，映得他側臉有些森然。
「微臣記錯了。」
「是記錯了嗎？」我輕笑一聲，諷刺道：「楚寰，你我相識多年，以爲瞞得住我嗎？無論你是否記錯，我只知道北郊那座墳根本沒有轅羲九的屍體！」
我的話說得肯定異常，他整個人卻已僵住。眼中閃過明顯的慌亂，一向冷靜自持的他怎會如此失態。
看著他如此，我方才平靜下來的心突然一陣抽搐，滿手心的鳳珠皆散落在地，原來華蓮說的一切都是真的！

「我要出宮。」我直勾勾地盯著他，字字清晰。

「王后若要出宮，去向大王請旨。」他的手心緊捏著鳳珠，微微有些泛白。

「我要出宮。」

「王后，今日是您冊后之日。」

「我說，我要出宮！」

「您瘋了！」

他咬著牙，冰涼的視線彷彿將我活剝了也不解恨。

我倔強地瞪著他，以眼神告訴他，我非出宮不可。

「王后此刻就回宮等候大王，莫再想出宮之事。您要知道，大王他費了多大氣力與堅持才禁了百官之口，冊立你爲后。」

「那我自己出去。」將手心最後一顆鳳珠狠摔在地，我憤然起身，扭頭就走。

「你出不去的。」他的聲音自背後傳來，隱隱帶著幾分焦慮。

我並未因他這句話而停下腳步，只是迎著風，含著笑，「死，也要出去。」

前行數步，一隻手緊緊攥住我的胳膊，我扯得我隱隱生疼，他卻冷漠地看著我，平靜無波的目光閃過了幾分掙扎。

「你眞如此在乎轅羲九？」楚寰的聲音很沉，聽不出半分情緒，隨即又加重一句：「一個轅羲九就這樣輕易擊潰了你的冷靜，你的睿智，你的思慮。這一去可能萬劫不復，你也不在乎嗎？」

「是。」沒有猶豫，我堅定地吐出這個字。

「好，我帶你出宮。」鬆開我的胳膊，他率先而去，我則待在原地怔怔凝視他的背影片刻，隨即跟上。

楚寰帶我上了一輛馬車，一路飛奔而去，我的手始終緊攥成拳，手心隱有汗水滲過。經過玄風門時，侍衛攔下了馬車盤查。

楚寰不讓他們查，甚至怒言相向，侍衛雖懼於大將軍的威嚴卻仍不放行，就這樣僵持了許久。我輕輕揭簾，冷冷瞪視著面前兩個侍衛，他們見了馬車內的我不禁一愣。

楚寰見我逕直暴露了自己，便冷眉一揚，「狗奴才，竟敢如此放肆地盯著王后娘娘。」

他們倆一聽我是王后，忙伏身拜倒，「奴才有眼不識泰山，王后恕罪。」

「本宮奉大王之命出宮有要事要辦，你們若耽擱大王之事，不怕掉腦袋？」我的語氣深沉，卻顯出濃濃的警告意味。

「奴才們只是盡忠職守，未得令，奴才們萬萬不敢任意放行。」兩名侍衛對望一眼，態度很是堅定。

「王后……」望著他們，我有些不耐，口氣也衝了起來，「狗奴才，本宮說的話你也敢質疑。」

「楚將軍，走。」見他們正爲難，我向楚寰使個眼色，他旋即跳上馬車，一揚鞭，馬車直闖玄風門而出。

兩名侍衛立刻閃至一旁，心中泛起寒意，總覺得這楚將軍與王后的行徑太過古怪，卻也不敢攔下。畢竟一人是手握十萬兵權的大將軍，另一人是專享後宮三千寵愛的王后，都是得罪不起的主子，他們有幾條命也擔不下這罪名。

「我看這王后與楚將軍很是詭異，我派人在後面跟著，你速去稟報大王。」

「行。」

兩名侍衛商妥，隨即行動。

馬車一路顛簸，大雨也在離開王宮後不久傾盆直落，雨珠重重地砸在馬車上，劈啪作響。冷風不時吹起馬車的窗幔，楚寰那淋得滿身是雨的側影間或闖入了我的眼簾。

暴雨溜進幾點，打在我的面頰，微寒透骨。

隨著北郊越來越近，我的心越發跳得厲害，甚至不知自己在憂慮些什麼，想看到的又會是什麼？

若裡面真的沒有大哥的屍體，那又如何？

腦海中忽然閃現夜鳶的臉，那夜，他牽著我的手與他併肩坐在龍椅上，他說：「那朕，空設後宮便是。」

而我如此不顧一切地離去，算是背叛嗎？

「楚寰……」我猛然揭簾，正想讓他別再前行，馬車卻已猛地停下。北郊已到，眼前就是大哥葬身之處。

口中再也發不出任何聲音，手緊攥窗幔，我癡癡地凝視那塊墓碑。

楚寰早已躍下馬車，筆直佇立於馬車旁，滂沱大雨淹沒了眼前的一切，「來到這裡，爲了什麼？親自查驗裡頭是否有轅羲九的屍體？」

我不答話，亦縱身躍下馬車，濕濘的黃泥濺了我滿身，密密麻麻的雨簾將我的身子打濕。我拖著僵硬的身子走到墓前，顫抖地撫上墓碑，喉頭哽咽。

「大哥……」我俯跪而下，望著眼前讓大雨沖刷的泥土，不禁伸手去扒墳墓。

亂雨傾斜，枯葉紛繁，雨珠激蕩在地，濺起無數水花。

我狠狠用手扒開那厚厚的墳，碎石子割破了手心，血與泥夾雜在一起，隨泥水流淌。

我不管不顧像瘋了一般，只想著要將這墳挖開，我要親眼見到大哥的屍體。一年了，我將大哥埋葬在心底最深處，我不去想他，只怕傷痛。我忍著心疼，我笑對夜鳶，因爲我要爲大哥報仇。唯獨夜鳶有能力，也只有他肯幫我。

今日，華蓮聖女揭開了我的傷疤，她一針見血地譏諷我自卑。

是的，我一直都是那樣自卑，卻得在眾人面前強裝出我的驕傲，不肯向任何人低頭，不肯承認自己是那樣可憐又可悲。

今日，頭一回親耳聽見有人罵我不知廉恥，是啊，兄妹私奔，多麼不知廉恥。

是的，我一直都在自欺欺人，以爲自己能與世俗倫常對抗。可當華蓮聖女以尖銳話語將我層層僞裝剝開之時，才發現自己竟如此不堪一擊。

「轅慕雪！」楚寰不知何時衝到我面前，將瘋狂的我一把扯了起來，勃然大怒，「夠了，別再挖了，轅羲九死了，他死了！」

「沒看到他的屍體之前，我絕不相信他死了。」頭一回見他如此勃然大怒，卻毫不感到驚訝，我只知道，我要開墓，看看是否有大哥的屍體。

楚寰深深凝望著我，攥著我雙肩的手緊了幾分，張口正欲說些什麼，一個比他更快的聲音響起，「他死了！」那聲音猶如地獄來的鬼魅，冰寒刺骨。

楚寰的手悄然由我肩上鬆開，退至一旁，恭敬道：「參見大王。」

雨水迷濛了我的雙眼，如霧裡看花般，我將視線轉向身著玄色祥雲繡金龍袍的男子，數名奴才立於後爲他撐傘擋去風雨。兩側數十名侍衛，手持刀戟立在雨中，面色冷然毫無表情。

「去，開墓。」夜鳶冷寂如冰的話音在嘩嘩雨聲中響起，似要將這漫天大雨凍結成冰。

「是。」侍衛們領命，立刻奔至墓前挖掘。

我未發一語靜靜地站著，與面前的夜鳶相視而望，他的目光迥然於常，是清冷、失望、陰狠、哀傷，種種情緒不時於他眼中變換著，我已看不清此刻他究竟在想些什麼。興許我從沒眞正看透過他，只是他一直將我玩弄於股掌。

雨橫風狂闌夜聲滴落，水光瀲灩寒霜雨打萍。

巨大閃電落下，隨即劈下暗夜驚雷，震盪蒼穹。那一瞬炫目銀光自天頂閃過，將黑夜照亮，將他的面容照耀得蒼白一片，抿緊的唇無一絲血色。

突然間，我感覺這樣的他像又回到最初過往，離我好遠好遠，令我陌生。

我微微啓口，想對他說些什麼，可喉中卻無法擠出任何字眼，只能怔怔地與他冰涼的目光相望。

「開了。」背後一名侍衛大喊，我聞聲猛然回首，看見墓裡安靜躺著一口漆黑的棺木。

「打開它！」不知何時，夜鳶已走到我身邊，冷聲吩咐。

咯吱——

棺開，裡頭空空如也，竟什麼都沒有。

我懵了片刻，質疑的目光對上夜鳶，「屍體呢？」

他竟沉默不答，在我眼中看來竟是心虛，我顫抖地又問了一句：「屍體呢？紫衣說過，大哥的屍首是你親自葬下的……可是……屍首呢？」

他依舊不答話，只靜靜凝望著我的眼。而我的淚早已隨滿臉的雨水滾落，我上前一步，近乎哀求地扯住他的衣袂，哽咽道：「大哥是不是沒死？是不是沒死？」

他深邃的目光中映著狼狽的我，終於開口：「轅羲九死了，整個天龍城的人都知道他死了。」

「是朕，親手將轅羲九的屍首交給父王。」

「是朕提議，將其屍體曝屍懸掛於天龍城示眾，整整十日。」

「屍首卸下，是朕將其屍骨焚燒，挫骨揚灰。」

伴隨著嘩嘩大雨，聽著他一字一句傳入我耳中，我震驚地望著夜鳶久久不能言語。

曝屍示眾，挫骨揚灰？竟用如此手段對付南國戰神？而做這件事的居然是我的丈夫！

心底彷彿正在淌血，可我不知道，是爲了誰？

震驚過後，我竟出奇平靜，低聲笑道：「也就是說，整個天龍城皆知此事，獨獨我一人被蒙在鼓裡。這墳，也是爲了騙騙我這個傻瓜，對嗎？」

看著他平靜默認的目光，我竟笑了出聲，「夜鳶，你可知大哥在我心中處於何等位置？」

「我本是個可憐可悲之人，自幼被父親排斥，被大夫人與軒沐錦欺壓，而母親卻又一直忍氣吞聲，幾乎從不肯勇敢站出來保護自己女兒，就這麼眼睜睜看我受人欺負，要我忍耐。後來，我親耳偷聽到母親對大哥說，她曾被一個名叫夜宣的男人玷污，生下了他。那時我才四歲。

「我自卑，甚至連自己都看不起自己。幸好，我還有大哥。是他一直在我身邊保護著我，時常牽著我的手說『有我在，慕雪不怕，大哥會保護你』，那時我才覺得自己仍是有人疼、有人愛的。所以大哥成了這世上我唯一能夠倚靠、信任的人。

「所以，明知大哥帶我來北國是心存利用，我也甘願。我不想揭破，因爲我怕，只要我一揭破，我與大哥之間就再也回不到從前了，再也沒有人視我如珍寶般呵護。」

數句自嘲，幾段往事，無限悲哀，我竟在如此情況下全然托出。

頭一回於他面前坦承我對大哥的情，毋須再僞裝，長久壓在心頭的千斤重擔就此放下。

淚水混雜著雨水早已瀰漫了我的眼眸，再也無法看清夜鳶的表情。

「他能給你的，朕一樣能給。」語氣帶著一絲淒然微啞，聽在我心卻是一陣疼痛。

「他已將自己的命給了我，你能給嗎？」我嗤鼻一笑，換來他無聲回應。

雨水沿著臉頰淌入口中，心口苦楚蔓延，「夜鳶永遠不會是軒羲九。」我緩緩斂起靨下的笑容，認眞地凝視他，「無論你爲何要如此殘忍對待大哥的屍體，我只知道，這輩子我都不會再原諒你了。」

「你就這樣在乎轅羲九嗎？」他嘴角淡噙殘忍的笑意，鋒銳暗隱。

「是。轅慕雪從來不曾愛過你，自始至終所愛的人只有轅羲九，你只是我利用的一個工具，僅此而已。」

話音方落，一耳光便迎面搧了過來，這聲音在黑夜中格外尖銳響亮。

頭被打偏，我的目光怔忡凝視著零落的雨水，濺起一陣陣波瀾。

「傳朕旨意，未央以下犯上，無皇后之德、母儀天下之風，廢去后位，打入夷苑。」

夷苑，冷宮。

前一刻，我還是萬千寵愛的王后，位居雪鳶宮。

後一刻，我便已成廢后，打入冷宮夷苑。

原來在王宮裡，得與失只要大王一句話，那便是萬劫不復。

第七章　浮華夢・仇似海

冊后當日即廢后，舉朝震驚，朝臣議論紛紛。大王重設後宮，冊封兩位夫人。

凌太師之女凌湘，冊封湘夫人，授璽印，正位賜合歡宮。

范上卿之女范雪如，冊封如貴嬪，授璽印，正位賜采薇宮。

並下旨遍招朝廷眾臣之女於正月初一入宮選妃，以充後宮。一時間，朝廷內眾臣皆蠢蠢欲動，他們的目標皆盯著空下的王后之位。

而楚寰，因縱容王后出宮，小懲六十刑棍。

夷苑。

我立於北風寒肅的院落沐浴著冬日暖暖光輝，依舊冷極。芳草早因冬日來襲而枯萎，枯木被斜暉映得通紅一片。楊柳梢頭寒霜聚，降霜迷霧迎北風。

陪在我身邊之人仍是紫衣，自我被打入夷苑後紫衣主動請旨至夷苑伴我。如今的轅慕雪還有人雪中送炭，是幸還是不幸呢。

她消瘦的身軀蹲在井邊，一雙纖細柔荑浸在冰涼水中使勁揉搓著衣物，金紅光芒映照在她側臉更顯面色紅潤，嬌俏可人。

許是感受到了我的注視，她側首對上我的視線，柔柔一笑，「王后外頭風大，您趕緊進裡屋避著。」

「我已非王后。」我淡淡地回視她那張笑臉，冷聲提醒。

「您在紫衣心中永遠都是王后。」她提起挽上的袖口擦了擦臉上微濺的水漬。

我沉默須臾，才問：「你我不過主僕一場，何故如此？」

她微怔片刻，「王后是指陪您入夷苑這事嗎？您也說了，紫衣與您是主僕一場，既是主僕，那奴才追隨著主子不是天經地義嗎？」

「是嗎？」淡漠地勾了勾嘴角，目光卻直勾勾凝視著她的眼睛，想從裡面挖掘更深層的心思，卻只見淨澈明朗。我微微蹙眉，試探一問：「你說我會在這夷苑待上多久呢？」

但見她微微嘆了聲，「其實……只要王后您向大王認個錯，凡事都有轉寰餘地。」

「你不明白。」我黯淡地掃了眼紫衣，後撇過頭，仰望蒼穹，與那光輝四射的日頭對視。眼睛突然一陣刺痛，一滴淚沿著眼角滾落，我閉上眼，腦海一陣暈眩。

一雙手臂輕輕扶住我的胳膊，擔憂地問：「王后，您沒事吧？」

良久，眼中的刺痛才漸漸散去，緩緩睜開眼睛，對上紫衣焦慮的目光，心中不由一暖。此時此刻的我，還會有人擔心嗎？

恍惚間，我似乎見到年幼時認識的那個未央，她天眞善良，整日纏著大哥跟進跟出。每回一聽到大哥的名字，她的目光就會熠熠閃亮，許多時候我眞嫉妒她，能如此坦率地表達自己的心情，我偏做不到。

似乎又憶起那日，熊熊大火中，未央奮力將我推出去，救了我而犧牲她自己。雖然我沒有親眼看到，只是聽莫攸然告訴我，但以我當時將近一年與未央的相處，可以想像她死前的最後一絲奢求——她，爲了救轅羲九最疼愛的妹妹而死，想必他一輩子都不會忘記她吧。

直到如今我依舊不能理解未央何苦要爲救我而犧牲自己性命。她是漣漪大妃的暗人，其目的該是爲了竊取情報，不是嗎？可竟爲了救我，放棄自己的性命。

未央，未央。

轅慕雪欠你一份永遠無法償還的債。

若眞有來生，轅慕雪願與你成爲好姐妹，攜手笑傲紅塵。

再回神之時，紫衣卻已怔怔地凝望我良久，眼中閃過不可思議，「王后，您笑了。」

怔忡片刻，我問：「很稀奇嗎？」

她點頭如搗蒜般連連道：「雖然王后您對著大王時笑，對著奴才時笑，開心時笑，生氣時也笑……您似乎一直都在笑，可是卻彷彿從來沒笑過。」

聽到她「笑」不離口，我不禁莞爾，「紫衣你在說繞口令嗎？」

她忙擺擺手，讚嘆著：「王后，紫衣是說眞的。剛才您的笑是紫衣從未見過的，很美……尤其是您的眼睛，散發著動人心魄的光芒。」

一陣風拂過，吹亂了我的髮絲，幾縷漫過眼簾，我伸手去挽。

「紫衣，以後莫再喊我王后。」丟下這句話，我轉身離去，衣角飛揚，暗塵撲鼻。

時光飛逝，我在夷苑已有兩個月，正月匆匆而過，想必那時王宮內是喜氣一片罷，唯獨這淒淒慘慘的夷苑感受不到半分新年喜氣，伴隨於此的只有那冰寒刺骨的飄香，淒涼慘淡的落葉。

紫衣告訴我，元日那日，大王再次冊封了五位宮嬪，其中三名爲各部尚書選送之女，另兩名是自宮女而晉位。紫衣面上愁色也越發明顯，常勸我去向大王認錯，定能重獲寵愛。

而我卻一直沉默不語，她見我目光淡然似沒將她的話聽進去，臉色漸閃過失望之色。

我瑟瑟地倚靠在簡陋的榻上，屋中冰寒一片，連個炭爐也無，興許這就是人們常說的人情冷暖吧，紫衣說破了嘴都求不到幾塊炭火。一向怕寒的我就此病倒，紫衣將她屋裡的被褥全數抱來覆於我身，將我嚴嚴實實地包裹著。

輕咳幾聲，迷濛雙眼凝視著佇立榻前心急如焚的紫衣，我唇喉沙啞道：「紫衣，你走吧，莫再奢望我會再次晉位，你便能繼續跟著我這個王后，我這輩子都不會向大王低頭的。你知道我有多麼恨他，恨他……」

紫衣眼眶一酸，「紫衣未曾想到，原來在主子您眼中，奴才是這樣一個人。」

自從數月之前我讓她不許喚我爲王后，她便改稱我爲主子。

「即便主子您一輩子要終老於此，紫衣依舊會伴在您身邊。」說著，她的眼眶泛紅，淚水漣漣而落，濺了滿地。

待欲啓口再說些什麼，紫衣猛然接口：「主子，求您別趕紫衣走，若紫衣走了，您這該如何是好？紫衣保證以後都不再讓您向大王認錯。奴才對大王徹底失望了，他已經不再是當年的殿下了……今日……他竟廢華蓮聖女頭銜，冊封其爲蓮貴人，是爲三夫人之一，正位賜披香宮。您冊后那日，便是她破壞了您與大王之間，事後大王曾將她幽禁於采芳居一個月，卻不知她用了哪樣狐媚手段，竟然重獲恩寵，還晉位爲三夫人。莫非大王眞鐵了心要將您囚禁於此終老一世嗎？」

聽著紫衣的泣訴聲，我唇邊微微勾起，隨即消逝而去。

「那些可恨的御醫們，一見主子您失寵，斷定您再無翻身之日，竟不肯來爲您看病……」

藏在被褥裡的手瑟瑟發抖，不禁雙手交替摩挲，虛弱地淡笑，「紫衣你說完，該輪到我說了罷。去找楚將軍或莫丞相，他們會有辦法請來御醫的。」

她一愣，這才反應過來，忙點頭起身，跌跌撞撞地飛奔出去。

月上中天，寒風怒嘯，吹得木窗搖搖晃晃，吱吱呀呀，空蕩異常。飲下方才紫衣熬煮的藥，昏昏沉沉的頭舒服了許多，倚靠在榻上卻始終無法入睡。

這藥據說是楚寰吩咐御醫配妥，交由紫衣親自熬好送過來的。

側著身子，望素帳讓風吹起，飛舞飄揚，與紛鋪在地的月光交織成漫漫黑影。華蓮聖女，今日晉封三夫人了，是嗎？

一個閃神，忽地，門扉發出一陣尖銳咯吱聲，一道長長的影子迤地而過，將滿地溶溶月光覆蓋。一縷杜若之香充斥鼻間，隨北風溜進，將我傾瀉枕上的雲絲捲起。

翌日，我揉揉昏沉的額頭，下榻為自己倒了杯水，指尖一觸碰冰涼茶杯，一個冷顫，猛然收回了手。雙手顫抖地撐著桌面，雙腿虛弱無力。昨夜雖服過御醫開的藥，病情好了些許，可整個人仍舊昏昏沉沉提不起半分氣力。唇舌乾燥異常，可這水又是冰涼一片，如何飲下。

再也支撐不住，我後退一小步，疲軟地坐在凳椅之上，單手撐著滾燙的額頭，卻聽一陣開門聲響起。一抹清雅香味撲鼻迎來，步伐輕緩走近。

這不像是紫衣的身形，尤其這香味，竟有幾分熟悉。

我費了好一番氣力才仰起頭，先是被一陣刺眼光芒射得眼睛無法睜開，緩和片刻，才凝目於眼前這名淺淺素衣的女子。

「嘖、嘖，曾經不可一世的王后竟落得如此田地，一杯溫水都沒得喝？」她目光中帶著幾許鄙夷，更多的是那毫不掩飾的嘲諷。

我猶自強撐病懨懨的身子，冷冷睇著眼前這個貌若天仙卻又心如蛇蠍的華蓮，並不想在她面前示弱。

「喲，都這般狼狽了，還不忘維持自己殘存的驕傲？」她單指輕挑過我蒼白的臉頰，我明顯感覺到她指尖的冰涼。

「昨日才被冊封爲三夫人，今日便來這夷苑對未央耀武揚威，蓮貴人你只會做這等無聊之事嗎？」我嗤鼻一笑，看著她的笑臉一分分沉下，繼續說道：「後宮佳麗迭有人出，你倒有此等閒情逸致到夷苑探望我這個廢后，未央自不介意蓮貴人來，只是你有這些時間與手段，何不留著對付那些個對你饒有威脅的宮嬪？」

「這就不勞您操心了。」她下巴一揚，更顯高傲，珠翠琳琅的首飾在日光下熠熠生輝，晃得人眼花繚亂。

「未央怎能不操心呢，蓮貴人你費盡心機於冊后那日將我騙去北郊，圖的不就是王后之位嗎？」看她高傲的模樣，我昏沉的腦袋卻漸清明，目光犀利地盯著她。

她柳眉微挑，廣袖一拂，優雅地坐於凳椅之上與我對峙，修長的護甲輕輕撥弄著案上那幾只瓷杯，「華蓮倒是挺欣賞你對九王爺如此情深，不過短短數言，竟能引得一向冷漠高傲的王后如此失態，眞是始料未及。天龍城所有百姓盡知南國九王爺被挫骨揚灰，你卻還癡傻地跑去掘墓，身爲一國之母，你眞是將大王的臉都給丟盡了。」

對於她的嘲諷之言我僅苦澀一笑，不置可否，「未央倒是心存個疑問一直想問問蓮貴人，你究竟如何得知我名轅慕雪？」

她似乎早料到我會有此一問，狂妄一笑，臉上盡顯嫵媚與妖嬈，「你的底細，早在我愛上夜鳶那一刻便著手調查了。」

「蓮貴人倒是有通天本領，我本姓轅的祕密，知曉者屈指可數，你竟能查到？未央佩服。」我毫不吝嗇地誇賞眼前這名女子，聲音卻未有半分讚揚實意，只感到可笑，「當著夜鳶的面，你也是這樣解釋的？」

「男人啊，怒氣來得快去得也快，況且是對我這樣一個楚楚可憐的女子。爲了請求原諒，我可是跪在大殿上承受風雪四日四夜，還在采芳居爲大王抄了千遍《法華經》，乞求上天庇佑大王，換作是任何一個男人都會動容的。」

瞧著她如此自信的表情，我更覺可笑，「雖說蓮貴人你是天下難得一見的紅顏佳麗，可你未免太過自信，不並非任何男人都會沉淪在你那張絕美容顏之下。」

她卻笑得越發放肆無忌，「可華蓮至今未遇見過能不臣服於我魅力的男子，包括那個目光曾經只爲你停留的夜鳶。」

對於她的出言相激，我倒顯得冷淡異常，她那得意的嘴臉竟與我記憶深處某張臉重疊。我瞧著她許久，才啓口道：「看著眼前的你，倒是讓我想起一位舊識。」

「噢？」她稍微斂起幾分笑，白皙的肌膚襯著嘴角的笑意，眞可謂是巧奪天工的無瑕面容。

「她與你一樣，很愛笑，尤其是得意之時。而她的演技，比起蓮貴人可謂有過之而無不及。」

「那華蓮有機會倒要好好拜會一下你口中這位舊識。」

不一會兒，她由凳椅上徐徐起身，以倨傲之姿俯視著我，「好了，廢后看夠了，華蓮也該告辭。」待她走至門檻前，又想起什麼似地轉身朝我道：「你已經是夜鳶的棄婦，一個當著侍衛與大王之面去掘愛人墳墓的女人，一個親口說出自始至終都將大王當作報仇工具的女人。這樣一個冷血無情的女人，永遠不會有翻身之日的。」

目光一眨不眨地凝視那個漸遠的素衣身影，我嘴角笑意勾起，以一種虛幻縹緲的聲音低喃著：「未央最擅長的，便是與人鬥，尤其是你這樣的女人。」

華蓮的身影才消失，紫衣便一臉慌張地跑了進來，上下打量著我是否有事，口中還喃喃道：「奴才方才瞧見蓮貴人從您屋裡出去，她有沒有對您怎麼樣？」

我悠然從凳椅上起身，目光斜睇了她一眼，「你當我是紙糊的？」

紫衣「噗嗤」一聲輕笑，「蓮貴人還真來對了，瞧您現下精神奕奕的，一點兒也不像生病的樣子。」

「你就知道貧嘴。」我半笑半斥地說，如今對眼前這個紫衣，我已逐漸放鬆自己冷漠的姿態。她對我如此不離不棄，一個奴才對主子能做到這個分上，已屬難能可貴。

「主子您要不要再到榻上休息一會兒？」她仍有些擔憂我虛弱的身子。

「嗯。」我點點頭，才轉身，眼前一黑，便倒了下去。

記得我再次醒來，第一眼對上的便是目光冷淡如昔的楚寰，正直勾勾地俯視榻上的我，那眼神冰寒刺骨，凌厲駭人。我一見他便掙扎著欲起身，他的面色更是寒霜一片，「別動。」

先是讓他那突如其來的聲音駭得僵住，，疑惑地望著他，「你怎會來此？」

「是奴才請將軍來的。」紫衣立在楚寰身側，接下了我的話，「御醫來看過主子了，說是感染風寒，又爲您抓了幾帖藥。虧得有將軍，您瞧，夷苑終於有了炭火，如此一來，主子便不消再每日受凍了。」

順著紫衣所指之處望去，屋子正中央擺放了兩個炭盆，炭火燒得嗶剝有聲，瀲灩如紅寶石，將整間屋子烘得暖乎乎的。

我苦澀一笑，「多謝。」

楚寰只是靜坐榻邊，也不說話，看不透在想些什麼。

我向紫衣使了個眼色，「紫衣你也累了一天，早些下去歇息吧。」

看出了我的意思，紫衣恭敬地朝我與楚寰行了個禮，輕手輕腳退了出去，順手將那微敞的門扉閉緊。

炭火味與嗶剝聲縈繞在這陰冷簡陋的屋子，幾縷冬風由殘破的窗溜進，我不禁攏了攏被褥，將自己包得越發嚴實。

我率先打破了此刻的沉寂，「記得你當年對我說的第一句話『丫頭，你真可憐』，你是否早在那之前已知曉未央便是轅慕雪？」

楚寰目光不變，眼神卻是默認。

自嘲一笑，我說：「那時你說我可憐，我嗤之以鼻，可後來我才知道，原來我真的很可憐。」

他的目光動了動，唇鋒依舊緊抿。

我又說：「其實當日你全然有能力阻止我去北郊，若你阻止了，興許我仍是母儀天下的王后。」

「死，也要出去。」他終是由口中吐出幾個令我莫名的字眼，正待開口詢問，卻見他又啓口，「記得你說：『死，也要出去。』」

我僵住，怔忡地盯著他，許多質問的話竟堵在喉間不得而出。

「我想過將你打暈後帶回寢宮，可你堅定的表情告訴我，即便這樣做亦枉然。就像那日在白樓，當師傅對你說風白羽已爲他所殺，你眼中流露出的恨意竟如此強烈。我從來不知道你會爲了一個男人，仇視你仰慕了七年的師傅。轅羲九死後，你在鳶王府待了足足四個月之久，天龍城內卻是人聲鼎沸——南國戰神的屍首被懸掛於天龍城門之上，曝屍十日。天龍城所有百姓皆親眼目睹這一幕，唯獨你被蒙在鼓裡。

「四個月後你突然進宮謁見夜宣，他盛怒之下將你鎖入天牢，殊不知，你被關在牢中那幾日，夜宣下令封鎖了轅羲九曝屍的消息，你自然成了天龍城內唯一不知轅羲九被曝屍的人。紙終是包不住火的，無巧不巧你在冊后那日得知真相，我帶你出宮，不願你罔顧法紀私自出宮，只怕將事態越鬧越大。可最終，你失態，你掘墓，甚至對大王出言不遜，最終將事鬧大，成了廢后。看你如今落得此般模樣，還是不悔嗎？」

字字清晰冷淡，冰涼的語氣中帶著幾分宛然。

「不悔。」我答他兩字，「如你所言，轅羲九在我心中地位無人能比。而夜鳶卻是那個將轅羲九屍體折磨至此的罪魁禍首，他居然還是我的丈夫。我有何理由能原諒他？連我自己都不能說服自己。」

「所以，因爲恨他，就連對璧天裔的恨都要放下了？」

他一針見血地直指我心事，於被褥包裏下的我打了個冷顫，戒備地望著他，「你知道？」

他的嘴角勾了勾，算是默認吧。

突然間，整間屋子安靜了下來。看著楚寰的表情，喜怒難辨，我突然覺得與他白白相處了七年，竟對他絲毫不瞭解。

我深深吐納一口氣，試探一問：「聽說，華蓮是莫攸然舉薦進宮爲聖女的？」

「嗯。」

「我要見莫攸然。」

竹林枝影簌簌聲，寒相向。微塵清霧空生潤，香縈繞。

手中拈著一片翠綠竹葉，身著素白衣裙佇立竹林間，凝視滿目蒼翠，斜暉曳曳，淺紅鋪灑於這碧綠深遠的竹林之中。輕抬手臂，葉置唇邊，吹起許久未聞的〈未央歌〉。

斜暉曳曳，衣袂飄然，風捲髮梢，清寒漸起。

曲調隨風而低緩，沉遠而平曠，似在耳邊，卻又遠在天邊，縹緲而無蹤。

曲到高潮，一聲響徹九霄的笛音乍起，聲勢直逼而來，霸氣中彷若金戈鐵馬就在眼前。相較於那恢宏的笛音，我倒是刻意壓下曲調，以輕緩絲柔的曲音配合於他。

一剛一柔，配合起來卻是天衣無縫。

曲罷，收音，回首。

那個依舊高雅出塵、一身青衣華袍的男子迎風絕立，手執鐵笛，信步走來。

他問：「這兒住得還習慣？」

我笑答：「既來之則安之。」

他嘴角淡淡地勾了勾，「你倒挺能看開……不過，這樣衝動的你並不像我所認識的未央。」

聽他提起轅羲九，我的笑容立刻僵住，「你知道轅羲九在我心裡的地位。」

莫攸然倒是了然一笑，「我向來清楚知悉。」

突然間，我沉默了下來，心情漸漸低落。

「你恨大王？」莫攸然試探問道。

「你說呢？」

「我要你親口告訴我。」

對上他那雙冷淡依舊看不出任何情緒的目光，我冷冷吐出一個字：「恨。」

他卻驀地笑了，笑得風雅猶絕，可卻不似我曾經熟識的莫攸然，我在他眼中看見了——野心。這眞是我所認識的莫攸然？

笑聲漸止，陰鷙凌厲的目光直勾勾注視著我的眼底，「恨到想要殺了他？」

內心咯噔一下，不答，靜待他的後語。

「告訴我，是否恨到想要殺他？」他一句句緊逼，我卻仍舊不發一語。他眉峰一挑，「不敢說嗎？我知道你對他一直都心存利用，而今知曉他如此對待轅羲九的屍體，你自是恨到想要殺他。」

「莫攸然果然瞭解我。」深藏在袖中的手緊緊握拳，我冷冷凝目看他。

「相處七年，未央的性格我很瞭解。」他的臉上充斥著滿滿自信。

我冷笑一聲，「未央聽說，華蓮是你舉薦進宮爲聖女的。」

「滿朝皆知。」

「那你可知她在我冊后那日對我說過什麼？」

「略知一二。」

「你與華蓮聖女是何關係，她竟知曉我的身分？」

「萍水相逢。」

「莫攸然！」對於他的輕巧帶過，我聲音不禁提高了幾分，有些惱怒。

他上前一步，以鐵笛輕點我的眉心，用一陣蠱惑的音調對我說：「如此驕傲的未央絕不甘一輩子都待在夷苑，只有我可以帶你脫離此處，還能幫你報仇。」

他突如其來的一番話令我詫異，怔忡地上下打量他許久，疑慮漸起，驀然出聲，「爲何要這麼做？你已經爲碧若報仇了，不是嗎？」

「別忘了還有壁天裔。」

「壁天裔殺她只是爲了報父仇！況且，你與夜鳶聯手絕對有足夠實力對付壁天裔。」

我的話換來莫攸然嗤鼻一笑，我頓時了然，「原來爲碧若報仇只是一個幌子，野心最大的人，其實是你！」

「噢？怎麼說？」他將點於我眉心的鐵笛收回，頗有興致地問。

「雖然你曾爲了替碧若報仇而要對付漣漪與夜宣，可今非昔比，你，一人之下、萬人之上，是夜鳶最信任的丞相。楚寰，官拜正一品大將軍，手握十萬兵權。你們二人控制了大半個朝廷，有這樣的野心甚是平常。」

內心似被什麼深深觸動了一下，我喃喃低語著，「原來，權力眞能讓人迷失呢。就連一向清高的你……可未央也與你一樣，最大的便是野心。」

他臉上依舊掛著淡雅的笑，魅惑之態令人著迷。

「讓未央猜猜，莫攸然此次要我做何事。」我恢復了往日的神采，眼波一轉，「——重新回到壁天裔身邊，完成我最初的使命，做他的皇后。」

他目光閃現讚賞之色，「從第一眼見到轅慕雪之時，便知道你不平凡。經過我七年的調教，你越發聰慧了。」

「可如今的未央要用什麼身分回到壁天裔身邊？或者說……未央還有什麼資格做他的皇后？」

「這事我自有計較。待時機成熟後，我便會送你入南國。但眼下你最重要的任務便是照顧好自己的身子，安心地待在夷苑，然後安撫楚寰。」嘴角的笑意依舊，卻是令我心驚。看他的眼神，似乎早已料及一切，萬事皆在其掌握中。

聽他突然提起楚寰，我疑惑地問：「安撫楚寰？」

他不答話，我雖疑惑卻也不再詢問，因為他的表情已然告訴我，關於楚寰他不會透露任何事。

「你就不怕我將你的心思告訴夜鳶？」

「沒有十足的把握，你認為我會站在你面前和你談條件揭底嗎？」

拈於指尖的竹葉倏然滑落，在空中翻轉幾圈，最後靜靜地躺於腳邊。

是夜，楚寰一身黑衣如鬼魅般出現在我屋裡，駭了我一跳。

好一會兒才穩住心神，藉著窗外溶溶月光看清了他的側影，沒來得及說話，他便攬著我的肩，以輕功領我飛躍出窗。

冷露凝香，風勢微急，寒煙白。

也不知他將我帶至夷苑的何處，只覺僻靜幽深，荊木荒涼。夜露早已濕了我的鬢角，滴滴露珠沾染其上，手腳已是冰涼僵硬。

「聽師傅說，你答應了。」他面對著我，沉聲問。

「是。」我承認。

他卻突然沉默下來，半晌，他背過身，「無論師傅對你說過什麼，楚寰今夜只想與你說個故事。」

他那僵直孤寂的背影在月光灑照之下顯得格外滄桑，我的心也漸漸沉下，孤立風中，靜待他說出那個屬於他的故事。

「我叫皇甫少寰。」

皇甫，少寰？

我先是莫名呆傻了片刻，一時未反應過來，腦海中尙在思索「皇甫少寰」這四字。

皇甫？

莫非他是……

「那年，壁嵐風元帥之死引發朝廷內亂，不久曠世三將聯手奪了皇甫家的江山。當時我才十二歲，躲在櫃子裡親眼看見母妃血濺大殿，滿眼的猩紅籠罩整座寢宮。直到一個溫雅如玉的男子拉開櫃子，問『爲何不哭』，我不說話，只緊緊握拳，以仇恨的目光盯著他，絲毫沒有恐懼。那男子突然笑了，對我說：『太子殿下，一條路，慘死壁家軍手下，另一條路，跟著我走，日後助你報仇。』我毫不猶豫地選擇了第二條路，因爲我要殺了曠世三將，爲父皇母后報仇雪恨。後來，我才知道這個男子名叫莫攸然，亦是曠世三將之一。」

楚寰的話令我徹底撼住，從來沒想過，一向冷漠的楚寰會對我吐露這個天大祕密。我曾對楚寰的身分多所猜測，可是皇甫少寰……我如何也猜不到，莫攸然竟會收養皇甫承的兒子。

突然，我打從心底佩服莫攸然的心計與手段，不愧爲陰狠絕曠世三將，他確然夠陰沉。他不會放過任何能爲他所用的棋子，那張風雅出塵看似無害的臉，掩飾了他眞正的野心。

楚寰始終背對著我敘述過往的一切，我看不見他的表情，只能望見他僵硬孤寂的背影隱隱顫動著。夜露同樣濡濕了他那烏黑如墨的髮，頭頂似覆上了塵霜，瀅瀅晶亮。

「我已將一切如實相告，你可滿意？」

「原來你恨的人自始至終都是曠世三將，以壁天裔爲最。」

他勾了勾嘴角，似笑非笑，「你眞的決定重回壁天裔身邊？」

「莫非你想阻止我？你與莫攸然不是早打定主意要利用我對付壁天裔嗎？」

楚寰不再說話，盯著我半晌，眼瞳中閃過一抹失望與黯然，卻沒有解釋，只靜靜地轉身離去。

不知不覺五月已過，初夏漸近，清爽暖和的風迎面襲來，萬物欣欣向榮，翠綠嫩葉懸於枝頭，迎風搖曳。滿院芬芳怡人，曉朦朧，百鳥啼鳴。

瀲灩波光，落日芳草，淵靜魚躍，冷蕊紅香。

近來寒暑不常，夜裡忽冷忽熱，有些悶燥。這幾個月來，楚寰不時於夜裡帶我隱入漫漫黑夜，教我劍術。但他卻不許我舞劍，而是找了根細長的竹枝讓我耍著玩，但我學劍術可不只是玩玩這麼簡單。

月上中天，我依時自後窗爬出，一路疾步奔至夜裡練劍的地方。夜露清香甘爽，星子密密麻麻布滿夜空，如鑽般耀花了眼。我不禁仰頭，凝望這寂靜無聲卻又美妙璀璨的夜。

突然，一只緩緩上升至夜空的孔明燈闖入視線，我眨了眨眼，眞的有孔明燈？心下不由一動，竟提步追逐而去，一路疾奔，踩得滿地青草沙沙作響。

也不知是我跑得太急沒看清楚，還是來人跑得太快，我竟與人撞了個滿懷，一個踉蹌後退數步。

「大膽！竟敢衝撞如貴嬪。」一聲尖銳低喝讓我抬頭凝視面前的一主一僕，有個嬌弱的妙齡少女搖搖欲墜，正讓身旁婢女扶穩，目光中並無慍色，只含著疑惑目光打量著我。

她一襲碧羅雲錦長裙，簪玉環繞，白玉凝脂的膚色，微微上翹的櫻桃紅唇，襯著柳眉下那雙溫婉純淨的眸子，楚楚動人。

見我這般放肆地打量如貴嬪，那婢女臉色又沉了幾分，「哪兒來的奴才如此不懂規矩，見了娘娘也不行禮。」

「白心！」如貴嬪低低打斷她的聲音，溫柔如水的聲音響遍周遭。

只見一陣火光逼近，那被喚作白心的婢女忙要拉著主子向後退，「娘娘當心……」

她卻是孤立不動，側首仰望逐漸飛近的孔明燈，一簇簇耀眼的火光將孔明燈上龍飛鳳舞的四句詩照得明亮入眼。我與如貴嬪併肩立於這漫漫空寂的青屏之上，靜靜注視。

只聞她低緩念著上面的詩句：「思伊心樂又黯然，急雪風快寒露冷。帝業星辰乾坤定，白頭死生共攜手。」而我則是在心中默念著，手心微微顫動，喉間哽咽。

「這是大王的字跡……」如貴嬪嘴角勾起淺淡一笑，耳際垂掛的兩顆淚珠於她緩緩迎向空明燈時，勾勒出幻美的弧度。

白心亦小心翼翼地跟隨，抬眼黯然道：「這是大王與蓮貴人放的孔明燈，您爲何偏要一路追逐。看到這上頭的詩，豈不是徒增煩憂。」

「爲何煩憂？」如貴嬪的側影在我不遠處，淡雅語聲含藏著一絲笑意。

白心張了張口卻沒出聲，反倒瞥了眼一旁不識趣的我，而我卻神色不變，依舊望著孔明燈上的詩句。如貴嬪似察覺了白心對我的防備，倒是會心說道：「說罷，無妨。」

只瞧白心撇了撇嘴，「您瞧瞧這詩——思伊卻黯然，白頭共攜手。筆筆皆是大王對蓮貴人的情，這讓人看了能不憂傷？」

「沒見此詩之前，本宮是憂傷，但見此詩後，本宮只是寬慰。」

「寬慰？」白心不解，「難道此詩非大王手筆？」

「不，這確是大王的手筆。」

「那……」

卻見如貴嬪緩緩轉身，目光從容地掃過我，再到白心的臉上，似乎看透一切般倩兮一笑，「據本宮所知，今日並非蓮貴人生辰。」

我一驚，不由再次審視這位看似溫婉、卻藏著一顆慧心的女子。

白心茫然疑惑地看著她，「生辰？」

如貴嬪但笑不言，重新將目光投放至我身上，「你是新進的妃嬪嗎？」

一時不知該如何作答，只微微躬身行禮道：「回貴嬪話，是奴才。」

「奴才？」她走近幾步，嘴角微微上揚，帶著無害的目光打量起我來，「光識這氣質，倒像是富貴人家的孩子，是家道中落被迫進宮嗎？」

「娘娘慧眼。」我低頭瞅瞅自己一身素衣羅裙，在心中暗自一笑，換了誰都難免這般誤會吧。

她一笑，卻猛然咳了出聲，白心忙上前爲她順氣，「娘娘，外頭風大，咱們回宮去吧。」

卻見她面容蒼白地勾了勾嘴角，儼如一個病美人，纖弱得讓人禁不住要憐惜。

「花落人亡，誰人憐惜？」她輕扯絲絹，捂著唇，眸中閃過悲涼淚光。

聞她悲哀絕望的話語，我想及她追逐孔明燈時焦急的身影，又想及她看見孔明燈上詩文竟猶自一笑的開懷，不禁問：「娘娘這般感懷，是爲帝王之愛？」

如貴嬪自嘲一笑，「帝王之愛何其悲哀。」

「在蓮貴人之前，一直都是咱們娘娘最得大王寵愛，可自從那夜……也不知道她用了哪樣狐媚手段，竟讓大王廢去其聖女封號，將她從那小小的采芳居接了出來，封爲貴人。」白心說及此亦是忿忿不平，恨得牙癢癢。

「聽聞蓮貴人美貌傾國傾城，大王戀她，自是理所當然。」我斂眼低語。

如貴嬪微微一嘆，「傾國傾城又如何？外人看來，本宮確曾最得大王寵愛，可箇中心酸唯有自知。」頓了頓，她含淚瞧了我一眼，「因爲大王的眼中看不見任何人，即便是蓮貴人。」

「娘娘何出此言？」我抬頭，對上她那讓月光照得白皙如紙的肌膚。

「只因大王看蓮貴人的眼神，和望著本宮的眼神是一樣的，眼中有我，心中卻無我。」這話說得肯定。

「娘娘何苦執著追尋帝王之愛，後宮佳麗一年一翻新，待到人老珠黃時，大王已不再記得您是誰。」不知爲何，今夜的我多言了，興許是因她眼中不時流露出悲傷而動容。

聽了我的話，她竟然笑了，笑得花枝亂顫，髮髻上金釵交鳴。

我與白心皆靜靜地看著她笑，晶瑩的淚滴卻已滑落在她粉頰，那一瞬間我才發現，這名容顏絕美的女子在溫婉笑容之下竟藏著無盡悲傷。

終於，她止住了笑，淚水卻未止住。她顫抖地問我：「你可曾聽聞廢后未央皇后？」

我一愣，不知她爲何會突然提到我。

沒等我回答，她自顧自地說：「年幼時，我每天最愛聽下人在我面前講北國與南國之事，尤其是大王子夜鳶的事蹟。記得頭一次聽到夜鳶這個名字是八歲，家僕興沖沖地說北國終於贏了場大勝仗，說大王子眞是年輕有爲，將來必成大器。那時我的心中滿懷好奇，究竟是哪樣男子能單槍匹馬直闖南軍主帳，親取大將首級。那兩年來，北國子民日日談論大王子如何英勇，如何大敗南軍，而我心中也早已將他當成北國英雄。

「我每天都在盼望自己快點兒及笄，只要及笄了便能讓爹爹去求大王賜婚，可在尚餘三個月就能及笄之時，我聽聞一個消息，大王子有了王妃——一位名叫未央的女子。我氣憤，我傷心，我失望，我妒忌，究竟是何等女子能做他的王妃。

「後來我聽說那個王妃竟在大婚當日逃婚了，我打心底感到欣喜，以為她一逃，大王子就會討厭她，就會休了她。可是沒有，當她再次回到鳶王府時，我聽人說他們夫妻恩愛，舉案齊眉，天作之合。其實那時我仍未死心，直到那一刻聽見了轟動北國的消息——大王為了未央，打算空設後宮。

「這未央何其幸運，隋文帝的獨孤皇后也不過如此啊，可她為何不珍惜這天下女子都羨慕不來的萬千寵愛呢？」說及此處，她已然聲淚俱下，泣不成聲。

「天下女子都欣羨這萬千寵愛嗎？何其傻。」我別開眼去，望著已飄落在草地的孔明燈，怔怔地說：「娘娘不懂政事，更不懂……未央王后她承受著何等議論。空設後宮，威脅皇權。獨享寵愛，禍國妖姬。」

話音方落，才驚覺自己今夜真是多言了，忙福身，道：「奴才一時感慨妄議宮闈，娘娘恕罪。」

「無妨，本宮今夜不知怎地竟能與一個素昧平生之人聊這麼久。滿腹傷心吐露出來，痛快多了。」她柔柔一笑，絲絹早將頰上的淚水抹去，「本宮還真想拜會那位廢后。」

我忙道：「還是不見的好。」

「為何？」

「都已是廢后，娘娘何苦再去糾纏，到頭來，不過徒增傷感罷了。」

她沉默下來，輕輕吐出一口氣，轉移了沉重話題，「本宮與你聊了這麼久，還不知你叫甚名？」

我回道：「雪兒。」

她眼睛一亮，「雪兒？本宮小名裡也有個雪字，范雪如。」

凝視眼前這個又哭又笑的如貴嬪，我竟陡生羨慕。她是如此單純無心計，純潔得像張白紙，絲毫沒有主子派頭。這樣的姑娘竟敢進宮爲妃，她不怕遍地荊棘刺傷她嗎？但見她生性聰慧，並非空有美貌，相信假以時日在這宮中多多歷練，又會是個狠角色吧。

只一想到將來她會變得世俗，我的心不由得沉重了起來。

在這吃人不吐骨頭的地方，又有誰能永遠如此天眞單純？

與如貴嬪匆匆分別，我才想起今夜楚寰要來教我練劍，拍拍額頭暗罵自己竟與范雪如聊得忘了時辰，便一路疾奔回約定地點。微微喘著氣，目光掃過寂靜的四周，清風一陣陣吹打在翠微勁草之上，簌簌有聲。

一道黑色身影正慵懶地倚靠在一棵松樹杈之上，背影爲溶溶月光籠罩，我走至樹下仰起頭看他，「等很久了嗎？」

他不說話，手中拿著一塊木頭，也不知在削些什麼，削得如此認眞，連看我一眼的時間都沒有。

「眼下，那華蓮聖女似乎很得寵。」看他沉默不語，我便倚著樹幹坐下，雙手抱膝仰望天上的璀璨疏星。

頭頂傳來輕輕削木的聲音，一下又一下節奏平緩有序。

「記得我問過你，華蓮是莫攸然舉薦進宮的？這是否意味，華蓮是幫莫攸然做事？」

「你想多了。」他淡淡地回我。

嘴角漾起笑意，鬆開抱膝的手撿起殘枝把玩於手心，似不經意卻又帶著質問，「冊后那日，華蓮聖女所說的一切都是受你們指使，對嗎？」不是詢問，而是肯定。

削木之聲突然停下，周遭安靜得有些詭異。

「莫攸然是想扶植華蓮登上王后之位，正好利用轅羲九屍首被挫骨揚灰這事逼出我的恨意，令我失寵，如此我就能心甘情願地爲你們做事，回去南國，對吧！」我的語氣肯定依舊。

削木之聲重傳入耳畔，很平穩，似乎絲毫沒讓我的話影響。

「而你……之前對我說的皆是假話，你說，是因爲聽見我說『死，也要出去』才帶我出去的。錯了，當時你根本不是巧合出現於那兒，而是算計好了一切，一直等在那兒，是吧？這些日子以來我一直都在等你親口告訴我，可你一個字都沒說……」話音甫落，一道身影由樹上躍下，佇立在我面前，將迎面傾灑的月光擋了去。

他將手中那塊已削好的木頭遞至我面前，冰冷地說了句：「給你。」

「別轉移話題。」我仰起頭，盯著他，看也不看那塊木頭。

「生辰快樂。」

我一愣，手中方才不停玩轉的枯枝掉落，抬手接過他遞來的木頭。上面雕刻著一名女子，神韻、笑容、身形，儼然是我的模樣。

「我以爲今日要孤零零地過十七歲生辰呢。沒想到，你記得。」我輕輕撫摸著手心的木雕，原來他一直在雕這東西。

「快十年了，」突然，他重重吐納呼吸，「未央……聽我講個故事吧……」

・楚寰

記得莫攸然帶著他隱居至若然居那年，還帶了一個女孩來。他看著她一雙炯炯目光裡透著純淨、清澈，那絕美笑意彷若不似人間有，心下一陣訝然。莫攸然告訴他，這個女孩叫轅慕雪，是轅羲九最疼愛的妹妹，也是璧天裔選定的妻子。

那一刻，手中握著長劍的他眞想將她給殺了。可莫攸然要他莫衝動，因爲這個女孩有很大的利用價值，將來會是他們對付壁天裔的一著致命棋子。

因爲她的身分，他打自心底對她生出厭惡與仇恨，整整一年都沒和她說過半句話，只以冷漠的目光盯著她。直到第二年，於寒潭邊看到她迷茫對著潭裡的倒影，似乎努力想憶起過往卻什麼都記不起來。突然，心中不知是悲憫還是嘲笑，竟說了句：「丫頭，你眞可憐。」

那一刻，他看見她眼底閃過一抹詫異，打量他許久後，嘴角上揚，諷刺一笑，隨即轉身離去。

本以爲往後的人生勢將在仇恨血腥中沉淪，可是有一日，她突然跑到他面前問：「你想出若然居去看看外面的世界嗎？」

這句話令他動容，曾是太子身分的他每次對著宮中深似海的紅牆高瓦，最渴望的便是離開宮廷，細品五柳先生口中「採菊東籬下，悠然見南山」的意境。可十四年來，從無機會能出去見識這繁華天下、尋常人間。

她沒等他回答便扯著他的手臂跑了出去。沒有掙扎，他隨著她一同偷跑出若然居。她就像個對任何事物都感到新鮮的孩子，這看看、那瞧瞧，對一切是那樣好奇。其實當時的他對所有的一切也感到很稀奇，只不過他並未表達出心緒，只靜靜追隨在蹦蹦跳跳的她背後，目光緊隨，四處流連。

直到黃昏時分他們才回到若然居，卻被莫攸然逮個正著。他們二人垂首站在師傅跟前，她尤其緊張，十指緊扣。他一直都知道，她最怕的就是惹莫攸然生氣。所以當她說「是楚寰帶我飛出若然居」時，他沒有反駁，畢竟她說得沒錯，確實是他以輕功帶她飛出若然居的。是以最後，受罰的是他自己。

記得在若然居第七年，平素不敢忤逆莫攸然的她竟怒言相向。爲了提前進帝都之事，她將自己關在屋內兩日不肯出來，滴水未進。一貫縱容她的莫攸然這回竟出奇地沒去哄她，可他卻開始擔心她能否承受兩日來的飢餓，是以爲她送上香噴噴的米飯。

突然發覺，不知從何時起，他的目光竟已開始追隨於她，常常喜歡靜靜站在一旁，看著她的一喜一怒。在那七年之中，最初對她的反感與仇恨竟隨時間漸漸消逝，取而代之的是一種習慣。

後來，她離開了若然居，他卻沒有去送她，而是將自己浸於寒潭之中，想用冰寒刺骨的水溫將自己沖醒。不能阻止她去帝都，不能壞了全盤計畫，大仇未報，怎能談兒女私情。若他注定要爲仇恨犧牲感情，便也只能接受命運的安排，畢竟他對她的情感並未深得可以爲她放棄仇恨……直到一個名叫轅羲九的男子出現，他看見她爲轅羲九落淚，看見她因莫攸然殺了風白羽而露出仇恨目光，甚至爲了這個男人而忤逆不願進宮。那時他才明白，原來愛情可以讓人不顧一切。

他不懂，那時自己的心爲何會隱隱作痛。只因她爲了別的男人哭泣？

後來那個轅羲九爲保全她的性命，寧可自己讓萬箭穿心而死……是的，當轅羲九萬箭穿心那一刻，他也在場，原是爲了搭救她，卻未曾想過竟目睹那怵目驚心的一幕。

看到她悲痛欲絕的淚水，聽見她撕心裂肺的哭喊，霎時他才明白，原來愛可以用性命證明，原來愛可以如此壯烈。可是轅羲九只知保護她，卻不知他正做著一件極其殘忍的事。他萬箭穿心死在她懷裡，了無牽掛地離開了，卻將一個沉重的包袱交給年僅十五歲的女孩。

那一刻，他的心也隨著她的悲哀而扯動，而傷痛。回首多年往事，原來他並非徹底冷血之人，他心中除了仇恨，還容得下愛。

孤絕如他也有想要守護的人，那個叫未央——轅慕雪的女子。

楚寰一字一句平淡訴出多年來的往事，雖未正面回答我之前對華蓮的質疑，卻清楚讓我知道那天他冒著重罪帶我出宮，絕非心懷假意。我苦澀地笑了笑，「對不起。那日任性地要你帶我出宮，害你被杖責六十刑棍。」

「從沒想過，未央也會有說對不起的一日。」他的聲音依舊冷淡如冰，聽不出喜怒，只用那淡漠目光深深注視著我。

那一瞬間與他對視，又想起他字字句句述說的往事，我感到不太自然。雖然他說這些事時口氣彷若事不關己，我卻看出今夜的他與往昔不一般，他的眼中浮現出萬分眞心誠意——她再不曉人事，也能清楚感受到他的情意。這才明白莫攸然爲何會要我好好保護自己，安撫楚寰。是否楚寰曾對他要求過什麼？

然我卻必須忽視這些，無論此刻的他究竟是作戲還是出於眞情，這一切都已不重要，重要的是我的計畫可否提前一步進展。

我自草地上緩緩起身，與他面對面站著，「當你看見轅羲九萬箭穿心那一刻，你的內心是否很痛快？而當年謀奪皇甫家江山的曠世三將，莫攸然也是其中之一，你是否也在內心深處恨著莫攸然？」

見他目光一沉，欲啓口說些什麼，我隨即悠然截斷，「你若有恨，莫攸然心中定然清楚。」

他清渺鋒銳的眼睛打量了我許久，才說：「未央確實聰明，看透三分便能猜透七分。」

「你提起莫攸然時沒有尊他爲師傅，而是口口聲聲喚他的名諱，可見你自始至終都未將他當作你的師傅，對嗎？你們一直都是互相利用的關係。」

「我與莫攸然心中各自都清楚不過。」

「若這次莫攸然成功了，得到他想要的，他還會留下你嗎？」

他深邃的目光冷寂如冰，「只要能爲皇甫家報此大仇，我便功成身退，哪怕是丟了這條命。」

「你要任他宰割？」我的聲音微微提高。

「這些年來，唯一支撐我活下去的理由就是仇恨，若大仇得報，此生再無留戀。」

「此生，再無留戀？」我輕輕重複著他這幾個字，隨即對上他那雙死寂的瞳子，「可是……未央需要楚寰。」

第八章　騙中騙・謀中謀

韶光荏苒，光陰似箭。

冬雪初落，北風獵獵，紅梅綻放。

春冬寒暑交替，又迎來另一回臘月，算算日子，來到夷苑已有一年又一個月。

日子說長不短，每天夜裡苦練劍法，日子倒也過得飛快。

朝廷中也發生了場對立紛擾，原本范上卿與莫攸然是站在同一條陣線，卻因立后之事分裂。

四個月前，大王提議選后，詢問眾卿意見。莫攸然推舉蓮貴人，范上卿自是擁護愛女如貴嬪，一時間爭論不休，不僅在御前吵得面紅耳赤，背地裡亦動作頻頻。終於在一個月後二人關係徹底決裂，朝廷如今形成兩派勢力，一派擁立蓮貴人，另一派擁立如貴嬪。故而王后人選遲遲未決，我則像個看戲之人，每日聽紫衣對我說起朝中之事，從不發表自己意見。

莫攸然位居丞相之位，朝中巴結之人自是不少，但他在朝爲相尚不足兩年，勢力實未眞正扎根，能眞正爲他效命的除了楚寰還能有幾個？全是一群攀龍附鳳的臣子。

可范上卿卻不同，早自先帝夜宣登基第三年，他便憑恃己身才學一步步爬上正一品上卿之位，已在朝爲官二十年有餘不說，其朝中摯友尤比比皆是。

莫攸然如此公然與范上卿較勁並非明智之舉，夜鳶是何等人，竟如此隔岸觀火，坐看鷸蚌相爭。莫攸然，一向冷靜的你哪裡去了？抑或你有把握你會贏？

靜坐在炭火旁，將手置於其上烘烤，可我的手仍像冰一般，怎地都烤不熱。後窗半掩著，北風夾雜著陣陣幽冷花香撲鼻而來。

一陣急促的步伐聲由遠至近匆匆傳了過來，紫衣莽撞地推開門，帶來一陣冷風，我打了個哆嗦納悶看著紫衣，「何事如此慌張？」

「糟了、糟了，宮裡傳來消息，有人向大王呈遞密摺，揭發莫丞相謀反。」

「那大王回應態度何如？」

「紫衣也不知道，只聽聞軍隊隱隱有調動，似乎……」紫衣目光閃爍，呑呑吐吐。

我起身，拂了拂自己散亂的衣襟，舉步走向窗旁，推開半掩的窗，迎風而立，裙裾曳地。

「不知是誰出賣了莫攸然……」我似在自問，又像在問背後的紫衣。

整間屋子頃刻間只剩下風聲，彷彿只有我一人存在。

一陣風過，頸間傳來疼痛，我還沒來得及呼痛便已仆倒在地。

眼前一片漆黑，耳邊安靜得令我感到不眞實，想動，卻感覺雙手讓麻繩綑綁住。我掙扎了幾下，仍無法掙開，隱隱聽見呼吸聲。

「誰！」我出聲試探一問，雙眼被黑布蒙著，令我感到恐慌。無人回答，我便又出聲：「說話，你究竟是誰，爲何要綁我至此！」

感覺有隻手將蒙在我雙眼的黑布用力扯下，一束強光直撲眼睛，我別過頭去，避開強光，緩和了好一陣才睜開。看著眼前之人，竟是莫攸然。而我則被綁在一張椅子上，不得動彈。

「莫攸然，你抓我做甚！」含著怒氣，我略顯激動地朝他吼道。

「我以爲，未央很清楚我爲何抓你來。」莫攸然的嘴角噙著一絲殘忍的笑。

「絲毫不清楚。」我揚眉冷對，用眼神質問。

他冷哼，邪魅的目光直逼我眼底，我坦蕩地迎視。

忽然間的沉默使得空氣漸漸凝滯，坐於右側、手中依舊執劍的楚寰倏然起身，待走至我面前才沉聲說道：「相信你已聽聞有人密摺狀告師傅謀反之事。」

「你們認爲是我做的？我那樣恨夜鳶，怎會幫他對付你們。」我好笑地看著楚寰。

「知道這件事的只有楚寰，和你。」莫攸然質問著，彷彿已有證據在手可證明我就是告密人似的。

「你似乎漏了一人吧？」我的話令莫攸然目光一凜，便繼續說：「華蓮，她是你的人，對嗎？」

莫攸然的眼睛微瞇成縫，格外危險，「你似乎很清楚。」

「你舉薦華蓮爲聖女，冊后那日她來搗亂，楚寰正好撞見要出宮的我。被廢入夷苑之後，你欲與我重新合作。這一切看似理所應當的巧合，加起來卻只有一個眞相——所有的一切俱是你安排的。」

「就算我用了手段，也只不過是揭發眞相而已。」

「就因爲你揭發的是眞相，所以未央沒有怪你，仍決定與你合作，畢竟我們有共同的敵人——夜鳶與壁天裔。可今日你居然懷疑密摺是我呈給夜鳶的。我有理由幫他麼，況且我一直待在冷宮，怎可能避開眾目睽睽呈上密摺？」我一句句向他解釋，他似也爲之動容，我乘勢繼續說：「華蓮就不一樣了，她只是你的一枚棋子，再說她與夜鳶並無深仇大恨，難保不會因眞愛上了他而出賣你。可你卻在事發後將我綁了過來，未央在你心中竟如此得不到信任？」

「師傅並非不信任你，其實他將華蓮也綁來了。」楚寰走至簾幕之後，將同樣被綁縛雙手堵了嘴的華蓮拉扯出來，動作毫不留情，令她一個踉蹌便摔倒在地。

楚寰蹲下身子，將其口中那團布扯出。

「主子，不是我，她血口噴人！」嘴巴剛獲自由，她便激動地說。此時的華蓮早沒了昔日的風采，髮髻散亂，衣襟微敞，幾縷髮絲凌亂地散在耳邊，格外狼狽。

「血口噴人？北國人人皆知夜鳶的風流往事，一連三位聖女都能不顧死活地愛上他，你與他朝夕相處，難保不會芳心大動。」我的聲音很平淡，卻換來華蓮一陣大笑。

「我從未否認夜鳶的王者魅力，那你呢？他那樣深情款款地待你，你眞能如此鐵石心腸？」

「夠了！」莫攸然憤怒打斷了相互嘲諷的我們，「既然你們都不承認，那我便兩個都殺了。」

「主子，你要相信華蓮，不要被她的幾句話矇騙了！」華蓮恐懼地仰頭乞求莫攸然相信，眼角猶有淚水緩緩滑落，「華蓮對您的心日月可鑒，您不能懷疑我。」

莫攸然冷眼俯視倒在地上的她，瞳子裡毫無溫度，猜不透他究竟在想些什麼，「楚寰，你怎麼看？」

「徒兒認爲，華蓮的嫌疑似乎更大。」楚寰話音未落，華蓮便忿忿地仰頭瞪視楚寰，「華蓮當然比不過未央與你的十年情誼，你的話自然偏向於她。主子，你亦該懷疑他！」

「你也說了，十年情誼。我與莫攸然還有楚寰的情誼，你比不上。」我眸光一閃，深深看著莫攸然，「你是瞭解我與楚寰的，有什麼事能瞞得過你？」

莫攸然突然笑了，「好，我信你們。到時我自會讓夜鳶告訴我，究竟哪一個才是背叛我的人。」

一名家僕匆匆跑了進來，單膝跪下稟報著：「丞相，禁衛軍已將丞相府團團包圍，聽說，大王親自領兵前來……」

「如今丞相府在緊急調動之下已有千餘名精兵守衛，可大軍由於事發突然，未能來得及調遣，如今正在趕來途中，眼下能拖多久便拖多久。」楚寰的聲音平靜如常，絲毫未受外頭危急情況影響。

莫攸然瞅了我與華蓮一眼，揮手將外頭兩名侍衛召了過來，「看好她們倆，一會兒還有大用。」隨後雙拳緊握，青筋浮動。我頭一回見他如此憤怒，目光含著嗜血的殺戮之氣，不禁深感此刻危機四伏。

我與華蓮一被鬆綁，便跟隨莫攸然與楚寰二人被挾至相府大院，四名侍衛分別手持大刀置於我與華蓮的頸項上，只要一個用力，我必將血濺當場。

院內兩批人馬拔刀對立，殺氣隱隱凝於空氣之中，一眼望去，正前方那道明黃色身影我已一年未見。他於眾侍衛簇擁之下傲立其間，讓人無法忽視那股與生俱來的王者氣勢。

他眼神淡定地掃過被人挾制的我及華蓮，表情不變，唯獨目光凌厲了幾分。

站在他身邊的是范上卿，目光忿忿地指著莫攸然怒道：「莫攸然，你這個奸佞小賊，竟敢私下勾結北國莽匪，暗中鑄造兵器，存何居心！幸虧老夫早早與你劃清界限，相信大王乃聖明之君，定會明察秋毫。」

莫攸然面不改色，看也不看范上卿一眼，目光始終停留在夜鳶臉上，「大王此回於短短時間內迅速召集兵馬，足見早已準備好要對付微臣。」

夜鳶面上掛有笑意可卻未到達眼底，逸出的只是冷凜。

楚寰附在莫攸然耳邊低語：「師傅，我們的大軍就快到了，你盡可能拖延時間。」

「事到如今，微臣只有魚死網破了。」話音甫落，便一把將我由侍衛手中拉過，隻手緊掐我的咽喉。我額間冷汗因疼痛而汩汩溢出。

「不知這個女人能否換得你的江山？」莫攸然挑釁地看著夜鳶，下手毫不留情。

夜鳶嗤之以鼻，「想用她換這北國江山？天真得可笑。」

「那微臣倒要與大王賭一把了。」隨著聲音的起落，他手勁逐漸加重。夜鳶依然不為所動地冷然注視著我，眼中早已沒了我。

莫攸然見狀，下手又狠了幾分，我只覺整個人的呼吸盡被抽空，卻又無能為力。視線漸漸模糊，可目光仍緊盯著那個無動於衷的夜鳶，只見他眼中似含藏著冷笑。

我想，我是在劫難逃了。

眼瞼緩緩闔上，那道明黃色身影逐漸模糊，遠去，直至消失……

腳下一軟，頸際的箝制不再，我被重重推了出去。

我掙扎著睜開眼睛，只見莫攸然側身去扯一旁的華蓮，我的嘴角勾勒出淡淡笑意，看來終是逃過一劫，那麼就是現在！

待我整個身子向後倒去之際，先前押著我的兩名侍衛欲上前再箝制我，我卻倏地單腿重踢他們的手腕。侍衛沒料到我會突襲，手腕一痛，刀落。我旋身飛舞，輕巧奪過，一刀便將其斃命，血濺當場。

這突如其來的變故令眾人措手不及，饒是莫攸然面色也變了分毫。他目光發狠發絕，掌心凝著內力，風馳電掣般直逼我胸口而來。我連連後退，深知這一掌定是為取我性命，而我向楚寰學的功夫和他相比猶如花拳繡腿，若硬接下這一掌必死無疑。

千鈞一髮之際，一道身影擋於我身前用力接下這一掌，頓時內力四散，周遭侍衛皆被此兩股強大內力震傷。

莫攸然收掌，看了眼楚寰，再看看被他護在後頭的我，彷彿明白了什麼，仰頭大笑，「好……一個是好徒兒，一個是好妹妹，竟聯合起來背叛我！」他從沒想過，我們二人會聯手一齊背叛。

他那瘋狂的笑聲響震四周，眾人皆驚，一時間全都訝然無比地看著他。

就在此時，震天價響的齊整腳步聲傳來，軍隊如潮湧入，手持刀戟要將莫攸然等人裡裡外外包圍起來。

莫攸然惡狠狠地看著楚寰，咬牙切齒，「原來你早有叛逆之心！為了一個女人背叛我，難道你的仇恨竟抵不過一個女人嗎？」

楚寰冷冷地與之對視，我用力呼吸著空氣，手輕撫上頸項那一圈疼痛。

「十年了，你似乎忘記誅殺皇甫家你也有一份大功勞啊！」楚寰的聲音冷至極點，語氣中含藏著無情與淡漠，這一瞬間斷決了他們十年的師徒之情。

「將莫攸然拿下！」夜鳶沉聲下令，眾將領命，提刀欲上前拿他。莫攸然卻斥道：「不勞動手，如今我已是甕中之鱉，還怕我插翅飛了不成？」他決絕地看了我和楚寰一眼，突將腰間的鐵笛取出，「可在我死之前，還是想為我的好徒兒與好妹妹最後吹奏一曲。〈雪未央〉，這首曲子創作許久，卻從未吹奏過，今日就讓你們倆聽聽吧。」

不待我們說話，他便將笛置於唇邊緩緩吹奏起來，柔美宛然，曲調飛揚，如慕如訴，眼前彷若流霞飛掠，心中丘壑斑爛廣闊。

當眾人皆沉浸在這無限美妙之音時，曲調一轉，尖銳地閃過耳畔，我的肚腹一陣絞痛，悶哼一聲，手捂在其上。而一直擋在我身前的楚寰則雙肩微顫，背脊微微弓起。

曲調逐漸尖銳，如鬼魅煉獄般的樂聲傳至我腦中，擊潰了我全身，肚腹的疼痛如有萬千毒蟲在裡頭啃噬。再也承受不住那疼痛，我俯臥在地，而楚寰也單膝跪倒在地。

「不要吹……了，不要……再吹了。」我強忍著疼痛對莫攸然喊叫，究竟怎麼回事，我與楚寰為何會因這首〈雪未央〉而疼痛至極？

莫攸然嘴角一勾，收音，狠狠地看著我們倆，「做任何事都該留一手的，你們太小瞧我了。早在你們第一日來到若然居時，我便將嗜血蠱蟲的種子種於你們體內，十年了，應該長大了。你們若是不背叛我，蟲子自將永遠沉睡於體內，可你們卻背叛了我，這首〈雪末央〉已將你們體內的嗜血蠱蟲喚醒。每當牠餓了，就會在你們身體裡嗜血，待血慢慢吸乾，便開始食肉……」

我的手死死握拳，倒臥於地聽著莫攸然一字一句道出嗜血蠱蟲的厲害。

眾多侍衛衝上來將莫攸然制住，他卻無絲毫掙扎，就那樣朝著我們而笑，笑得那樣寒冷刺骨。

「這就是你們背叛我的下場！」

一雙手有些顫抖地將我擁起，他用喑啞的聲音在我耳邊低語，「慕雪，對不起。」

靠在那副熟悉的胸膛之上，深深聞嗅著他身上的杜若之香，紅了眼眶，忍著疼痛笑道：「慕雪說過，定不會讓你負天下，所以，不用說對不起。」

「可是，朕負了你。」他以手臂將我緊緊圈在懷中，一滴淚水自他眼角滴落在我手背，灼傷了我。

看著相擁的我們，莫攸然恍然明白了一切，冷笑地低語：「原來你們早就知道我的計畫，便將計就計，讓華蓮將你引去掘墓，乃至廢后。利用你的失寵，提攜眾位高官的千金，表面看來是夜鳶因愛而狂，實則是為了分裂原本與我站在一條線上的高官。眾位大臣皆盤算著要讓自己的女兒入宮為妃，王后的位置又空懸，他們各懷鬼胎自是必然，謀久必裂，如此便成功瓜分了我的勢力。

「原本與我連成一線的范上卿也在女兒入宮之後與我漸漸疏遠，他心底打什麼主意我都明白。若他擁立自己的女兒做了王后，將會是我在朝廷裡的一大威脅。我只能想方設法擁立華蓮，當機立斷與他劃清界限。我可以等時機成熟，可屆時夜鳶的時機也將成熟。我只能盡量加快步伐，在夜鳶初登大寶、天下朝廷未定之時奮力一搏，可是我漏算了，漏算了你與夜鳶竟配合著上演這一齣苦肉計引我上鉤。

「而你又一再表明自己恨夜鳶將轅羲九的屍首挫骨揚灰，甚至當著眾人之面說你從頭至尾都在利用他。這個理由確實足以廢后。一切看起來如此合情合理，卻沒料到背後全是戲。我自恃對你很瞭解，以為你根本不愛夜鳶，以為你早已讓轅義九被殺的仇恨沖昏了頭……」

夜鳶將我橫抱起，冷冷地看著莫攸然，「將他押入天牢。」

我靠在他懷中看著莫攸然遠去的身影，直至消失。猶記得他臨走前說：「未央，總有一日你會後悔的。」

雖然肚腹中的絞痛一刻都沒停過，我卻一直在笑，因為不知此刻的我除了笑還能如何。

范上卿似乎也聽見莫攸然的一席話，一張老臉沉了下來，不可置信地凝望著我與夜鳶，眼中還有恐懼。

我相信經此一事，朝堂之上再也無人敢輕看這個年少的大王，無人再敢與之對抗。只有朝堂穩定，皇權得到控制，百官真心臣服，北國才會真正壯大，才有足夠的實力與南國相抗衡。

熏爐內瑞腦香陣陣縈繞，金磚鋪首，明黃紗帳輕輕搖曳飛舞，宮燈通明，映得滿殿明燦熠熠。

我躺在龍床之上，隔著紗帳看著跪了一地御醫冷汗淋漓，垂著首大氣也不敢喘上一聲。夜鳶臉上淨是寒意，聲音夾雜著隱隱怒火，「朕養你們這麼久，為的不是聽一句『束手無策』。若你們再找不到去除王后體內的嗜血蠱蟲方子，都給朕卸袍歸田。」

「大王息怒……臣確實是……」御醫之首一邊拭著額上的冷汗，一邊俯首吞吞吐吐再無法說完後面的話。

「廢物！都給朕滾出去。」

得到這句命令，眾御醫彷若得到解脫，倉皇逃出了大殿。

我深深凝視著失控的夜鳶，竟笑了出聲，「這可不是我認識的大王，胡亂發脾氣呢。」

他的目光越發暗沉，揭開紗帳，於榻邊坐下，俯首深深凝視著我，「對不起。」

「我沒怪你。」巍巍地伸出手握住那早已生怒緊握成拳的大手，拳頭一經碰觸漸漸鬆開。他反手回握著我問：「還會痛嗎？」

我搖頭，「早不痛了，牠怕是已經吃飽，睡去了。」

他無奈，「如今你還有心情說玩笑話。」另一手撫上我蒼白的臉頰，目光又冷凜了幾分，眼瞳深處有藏不住的傷痛，「朕，一定要將你體內的蟲蟲去除。」

征忡地看著他，心裡深知除了莫攸然，無人能解。

「說說話吧，我不許你這樣。」他手中又多用了幾分力，捏著我的手心，讓我回神。

「『思伊心樂又黯然，急雪風快寒露冷。帝業星辰乾坤定，白頭死生共攜手。』——謝謝你。」我突然吟起那夜孔明燈上的題詩。

「你看懂了？」

「每句第四字，樂，快，辰，生。連起來不就是『生辰快樂』嗎？」回想起那日見到孔明燈時我內心的震撼與激動，卻不能在人前表露，只能默默注視著那燈。我苦澀一笑，淺淺低語：「夜鳶，哪怕不能偕老，我也會執子之手。」

他眼底動容，將我摟起，輕吻落在我的額頭，暖暖的呼吸拂在眼瞼，「我們一定會白頭偕老。」

不答話，我往他懷裡鑽了鑽，閉上眼簾呢喃著：「我想睡了。」

「嗯。」

「你別走開。」

「嗯。」

「我想睜開眼第一個看見的人是你。」

「嗯。」

……

我的思緒恍恍惚惚回到了一年之前——

記得那夜我陪伴夜鳶在御書房內批閱奏摺，我因撐不住身子而昏昏欲睡，迷糊之中感覺有道人影飄過，還聽見他隱隱低語說華蓮聖女形跡可疑。頓時，我睡意全消，睜開眼睛時御書房內卻只有夜鳶一人。

他對上我的雙眼，良久都未說話，我亦沉默片刻後才起身，跪在他跟前。他詫異之餘要扶我起來，我卻掙開他的手說：「請求大王重設後宮。」

他微微嘆了一聲，無奈地將跪地的我攬起，指尖輕劃過我鼻尖：「都聽見了？重設後宮又如何，並不知道華蓮究竟是誰的人。」

我問：「那你覺得呢？」

他說：「兩種可能，一是壁天裔送至北國的奸細，二是莫攸然縱其進宮。」

我暗自沉思片刻後說道：「我覺得莫攸然的嫌疑最大，因爲華蓮聖女是他舉薦進宮的。不行，若華蓮背後主謀眞是莫攸然那就危險了，他貴爲丞相，現下與范上卿的關係格外密切，而楚寰也掌握了兵權……」

他就這樣靜靜瞧著胡亂猜測的我，也不說話。我急了，輕捶他的胸膛：「你倒是說句話呀，你才剛登基，許多事也未穩定，萬一莫攸然再插上一腳，你……」

突然間我止住了嘴，怔怔地看著他那複雜多變的目光，深深意識到此刻情況較數月前謀奪王位之時還要嚴峻。掐著他胳膊的手隱隱用了幾分氣力，突然覺得是自己將夜鳶逼到這一步，若非空設後宮，皇權又怎會分散，百官亦無人可以眞正信任。

夜鳶說得對，重設後宮又如何？眞正能引誘他們分裂的是——王后之位！於是我說：「那便廢后吧。就在冊后當日廢后。」

深深記得當時他的眼神格外深沉，深沉中蘊含著一抹令我看不透的心思。看著我，他只說了一句：「慕雪，你不恨我嗎？」

我明白他口中所指的是轅義九那件事。早在夜鳶登基為王當日，他便將轅義九之事告知於我。記得當時他每說一句，便有一滴淚於我眼角滾落，那份傷痛依稀是一道烙印，刻在我的心上，痛得讓我無法呼吸。

得知他將轅義九曝屍於城牆之上，甚至焚燒屍骨、挫骨揚灰的種種舉措，我只問了一句：「為何如此對待一具屍體，我要聽你親口解釋。」

那一刻他的眼中閃過詫異，興許他曾想過我會恨他、會怨他、會與他鬧，卻沒想過我竟如此平靜地只要聽他一句解釋。

後來他告訴我：「對轅義九做的一切只為保你。你與轅義九皆是南國來的奸細，轅義九慘死，而你卻安然待在鳶王府無人動你，只因轅義九的曝屍與挫骨揚灰已讓父王洩了憤。而我以誅殺奸細的功臣做了這件事，自然有資格為你求情——因為你是我的鳶王妃，我不允許任何人傷害你。」

征忡地聽著他的解釋，我緊握的雙拳掐緊又鬆開，鬆開後又握緊，反反覆覆多次才徹底鬆開。

我說：「我信你。」

他問：「為何信我。」

我說：「因為你是我丈夫。」

後來我們絕口不提這件事，彷彿……根本沒有發生過。可我們都知道，其實這件事已然產生了一道看不見的隔閡，即便我們仍如此甜蜜地相處著。

我們計畫，於冊后那日以轅義九一事刻意引發我們兩人之間的矛盾，只不過讓華蓮聖女先行一步。如此甚好，我便將計就計，順著她的計謀往下行。果然發現，華蓮聖女真是莫攸然的人。

后位一空，夜鳶便大肆選進佳麗充實後宮，所有人都以為夜鳶此舉是因為我，其實不然，他立了很多高官的千金，包括范上卿的千金范雪如。爲了爭奪那個后位，諸位素有聲望地位的重臣開始相互猜忌，暗中聯合其他大臣打算推舉自己女兒爲后，如此一來，便成功瓜分了朝中那幾股結成一線的勢力。只有他們的勢力散了，才能更堅實地掌握皇權，坐穩龍椅。

被廢入夷苑之後，夜鳶曾偷偷來看過我一次。記得那夜我病得很重，他撫著我的臉頰說：「對不起。」我終究還是克制不住，在他懷中無聲地哭了出來。這些日子以來，我的腦海不斷回憶著掘墓時的瘋狂，雖然那都是作戲，可我流的淚全是眞的。

爲大哥，爲夜鳶。

也就是那個雨夜的瘋狂與放縱，我才眞正明白，大哥是眞的已經離開我了，而夜鳶卻一直都陪在我身邊，一直都在。

其實該說對不住的人是我，夜鳶一直包容著我的任性與放縱，即便我利用他，即便我的心底深藏著大哥，他仍舊陪在我身邊，不離不棄。

曾幾何時，夜鳶竟已駐紮進我的心底，生了根，發了芽。到如今已開了花，結了果。我很想伸手去摘採那顆美麗的果實，可現下的我不能去摘。

我不要做百姓口中的「禍水」，轅慕雪，絕不能讓夜鳶因我而負天下。

不知道自己睡了多久，卻在一個溫暖的懷抱中醒來，第一眼看到的便是那雙迷人眼瞳正專注地看著我。銳薄的唇畔掛著一抹淡淡淺笑，彷若耀目的日光穿破冰層，鋒絕霧散。

青絲披瀉在枕邊，他輕倚於龍床之上，手似乎仍維持著我入睡時的姿勢。我問：「我睡多久了？」

「兩個時辰。」他輕柔地將我鬢角一縷髮絲勾至耳後。

「你一直都沒離開嗎？」

「嗯。」雙手一個用力，將我橫抱而起，越過珠簾，轉出插屏，讓我坐於妝臺前的小凳之上。

他單膝跪在我身側，與我平視，冰涼指尖觸碰著我的頸項，一陣疼痛油然而生。我由鏡中看見頸項上已有一圈青紫淤痕，很是駭目。

而夜鳶的目光卻越發冷凜，身上散發著無比危險氣息。片刻後，他倏地取出一條又粗又長的珍珠項鏈，替我戴於頸項之上，遮去那圈駭目的痕跡。

「以後，朕不允許你再冒險。」他的聲音中隱有怒氣，目光含著濃郁寒氣，像是在責怪我，又彷若是在對自己承諾。

突然，門外傳來李公公的聲音，「大王，天牢有報，莫攸然要見……」他的聲音一頓，爲難地望著我，也不知該如何稱呼。

「王后。」夜鳶冷冷地提醒。

得到夜鳶的命令，他立刻頷首道：「大王，天牢有報，莫攸然要見王后娘娘。」

我疑惑地回首，看著夜鳶目光中逐漸生出怒氣，心底也不免疑惑莫悠然爲何此刻要見我。

天牢中，那個男子依舊風雅脫塵。他負手立在牢中央，仰頭凝望小窗外的一輪明月，皎潔如銀霜，將他沐浴其中。這樣的他令我憶起了過往，他總是手執鐵笛一人孤立於山巓，任狂風吹得髮絲散亂，目光幽幽睥睨著腳下的一切。也正是那份脫俗深深吸引著我，他在我心中有著崇高而不可褻瀆的地位。而今我卻親手將這多年來仰慕的男子推入天牢，還聯合了他苦苦訓練多年的徒兒。

感受到我的到來，他才收回視線，回首凝視著我。目光裡少了決絕與恨意，有的只是平靜與淡漠。

見他始終不開口，我便率先問：「你明明可以輔佐大王，從容對付璧天裔，爲何要兵行險招？」

他輕笑一聲，「我不想借助他人之手對付璧天裔，我要眞眞正正地與他較量。」

「藉口倒是冠冕堂皇，可卻是經不起權力的誘惑。」

我平靜地與他對視片刻，才又啓口：「姐夫，你後悔嗎？」

他嘴角一勾，「後悔？」

「教導七年，教出了一個心狠手辣的未央。」

他失聲而笑，凝視我的那雙眸子彷佛又現出從前在若然居時寵溺我的目光，「錯了，心狠手辣的未央並非莫攸然教導出來的。自我第一眼看見你，便想到一個字——『妖』。聽聞有關你的過往，我倒覺得當年那高僧說的話所言非虛——妲己轉世，妖孽降臨，禍害南國。如今的你，已助夜鳶顚覆了一個北國，那麼下一個將是南國。」

「所以，你因爲信了這個預言，故而想將我送去南國。你想親眼看著，我是如何幫你顚覆南國的。」冷冷地接下他的話，這句預言是我深埋心中的痛。

「是我失算太過自負，自恃很瞭解你對轅羲九的情，卻未想到，事到如今你依舊站在夜鳶身邊。」

「『弱者，要不起未央』這句話不是你對我說的嗎？所以未央一直在尋找一個強者，可以讓我棲息在他的羽翼下，哪怕粉身碎骨，也要忠於我擇定的強者。」

「看來你愛的並不是夜鳶，而是因爲他強。」莫攸然恍然大悟，可眼中卻又閃過迷惘，「璧天裔也是強者，爲何不選他？」

「我選過他，可他心中並無我，更因……我的心中只有轅羲九。」腦海飛速閃過一幕幕往事——璧天裔將那朵芙蓉花插在我的髮間，承諾爲我蓋一座宮殿，在裡面種滿我最愛的芙蓉花。

莫攸然臉色微變，喃喃道：「無你？」

牢中突然靜了下來，我靜靜垂首看著銀白月光鋪灑滿地，如此淒涼。

暗自思量許久才轉入正題，「奴才稟報說你要見我，究竟所爲何事？」

「用一顆嗜血蠱蟲的解藥換我這條命。」他似頗有把握地看著爲之動容的我，「我這條命如今已一文不值，只要你在夜鳶耳旁一語，他定然會爲了救你而放我。」

「放你出去只是舉手之勞，但我的條件是，兩顆解藥。」

他揚眉一笑，「怎麼，一向只顧自己死活的未央竟關心起楚寰來了？」

「你究竟給不給。」看著他那刻意激怒人的笑，我的口氣微衝。

「我若說不給呢？」

他的聲音才剛落下，我便轉身離開大牢，不再多說一句。

我相信，莫攸然會再來求我的，他絕不會甘心就這樣被處死，他還要找壁天裔報仇呢。

所以，眼下就是比誰更能忍。

第九章　江山定·君王側

淡月如銀，紅燭烈烈，輕紗映在窗牖之上，紛紛曳曳寒影飛揚，滿殿淒涼。

御醫們束手無策，來回踱步急得焦頭爛額，醫書捧在手中胡亂翻閱，不知是否真讀了進去。

我捂著絞痛的肚腹在床邊翻滾，這蠱蟲一個月內已發作三次，一次比一次痛得厲害，折磨得我痛不欲生。

我的手死死揪著明黃色被褥，雖強忍著不叫喊出疼痛，可那忽重忽輕的啃噬卻是那樣疼痛難忍。好幾次我都想要鬆口，想向莫攸然妥協，可是我不能，絕對不能！

未央可以對任何人狠毒，但對曾經有恩於我的楚寰卻不行。相信此刻他也如我一般正承受著蠱蟲的啃噬，轅慕雪豈能如此自私地只顧自己死活呢？

兩顆解藥而已，莫攸然能給一顆，就一定能給兩顆，我相信他一定會給的。

只要再忍兩次就可以了，只要……兩次……

突然，門扉大敞，北風呼嘯而至，夜鳶匆匆進殿，心疼地看著我良久。

回首對殿外的侍衛大吼：「來人，將莫攸然給朕帶來。」

「大王……不好了……」李公公火速奔了進來，「有人……有人劫天牢，將莫攸然救了出去。」

「劫天牢？朕養你們這群廢物何用？竟讓犯人在朕的眼皮底下飛了，去給朕抓來……抓不回來，提頭回來見朕！」此刻的夜鳶全然失了昔日的冷靜，火紅的瞳子熾燒著熊熊烈火。

莫攸然被救走了……

唯只一個人有能力將莫攸然救走，是楚寰。

我失算了，莫攸然可以和我交易解藥，同樣可以對楚寰做交易。

難道楚寰爲了解藥背棄於我？

再也承受不住身心的疼痛，我一鬆口，大聲地自喉間喊出疼痛：「啊……夜鳶……」

夜鳶聞聲上前，將我緊緊擁入懷中，心疼地安撫著，「慕雪，我在這兒，我在這兒……」他的手輕撫著我的臉頰，想撫平我的痛。

可是疼痛依舊啃噬著我的身心，我在他懷中翻滾著，我不想呼痛，我不想在眾人面前示弱。努力想咬住唇不喊出聲，直到夜鳶將他的手伸至我嘴裡，讓我緊緊咬著。

口中傳來一股濃烈的血腥味，我的淚水再也克制不住地滾落，不是因爲疼痛，而是因爲夜鳶。

也不知過了多久，疼痛終於慢慢消逝，我癱軟在夜鳶懷中，神情恍惚地盯著御醫跪在一旁，小心翼翼爲夜鳶包紮方才讓我咬著的左手。

「你可以將帕子、將木棍塞進我口中，可你竟然將自己的手塞了進來，你爲什麼那樣傻！」我的語氣雖虛弱卻飽含怒氣。

他俯身吻了吻我的額頭，笑道：「陪你一起痛。」

「就沒見過像你這樣傻的皇帝。」我低嗔一句，雙手不禁環上他的腰際，臉深深埋入他的胸膛。

我們都不再說話，殿內眾人全都安靜地跪伏著，呼吸不敢太重，生怕打破此刻的寧靜。

李公公再次進到殿裡來，滿頭大汗地俯首拜道：「大王……大王……」拔高的聲音與寂靜的大殿頓顯格格不入，唯剩那來回空鳴的聲響。

彷彿意識到此刻凝寂的氣氛，李公公突然憋住了氣，不敢再開口。

夜鳶眉頭微蹙，卻不搭理他。我倒是一笑，「李公公何事如此慌張？」

「楚將軍在殿外求見。」李公公用力憋著喘息，小聲說道。

我一顫，楚寰？

「傳。」夜鳶冷著聲，似已料到此次劫獄之人便是楚寰，他的目光閃過清晰可見的殺氣。

不一會兒，楚寰身著一身黑色勁裝疾步而入，髮絲有些凌亂，目光深沉略顯散亂，面色蒼白如紙。頭一回見到這樣的楚寰，竟有些……狼狽？若說這狼狽是因爲劫了天牢，那麼他爲何又要回來自投羅網？

「大王……這是娘娘的……解藥。」他攤開掌心，一顆晶白藥丸呈現在我們面前。

李公公立刻由他掌中取出解藥，小步上前遞給夜鳶。他接過看了良久，而我的目光卻未看向解藥，而是怔怔盯著始終垂首而跪的楚寰。

「莫攸然給你的？」夜鳶的聲音格外淡漠。

「是。」

「你又怎知這是眞解藥？」

「莫攸然雖然陰狠，但並非言而無信之人。」

夜鳶沉默了下來，似乎還在思索是否該相信解藥的眞假。

我自夜鳶的懷中掙脫，輕聲說：「大王，能讓我與楚寰單獨說幾句話嗎？」

他拉過我的手，將解藥遞交到我手心，便率先離開大殿，而滿地跪伏的御醫與奴才也紛紛退出。

偌大的殿堂只剩我與楚寰之時，楚寰仍舊垂首跪地，而我卻掀被下床，指尖緊緊捏著那顆解藥朝他走去。

「莫攸然是你救走的？」

「微臣有罪。」他淡漠的聲音聽不出絲毫情緒。

「你的條件就是這顆解藥？」我又問。

「是兩顆。」說罷，他又自懷中取出一顆晶白藥丸，冷淡的目光終於迎上我的視線。

「兩顆？」不可能，我撐了這麼久他都不願給我兩顆，卻如此輕易給了楚寰兩顆？

「他原本也只承諾給我一顆，可是我救出了讓酷刑折磨得遍體鱗傷的他，再行威脅，他便交出了第二顆解藥。」目光坦蕩，絲毫不似說假話。

見我尚在猶疑，他便勾了勾嘴角，「你放心，解藥不會是假的，莫攸然的爲人我們都知道。」

「楚寰，你知道我擔心的不是解藥的眞假，而是……」我的聲音猛然頓住，看著他從我手中奪過解藥，一口服下。

「現在你可以安心了吧？」那張冷寂若霜的臉上逐漸有了暖意，「未央，無情的你卻在此時優柔寡斷，眞令我驚訝。」

我方欲啓口，卻不知該說些什麼，看著他緊抿的嘴角漸有了笑意，彎彎的唇儼然在對我微笑，笑得如許眞誠。

「喏！」他將自己手中的那顆解藥遞給我，示意我服下。

接過解藥，露出了片刻猶豫，終是丟入口中吞下。

那一瞬間，我看見楚寰眼中閃過一抹稍縱即逝的亮光。

可那時我並未在意，直至後來，我才明白那抹亮光的眞正含義。

翌日，降了一場大雪，整座王宮讓冰雪銀妝素裹地籠罩著，直至午時，雪仍如鵝毛般朵朵散落。殿前積雪越堆越厚，幾乎能漫過膝蓋。奴才們頂著風雪寒氣，不斷將殿前積雪掃去，但是這邊才掃完，那邊卻又積了厚厚一層，令他們只得反覆地清掃。

我卻一直在思索昨夜楚寰給我的解藥，總覺得裡面暗藏古怪，卻又說不上哪兒怪，只覺這一切似理所當然。

楚寰劫天牢之事夜鳶並未深究，只命人緝捕莫攸然的行蹤，幸而楚寰劫獄之時並無人看清其真正面目，此事便如此不了了之。

目光一轉，看見殿外雪地上竟有一黑一白兩隻狗，我好奇地披上了雪白貂裘步出殿外，狗兒的眼睛很是凶猛，目光中隱隱懷著戒備的狠意。

這狗，竟和我在南國太師府夜翎身邊見過的狗一個模樣，神情簡直像同一副模子刻出來似的。那狗似乎通曉人性，見我在瞧牠便也瞧著我，我立刻後退幾步，感覺下一刻牠就會朝我撲過來。

正後退之際，我跌進了一個懷抱，一雙手臂輕輕環著我的腰。空氣中隱約飄浮著杜若清香，我忙扯了扯夜鳶的衣袖問：「哪兒來的狗，怎麼會在殿外？」

「狗？」他的聲音雖淡，卻有抑制不住的笑意。

感覺到他的不尋常，我忙側首望著他。只見他輕抿著唇，眸中有無限笑意，卻一本正經地問：「我帶來的狗，你喜歡嗎？」

「送給我的？」

「嗯，怕你悶，特地弄來給你解悶的，去摸摸牠們吧。」說著便欲將我推至狗的身邊去，我猛然向後縮著，「不要……牠們會咬我。」

「不會。」他又將我朝前推了幾分，我急得直跳腳，死死拽著夜鳶的胳膊，就是不靠近牠們，「不要！」

捧著午膳正轉入亢廊的冰凌與紫衣，一見此景便「噗嗤」笑了出來，仍故作恭敬地說：「大王、娘娘，該用午膳了。」

「好呀，我正好也餓了，用膳去。」看見她倆我如見著救星一般，一溜煙便從夜鳶懷中鑽了出來，扯著他的胳膊往殿內走去。

夜鳶則含著寵溺的笑意盯著我，順著我扯他的力道，一同進了大殿。

總覺得，殿外這兩隻狗始終帶著威脅的目光狠狠瞪視著我，彷彿一口就能將我吞進肚裡。此情此景令我想到夜翎，當年的成禹，他的身邊總有幾隻這樣的狗形影不離地跟著。頓時，於太師府的往事如泉湧般一幕幕闖進我的記憶中。

用膳之時，胃口欠佳，稍稍吃了幾口便放下筷子，我微帶警告之色瞪著面前的夜鳶，「一會兒你把那兩隻狗帶走。」

正爲夜鳶夾魚肉丸子的紫衣一時未夾穩，自半空中重新落回盤中，雙肩微微顫動，像在努力克制些什麼。

夜鳶眼中含笑地回答：「爲什麼？」

「你不覺得那兩隻狗的眼神很凶猛嗎？讓牠們給我解悶，你是想讓牠們吃了我吧。」

我的聲音才落下，冰凌與紫衣卻再也控制不住，竊聲笑了出來。

我冷睇她們倆一眼，「笑甚？」

紫衣收回筷子，垂首道：「回娘娘話，狼生得便是如此凶猛。」

「狼？」我呆傻了片刻，隨即反應過來，慍怒地瞪了眼夜鳶。

「是你自己說那是狗的，干我何事。」夜鳶很是無辜地回了句。

「哼！」我冷哼一聲，撇過頭不再理他，夜鳶卻將那兩頭狼召了進來。

他擺了個手勢，牠們便朝我走來，我整個人倏然變得緊繃，就差沒從凳子上彈跳起來。牠們卻乖乖地在我跟前跪伏而下，以耳鬢輕輕摩挲著我的腳，很是親暱。

見牠們無害，我的戒備也緩緩鬆弛下來，遲疑很久才俯身摸了摸牠們的額頭，牠們就像得到主人的嘉獎般，開心地伸出舌頭舔了舔我的掌心。感受到手心的溫熱，我立刻收回了手，茫然地看著夜鳶。

「牠們並非普通的狼，而是經過馴狼人調教過，只要認定了主人，便會終身追隨，直至死亡。」他耐心地爲我解釋：「喜歡嗎？」

「嗯。」

用過午膳，我便拉著夜鳶的手跑至殿前的雪地，堆雪人。

雖知這樣的我很孩子氣，很不成體統，可我眞的很想堆出一個夜鳶來。

而他就站在我身邊，不發一語地看著我將一堆堆雪慢慢疊加，兩隻手凍得紅通通卻仍堆得不亦樂乎。

正當我快要完工之際，卻聞他無奈地嘆了聲：「這樣孩子氣的你，如何做朕的王后。」

我整個人瞬間僵住，雙手僵硬地停留在冰涼雪人之上，一陣寒風吹過，如刀割般摧殘著我的臉頰。

夜鳶終究是夜鳶，他是北國的王，不可能一輩子縱容這樣的我。

是我錯了，轅慕雪這輩子都不能做一個女孩，只許做那個能與王者併肩睥睨天下的女人。

而這樣的一個女人，不能哭，不能鬧，不能天眞，不能貪玩。

今日的我似乎犯了太多禁忌……可眼下我只是個廢后，不是嗎？

我有權利放縱自己開心地玩耍，就像多年前在若然居，趴在雪地裡堆一個莫攸然……

忽然間的沉默讓氣氛冷凝到了極點，我攏了攏貂裘，正欲起身對他說些什麼，卻見遠處來了幾道身影。由遠至近，於風雪朦朧中我認出了來人，是范雪如。

我緩緩起身，由於蹲了太久，雙腿有些麻木僵硬，險些沒站穩。夜鳶欲扶我，我卻不著痕跡地避開，後退一步至他背後。

他的目光微冷，深邃的眼瞳打量我片刻後才收回，淡漠地看著已然來到跟前的范雪如。她盈盈而拜，聲音柔美嬌弱地說：「臣妾參見大王。」

「嗯。」他淡淡應了聲。

范雪如起身那一刻便對上站於夜鳶背後的我，一張笑臉頓時布滿驚愕，一雙眼睛瞪得圓睜，想將我從上到下看個仔細。

看罷，還呆呆地問：「大王……她……是？」

「未央。」彷彿沒看見范雪如異樣的神態，夜鳶仍舊以平淡語調回答。

范雪如真的很單純，一切喜怒皆流露在臉上，不見絲毫掩飾。

我向她微微一笑，算是行禮。

而她卻僵硬地對我回以一笑，那笑容既難堪又勉強。

夙華三年，春。

廢后未央復立，賜號「元謹」，重予鳳印。

在微醺柔醉的春夜裡，浩瀚的星空絢麗如織。

玉帛，喜紅。

丹紗，帳影。

燭影下，夜鳶一臉倦容，眼底卻有笑意；神采飛揚，卻隱有醉意。

執手相握，共飲交杯之酒。

他將我打橫抱起輕摟在臂彎，我安靜地環著他的頸項，靠在他堅實的胸膛。

那一刻，只覺脊脊濃濃的情意填滿整個心間。

鳶王府大婚那次不算，一年前冊后大典不算，這一回是我眞正的成親。

原來，共結連理竟是這般幸福。

「慕雪，我們生個孩子吧。」他附在我耳邊低聲說道，溫熱的氣息輾轉流連於耳畔，激起我心中最柔軟的一處。

龍鳳花燭，帳影明麗。

春宵帳暖，一室旖旎，朦朧而嫵媚。

第四闋　塵埃落定

利用也好，假意也罷，我只想你留在我身邊，在你放棄我之前我絕對不會放開你。」——可是夜鳶，那日是你先放開我的。「從今日起，朕只有轅慕雪一個女人。朕的孩子，唯由轅慕雪一人所生。天地為誓，君無戲言。」——你做到了，可是……如今的轅慕雪不想再為別人活了，只想為自己好好活一場。

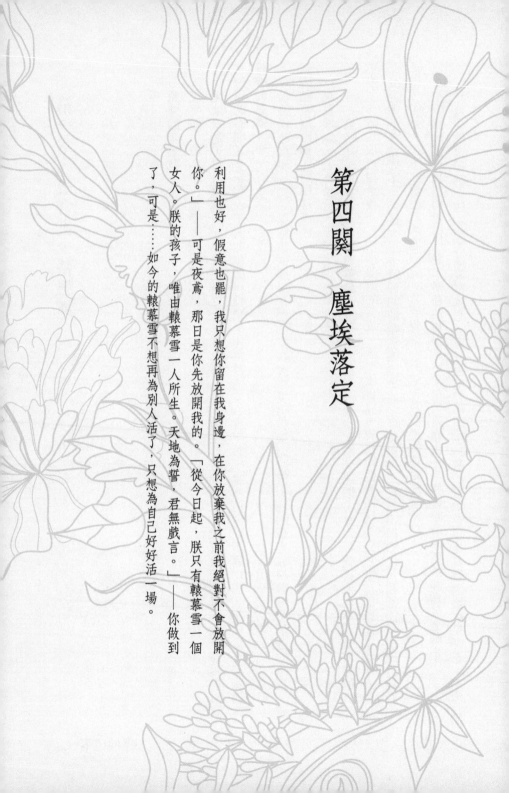

第一章　後宮亂．情難斷

夙華四年，秋。

夜鳴錚，翠色縈，桐葉簌簌風華遍地。

光陰飛逝，日月蹉跎，如今我已是二十年華，冊立為北國王后時近兩年，依舊盛寵不衰。大王每月於雪鳶宮逗留的時間最多。華大妃對此也頗有微詞，經常言道：「大王該學會如何做到雨露均濡，王后更不該獨霸帝寵威脅皇權。」

嘴邊揚起慘淡一笑，鳳袍裙裾逶迤在地，紫衣與冰凌小步跟隨於後，我的目光直視著黑寂無邊的暗夜，遊廊兩側宮燈懸掛，隨風搖曳。

星點燦燦，密布蒼穹。孤月無邊，溶淡絕麗。

近年來陪在夜鳶身邊，看著他越發深沉穩重的目光，我時常感到迷惘，每每都覺得他已不再是當年的大王子殿下。雖然依舊獨予我一人他那溫柔的笑意，雖然依舊寵溺著我的種種任性，可我總覺得很多事都變了。

說不上哪兒變了，仍是大王子時候的他雖然淡漠冷血、手段狠辣，喜怒不形於色，我卻能猜透幾分他心中所想。如今，我已然無法看透他一分，甚至覺得一直陪在我身邊的他是那樣陌生。

多少個日夜，我努力對自己說，陪在他身邊是為了幫大哥報仇，我要親眼看著南國葬送於北國手中。

好幾次就快抑制不住，想對他表露眞心，可一見他有些陌生疏離的眼神，我才驚覺他始終是個王，不容我在感情上越池一步。久而久之連我自己都分辨不清，對他是利用居多還是感情居多。午夜夢迴，大哥與他的臉時常交疊在一起，那份痛是我心中永遠無法抹滅的烙印。

爲了讓自己不再傷痛，我便不再試圖理清自己與夜鳶之間的關係，甘願沉淪於這奢華宮殿之中，用我的方式保護自己永遠站在最高處與他併肩而立。

走著走著不覺已來到「黑屋子」，這裡幽禁著那些曾經坐罪的宮嬪譬如通姦，譬如反叛。黑屋子很窄小，裡面永遠是一片黑暗，唯只一個鐵窗，每日有人送食進去。

如今，華蓮便被幽禁於黑屋子。我竟來到了這裡，兩年來都未想過要見一見曾經在我面前那樣得意的她。

「王后，您要進去？」冰凌問。

「既然來了，就去瞧瞧。」我接過紫衣手中的燈籠，小步上前，將那扇唯一的小窗拉開，燈籠朝裡照射，藉著微弱的光，我在牆角看見一個蜷縮的身子。

感受到動靜，她猛然仰頭，含著惡狠狠的目光注視著我，眼眶遍布血絲。

「賤人，你來看笑話的？」

我朝她笑，笑她已然如此狼狽，口角還是針對於我，不過，在她心中我確實可恨。

見我安靜地對她笑，她的狠意漸漸收起，取而代之的是嘲諷，也不知是在嘲諷我，還是自嘲。

「好久，好久，都不曾再見到光了。」她睇著眼睛看著我手中的燈籠，那束光筆直地射在她蒼白的臉上，似爲其染上一層光輝。

「轅慕雪，你爲了夜鳶狠殺自己的孩子，爲了夜鳶甘願被廢，爲了夜鳶承受冷宮之苦，爲了夜鳶竟連他那樣殘忍對待轅羲九屍首的行徑都能原諒。而你換來的又是什麼？他真的爲你空設後宮了嗎？正如莫攸然所言，你是個驕傲的女子，你絕不會甘願與眾女共侍一夫。想必你心中日日夜夜都在承受這樣的煎熬吧？可惜了，這個世上只有一個轅羲九肯爲你付出生命，夜鳶並不會是第二個。」

我含笑對上她的諷刺，依舊面不改色，只淡淡地朝她笑道：「即便不能空設後宮，但畢竟夜鳶的心中只有我一人。」

「世事無絕對，如今他心中只有你一人，並不代表將來也只有你一人。別忘了，這兒是後宮，永遠都是美女如雲的後宮。」她一針見血地諷刺著，像是刻意要激怒我。

但我偏不怒。我只是笑，可唇邊卻無一絲笑意。

「轅慕雪，華蓮在這兒等著你，等著你失寵的那一日。」她瘋狂地仰頭大笑，笑聲蔓延整間黑屋子，隱隱傳了出聲到冰凌與紫衣耳中。

她倆趨前輕聲道：「王后，她瘋了，咱們還是回宮吧。」

紫衣接過我手中的燈籠，若有所思地朝裡頭瞧了瞧，然後將小窗關上，再次隔絕了華蓮與外界的一切。

返回雪鳶宮的路上，一名公公匆匆迎上我打了個千，額上隱隱冒著汗珠，面色糾結成一片。紫衣將燈籠探前，才認出是於蘭香閣卿嬪身邊伺候的福公公，「公公何事如此慌張？」

「合歡宮蘭香閣的卿嬪小產了，而此次小產甚爲蹊蹺，湘夫人與如貴嬪已到，等著王后您去主持大局。」

福公公微喘著氣答道。

「小產？是該去瞧瞧了。」自卿嬪懷有身孕這三個月來，我一回也沒去瞧過，對於這孩子的降臨我自是不急。畢竟，「操心」那孩子的大有人在，怎麼也輪不到我去插手。

「奴才這就去稟報大王。」他正欲朝御書房去，我便淡聲道：「大王此刻正在批閱奏章，這等小事就莫去打攪，待大王批閱出來再行稟報。」

淡淡的一語引得福公公臉色慘白，此時的他定在心底罵了我不下百遍——我竟將卿嬪小產之事隨意說成一件「小事」，還不讓孩子的爹及時獲知。

見福公公僵在原地，冰凌的口氣微衝，出聲斥道：「怎麼，福公公還有話要說？」

「奴才不敢。」他一個激靈，猛然回神。

「那還不帶路？」冰凌瞪了眼不懂規矩的他。

我的嘴角倒是似笑非笑地勾起，這兩年隨著我在後宮與朝廷勢力逐漸擴張，又加上大王的盛寵，王后地位可說是再無人能撼動。無論是後宮妃嬪或是朝中大臣無不對我忌憚巴結。在雪鳶宮伺候的奴才們也就自恃高人一等，時常為所欲為，對他人頤指氣使，正五品以下的宮嬪他們也絲毫不放在眼底。

我看在眼裡卻未多言，只要不過分，不丟了雪鳶宮的臉面，我便睜一眼閉一眼。

一路上淡淡的清香夾雜著少許暗塵撲鼻而來，合歡宮倒挺奢華，裡頭奇珍異卉滿園圃，假山嶙峋蜿蜒。風露自娟娟，翠蓋庭芳影，小閣珠簾捲，宮燈映窗扉。

尚未步入蘭香閣便聽聞幾道低沉哭泣聲傳出，裡面隱有七嘴八舌的議論聲，還有進進出出更換熱水的奴才，好不熱鬧。

有人高唱：「王后娘娘駕到。」

閣內頓時跪倒一片，湘夫人與如貴嬪向我福了福身。另有數名妃嬪竟隨著奴才一齊跪倒在地，目光有些畏縮，像是極為怕我。

蹙了蹙眉，我猶自坐上首位，便喚她們起身。如貴嬪與湘夫人於我兩側坐下，面色凝重中帶有絲絲笑意。

主角卿嬪倒是虛弱地跪伏在地，始終未起身，低聲哭著：「王后您是六宮之主，臣妾的孩子遭奸人所害，您定要爲臣妾作主啊。若您都不能爲臣妾作主，那臣妾活著還有何意思？」
我瞅著卿嬪那副悲傷欲絕的模樣，乍看楚楚動人，我見猶憐。可她哭訴不斷令我極感厭煩，尤其討厭此般哭哭啼啼、大吵大鬧的女子，一點兒也不像正遭逢喪子之痛。
我問：「這究竟是何回事？」
一名容貌頗爲秀氣的宮女立刻上前，於卿嬪身邊跪下，一五一十地稟報：「酉時，主子用過晚膳後便歇下，不出半個時辰竟腹痛不止，當即小產。」
我一邊聽著她稟報，一邊單手敲打著桌案，「除了晚膳沒用其他的了？」
她眼波一轉，想起什麼似的，忙道：「臨睡前主子她喝了一杯安神茶。」
我一笑，「安神茶是誰泡的？」
「是碧清。」她將目光投向跪於左側的一名女子，那被稱作碧清的丫頭一怔，驚恐地爬了過來，「王后……不是奴婢，不是奴婢。」
我安靜地靠坐著，也不發話。湘夫人見我不發一語便啓口問道：「安神茶在哪兒？」
「已經被……被奴婢撤下。」她瑟瑟發抖地回道。
「哼，我看就是你在安神茶裡加了藏紅花，害得卿嬪小產。還不從實招來，究竟是受誰指使？」她猛然一拍桌案，嚇得碧清一張臉慘了下來。
「不是奴婢，不是……」
「看樣子，嘴巴挺嚴實的。來人，掌嘴。」
湘夫人一聲令下，幾名粗野健壯的婦人凶神惡煞般地進來。壯婦們正要動手掌嘴，碧清便哭喊著：「奴婢認罪，求夫人放過奴婢。」

「這才像話。說，究竟是受誰指使？」湘夫人滿意一笑，迫不及待地詢問。

「是沁美人指使奴婢在卿嬪的安神茶中放藏紅花。」碧清的目光倏然轉向正在看好戲的沁美人。

忽然被點及，沁美人僵了片刻，隨即大怒，「哪兒來的賤丫頭，竟敢污衊我，你不要命了！」

「主子，您不能翻臉不認人啊，這簪子還是您賞給奴才的，說是若辦成了這事還有重賞的。」她立刻哭著爬到她跟前，由懷中掏出一枚玲瓏翡翠簪。

沁美人臉色大變，心下一急便一腳朝碧清的胸口踹了去，「狗奴才……這簪子是我前幾日掉的，你竟敢以此來污衊……」

「喲，這人證物證俱在，沁美人還想狡辯？」湘夫人笑得越發嬌媚，眉宇間淨是得意之態。

沁美人驚恐地看著湘夫人，彷彿意識到什麼，猛然跪下，連連磕頭，「王后明察，臣妾眞的沒有。這賤婢栽贓嫁禍，定是受了什麼人指使……」

對於這場鬧劇，我自始至終都未發一言，只冷冷瞧了眼一臉無辜的沁美人，端起茶抿了抿口。

沁美人倒是急了，臉色慘淡如紙。

「依臣妾看，此事尚待查明。」如貴嬪輕聲細語地側過頭，恭敬地對我說。

「都如此明顯了，還查明什麼？」湘夫人頗爲挑釁地睇了眼如貴嬪，一副得理不讓人的模樣。

而卿嬪也連連頷首，「臣妾也覺得此事……此事甚爲蹊蹺，還望親自覲見大王，求他還個公道。」

不待其他人開口，我重重地將手中的茶擱置上案，一聲重響駭了眾人，皆紛紛噤口不敢再說話。

「如此後宮瑣碎之事也要勞煩大王出面，卿嬪你當本宮這個王后是擺設？」

卿嬪一驚，方覺自己失言，忙道：「臣妾絕無此意……」

「那是何意？」我不冷不熱地繼續追問，她瞪大了眼睛怔怔看著我，「臣妾……臣妾……」

不再看她，我冷冷掃過沁美人與碧清，未作思量便下令：「碧清與沁美人謀害皇嗣，拖下去杖責八十刑棍，若能存活便關入黑屋子，若不幸有個萬一便好生安置著。」

沁美人與碧清雙雙慘白了臉，連連磕頭哭喊著：「王后饒命，王后饒命……臣妾冤枉，冤枉……」

只見侍衛冷然不留情地將她們拖了出去。漫漫黑夜中隱隱傳來哭訴聲，那樣撕心裂肺，可在這陰暗嗜血的宮廷之中卻是如此平常。

「王后，臣妾覺得此事並不……」卿嬪還想說些什麼，卻被我凌厲的目光駭得打住，柔弱地跪伏在地上怔怔凝視著我。

「你的孩子是沁美人指使碧清在安神茶裡下了藏紅花，導致小產。此事就此了結，誰敢再妄加議論，或是讓大王聽到任何風言風語，本宮身爲六宮之主，將嚴懲不貸。」

滿閣突然一陣沉默，靜謐無聲。直到冰凌輕咳一聲，眾人恍然回神，齊聲道：「王后聖明。」

理畢小產之事，我決定走一趟御書房，今夜之事是該讓夜鳶知道，畢竟那是他的孩子。

「娘娘，您不覺得今夜之事太過蹊蹺？」一路上悶悶不語的紫衣像是憋了太久，終於開口。

「你倒是說說蹊蹺何在？」

「這樣蠢的辦法……沁美人絲毫不蠢且不說，就算蠢也不會以如此昭然手法去害卿嬪。」紫衣嗤鼻而笑，「紫衣想，王后您何等聰明，哪會看不出？」

我依舊緩步前行，但笑不語，深深的遊廊上傳來我們細碎的腳步聲，空空迴響飄蕩。

兩年來，鮮少有妃嬪懷上龍種，即便懷上也都莫名小產了，內中祕事自是不言而喻，卻無人敢去深究。歷朝後宮皆不平靜，算計陰謀常出其不意，一山更比一山高。而我，卻總是袖手旁觀後宮事，冷眼笑聽姬妾爭，揣著明白裝糊塗。

我能縱容她們明爭暗鬥，只要不影響我的地位，便放縱她們去爭。爭個你死我活對我只有好處並無壞處，我只需穩住后位，而朝廷一直都有楚寰，我信他。

「娘娘，您覺得是誰才是眞凶？」冰凌好奇地問。

勾過鬢角被風吹散的一縷髮絲，輕輕撫摸上護甲，我莞爾一笑，「卿嬪的孩子已經沒有了，對本宮百利而無一害。誰是凶手，早已不重要。」

「難怪娘娘如此草草了結此事。」冰凌恍然大悟地點頭，又口沒遮攔地問：「萬一娘娘您懷了孩子卻被人給謀害，不知您會如何對待凶手。」

紫衣一聽，忙用胳膊肘頂了頂冰凌，示意她別再繼續往下說。冰凌也猛然意識到自己說錯話，忙垂首道：「奴婢失言。」

我面無表情地行走於遊廊，望著漢白玉雕欄，腦海中又閃現我曾親自喝下那碗藏紅花，殺害了親骨肉的一幕。雙拳不禁狠狠握緊，一字一句地說：「我會讓她，不得好死。」

月轉殿前檐，一枕秋風漏聲長，玉露籠輕煙。

也不知走了多久，終於來到御書房，腳有些疼。紫衣常問我爲何不乘龍鳳輦，說來也奇怪，我總是喜歡漫步在偌大的宮殿中，只有腳踩著地，我才能感覺到一切是那樣眞實。

「王后娘娘。」李公公一見我來便賠著笑，恭敬地向我行禮。

瞅了眼依舊燈火通明的御書房，我問：「大王還在裡面？」

「沒停過，您倒是勸勸大王別太勞累，龍體爲重啊。」李公公喟嘆道。

「大王，是個明君。」

推開御書房的門，一室明晃晃的光芒乍射入眼中，刺得有些疼痛。紫衣與冰凌在外頭將門輕輕闔上，發出了細微的聲響，可絲毫未影響龍案前那名專注批閱奏摺的男子。

他始終垂首凝神查看手中的一份份奏摺，時而眉頭輕蹙，時而嘴角上揚，時而眼中透寒，時而瞳中含笑。

夜鳶登基已有四年，如今的北國已不可與夜宣的王朝同日而語了。現今北國朝廷政局穩定，戰事減少，賦稅不增，南國對北國已是頗有忌憚，不再像過去那般輕易出兵討伐。夜鳶這個皇帝做得很出色，他懂得如何駕馭臣子，恩威並施，更懂得任命賢才，聽取諫言。

若再磨礪數年，又會是一個壁天裔，這北國又將是何番景象。

夜鳶緩緩抬頭，盯著怔怔站在原地的我，見我正若有所思地打量著他，問：「怎麼來了？」

我這才回過神來，朝他一笑，「秋末轉涼，過來瞧瞧大王是否又在挑燈夜戰，果真又是緊抱奏摺不放。」目光轉至龍案上那碗早已涼透的燕窩蓮子羹，不免有些惱怒，「酉時我便命人送來燕窩蓮子羹，你至今還未動一口。」

他順著我的目光看了過去，忙端起蓮子羹欲飲，我卻制止道：「涼透了，別喝了。」便由他手中接下碗重新放回原處。

欲啟口對夜鳶說今夜卿嬪小產之事，可話到嘴邊又硬生生嚥了回去。許是看出了我的不尋常，他執過我的手，順勢將我帶往他懷中。坐在他的腿上，安靜地靠著他的肩膀，感受著他身上熟悉的味道，我由衷一笑。

他沉聲問：「今夜怎麼了？」

我不答話，拉過他的左手，瞧著手背上那道淡得幾不復見的齒印，每次只要看到這個疤痕，我就會想起兩年前那個夜裡，他將自己的手伸過來讓我咬著，還說「陪你一起痛」。

「慕雪？」

我突然鬆開他的手，反手環上他的脖頸，對上他清冷的眼眸只見似有一抹探究之意。有千言萬語卻不知從何說起，只能化爲黯然的柔情，身子微微前傾，吻上他的唇。

只聞他一聲暗嘆，幾乎是狂熱地回應了我的吻，似在尋找彼此最深處的纏綿。

良久，他才放開我，摟著我的肩問：「有什麼話是不能跟朕說的嗎？」

我依舊環著他的頸項，下顎貼著他的肩窩，將目光投向一盞宮燈，沉默須臾，才說：「卿嬪小產了。」

他未有任何反應，只擁著我的肩頭。

「人證、物證皆證實，是沁美人指使其丫鬟碧清放下藏紅花謀害。我以杖責八十刑棍給予懲戒。」

他仍舊不說話，環著他項頸的手緊了緊。就是這樣的感覺，他明明在我身邊，卻又離我好遠，好遠。

「不喜歡別的女人有你的孩子。」

「不喜歡你寵幸別的女人。」

「不喜歡與你的女人相處。」

一連三句，句句都是我此刻最眞實的想法。

而他的身子早已僵硬，呼吸有些停滯。

就在那一瞬間，我們都安靜了下來。

半晌，他將緊貼於他胸膛的我拉開一些距離，使我的臉面對於他。

他淡漠冰涼的眸底閃過清亮，似熾熱火焰一簇簇自幽暗深處點燃。

「朕以爲，你不在乎。」他的眼底有冷銳，有倨傲。

心底彷彿讓什麼物事狠狠碾過，痛楚與酸澀夾雜在一起，我脫口：「誰說我不在乎！」

他的目光在我臉上流連片刻，眼底的冷漠隱遁而去，「你知道，我等你這句話，已經太久了。」他的語氣清冽，是那樣輕描淡寫，卻又意味深長。

此刻我才明白，這兩年來並非他對我的愛已漸漸消逝，而是他一直在等待。而我，卻誤解這份等待是種疏遠，是愛情的變質。

「對不起。」一直以來都是我錯了，只因我仍沉浸在過去的回憶中不能自拔。更因爲他是帝王，我怕越池愛上他，最終受傷的那個會是我。

可我到底是個女人，我也想眞眞正正去愛一次，即便知道那是條不歸路，仍想要牽著他一起走下去。

我問：「你說過的，在我放棄你之前是絕對不會放開我的。如今我已經不想再放開你，你是否會依舊陪在我身邊？」

當他的指尖劃過我的臉頰時，才發覺淚已落，竟未覺。

「是，依舊在你身邊。」說罷，他便攬我入懷。

依戀地躺在他懷中，我笑了，爲夜鳶而笑。

翌日，天色有些暗沉，烏雲密布，似有一場大雨將至。

本想待在雪鳶宮裡，偏偏華太妃遣奴才來傳話，要我去一趟聖華宮。

想必是因昨夜處置卿嬪小產之事而召我過去，不知又是哪個愛嚼舌根的宮嬪告了我一狀。

一路走著，一路暗想著該如何對付華太妃。且不說她一直都是個狠角色，更因她是夜鳶的母親。

進入聖華宮，奴才將我領進偏殿，甫踏入便聞得一陣馥郁芬芳的蘭花之香，原來是如貴嬪告的狀。輕紗幔帳低迴，繚繞在淡白的玉階石柱間，揭開珠簾，我朝雍容華貴的華太妃拜道：「兒臣見過母妃。」

她纖手一揚，示意我起身。手腕上珠翠手鐲琳琅，隨著她手臂的擺動叮噹作響，一片奢華之態。

如貴嬪亦起身向我行禮，「臣妾參見王后。」

「起吧。」我淡淡地朝她笑著，隨即在太后身邊的座椅就坐，「不知母妃今日喚兒臣來，有何要事？」

「聽聞昨夜卿嬪小產，此事是未央你處理的？」華大妃目光輕掃我一眼，護甲輕輕撥弄著食指上那顆碩大的綠寶石戒，看不出是何心思。

「人證物證俱在，故而將沁美人與其丫鬟碧清拉出去杖責八十刑棍。」我簡單地將自己的處置娓娓道出，後又附上一句：「兒臣是否做錯，請母妃教誨。」

「你的處置未免太過草率。」華大妃的音量略微提高，我則低頭不語。

如貴嬪見我不說話，也插上一句：「人證物證是不假，可明眼人一看就知是栽贓嫁禍。」

「敢情如貴嬪上聖華宮是來告本宮一狀了？」我揚眉一笑，對上她那張溫婉無害的臉，「貴嬪你也說了，人證物證俱在，又何來栽贓嫁禍一說？」

「如此低劣的手法，有誰會用呢？」她像是與我較上勁了，聲音暗帶嘲諷。

有意思，頭一回見到這樣的如貴嬪，眞與初遇當時有著天壤之別。人究竟是善變的，況且在這深深宮闈中，沒有任何人有權利去指摘。

「口口聲聲說栽贓嫁禍，貴嬪可有證據？」我臉上的笑意逐漸擴散於唇邊。

她張了張口，欲說些什麼，卻又嚥了回去。我又笑：「貴嬪莫不是胡亂猜測個人來定罪？」

「臣妾不敢。臣妾只是覺得昨夜王后所爲有欠妥當，不能聽憑碧清那奴才的一面之詞便將其定罪。」言詞頗有咄咄逼人之勢。

「本宮是看證據說話。」

「好——了！」華大妃拖了好長的音含著慍怒將我的話語打斷，眼神隱射寒光，直逼我而來，「這件事是未央你的錯，草率定罪，碧清被杖死，幸好沁美人被雪如救下，否則也難逃一死。所以哀家決定，重審此次小產之事。」

我的臉上依舊掛著笑，只是多了幾分冷意。悠然起身，離座於華大妃跟前跪下，後將髮髻上的鳳冠取下，雙手捧至華大妃面前。

一見此情形，如貴嬪也離座而跪。

華大妃的臉色有些僵硬，冷聲問：「王后這是何意？」

「未央是六宮之主，執掌鳳印。如今未央自認沒有能力統攝六宮，故取下鳳冠交還大妃。鳳印在雪鳶宮，待命人一併交予大妃。」我的語氣很是平淡，卻惹得華大妃滿臉怒容之餘，強抑下怒火不便發作。

她沉聲冷笑，「王后是在威脅哀家？」

「兒臣不敢。」我仍舊筆直地跪著，捧著鳳冠的手依舊高舉。

她凌厲地盯著我片刻，怒火瞬間消逝，平靜地自我手中接過鳳冠，將其重新戴插在我的髮髻之上。溫熱的手指撫摸著我的鬢角，故作和藹地說：「這鳳冠可不是說取便能取的，你貴爲一國之母，以後要多多注意。卿嬪之事就此作罷，一切按未央的意思辦。」

「謝母妃。」我畢恭畢敬地磕了一個頭，華大妃以雙手將我托起。

出了聖華宮，一道閃電破天劃過，一場大雨接踵而至，淅淅瀝瀝的雨點揚起了陣陣塵土氣息。庭院的桂花被打落一地芬芳，襯著清冽的雨香迎面撲來。

原本走得甚急的我，也因這場大雨而放慢步伐，遊走於迴廊中，傾聽秋雨之聲，心緒也緩下許多。

紫衣跟隨在我背後，有些擔憂地說：「娘娘，您這樣得罪太后，不怕……」

「本宮也不想與華大妃撕破臉，是她在逼本宮。」

「紫衣不懂，徹查卿嬪小產之事與您無關，您完全可以置身事外。」

我猶自一笑，將手伸出廊外，感受著秋雨的洗滌，沁涼之感立時傳遍掌心。

「卿嬪小產之事確實與本宮無關，但與另一人有關。紫衣你如此聰慧，不妨猜猜，誰最有能力與動機殺害卿嬪的孩子。」

紫衣低頭沉思良久，猛然仰頭，像是想到了什麼，卻不敢說。

我便說：「此處無外人，你但說無妨。」

「照今日情形來看，如貴嬪主張徹查此事，定然不會是她。可她如此急切地向太后告狀，不惜得罪王后您，定然已猜測到誰才是真凶。她這樣不惜代價地想找出真凶，明示著情況必對她有利，而今，只有除掉一人才對她有利。」紫衣的聲音頓了頓，目光四下溜轉了一圈，見確實無人便放膽說道：「湘夫人。」

我讚賞地瞥了她一眼，「紫衣果然有見地。湘夫人乃凌太師之女，而凌太師在朝堂之上素與范上卿不合，若是湘夫人在後宮倒臺，凌太師便該倒臺，再無憑恃與他范上卿爭鬥朝堂。」

紫衣彷彿明白了，點點頭，目光有些黯然，「而且凌太師與楚將軍有些交情，您於是做個順水人情……」

「在紫衣眼中，本宮是如此膚淺之人？」打斷她的話，我的聲音有些凌厲。

「那娘娘您又是如何思量？」

停住步伐，立於階前，點點雨滴拍打在臉頰，「朝廷有三大勢力，范上卿控六部，楚將軍控軍隊，勢均力敵，其次是凌太師。湘夫人若倒下，凌太師勢必要倒。凌太師是文官，屆時他的勢力必定由范上卿瓜分。紫衣，你能想像那時的情景嗎？范上卿一人獨大，權傾朝野，誰能制衡得了他？所以，本宮一定要扶住湘夫人，如此便是穩住凌太師在朝廷的地位，而後宮也不容許如貴嬪一人獨大。」

我的幾個字眼讓雨水吞噬，紫衣卻已動容地看著我，「原來娘娘您做的一切都是為了大王……太后不能理解，大王在定然能理解的。」

「他定會理解的。」說起夜鳶，我的嘴角又浮現淺淺笑意，自昨夜我倆一番吐露真心的話語，感覺離他又近了幾步。

紫衣的眼眶驀然紅起，她哽咽地說：「依稀憶起當年娘娘為了護殿下周全，不惜殺掉自身孩子以保全殿下安危，甚至將此事隱瞞至今。三年前，又為了大王的皇權甘願待在冷宮一年，成全大王的帝業。」

聽她提起當初，我心下感傷，苦澀一笑。

時至今日，我已分辨不清，那時我所做的一切究竟是利用居多還是感情居多。這便是所謂「情不知所起，一往而情深」吧。

沿著白玉石階一步步拾級而上，御花園的千楓亭為四面蕭索的楓樹環繞，滿目紅楓耀眼。走進亭子，檻窗隔門皆以三交六椀菱花雕刻而成，頗有一番氣勢。

此次共來千楓亭賞景者有我、夜鳶和楚寰，加上范上卿、凌太師、如貴嬪、湘夫人。夜鳶與我領先而行，其餘之人始終跟隨在後。如貴嬪與湘夫人滿臉笑意，讚嘆地凝視這千楓亭之景。

一路上夜鳶始終牽著我的手，范上卿倒是笑言：「大王與王后夫妻情深。」

無論他這話是否出自真心，但我喜歡夫妻情深四個字。

那日於華大妃面前摘下鳳冠之事想必早已傳入夜鳶耳中，可是他信任我，並未多加詢問。我一直都知道，他是懂我的。倒是湘夫人看出了我對她的暗中扶持，頻頻欲與我交好，卻被我冷淡回絕。

我幫她，不過是為了穩定朝綱，在後宮我不喜與她們深交，若有朝一日她們出事自不會牽連於我。

「王后娘娘？」湘夫人又疑惑地喊了我一聲。

此時的我方回神，看著圍桌而坐的眾人皆將目光投向我，蹙了蹙眉，淡淡問道：「何事？」

凌太師面有尷尬之色，湘夫人便將凌太師前刻所言重複道：「楚將軍如今已二十有五，尚未娶親，臣妾有個妹妹凌玉，不知……」雖是試探一問，卻早有意促成此樁婚事。

我位居王后之位，寵冠後宮。楚寰手控兵權，與范上卿勢均力敵。若是凌太師攀上了這門親事，勢必可壓下范上卿的勢頭。可是他們錯了，我與夜鳶都很滿意眼下的形勢，兩大勢力，相互壓制，爭鬥朝堂。

「此事本宮作不了主，問問楚將軍的意思吧。」我將此事丟給了楚寰，相信他是聰明人，能懂其中厲害。

楚寰冷著一張臉，沉聲拒道：「天下未定，南北兩國仍處對峙局面，微臣忝為將軍，定為國效力，絕不敢輕怠。國未定，豈能先安家，微臣謝過夫人美意。」

凌太師笑了笑，捋了捋自己腮上的灰白鬍鬚，「將軍志向遠大乃本朝之幸，可成家並不影響立業，小女若有幸能許婚楚將軍，實乃畢生之福……」

夜鳶的目光自始至終如是淺淡，犀利逡巡於凌太師和湘夫人臉上。我端起白玉桌上擺放的龍井，茶香煙霧繚繞而起，撲在我的面頰之上。正好大臣都在場，是時候給他們一個警告了。

手一顫，杯落地，尖銳的碎裂聲令眾人為之一驚，凌太師那喋喋不休的嘴亦停下。

「本宮失態了。」說罷，胃裡一陣噁心的翻滾，捂著唇連續乾嘔數次，夜鳶攬著我的肩，對兩側的侍衛說：「快請李御醫！」

此時眾人表情各異，卻紛紛透露一抹擔憂之色，彷彿已意識到了什麼，皆僵硬著身子望向我……

虛弱地倚靠在夜鳶懷中，我探出手讓李御醫診脈，他的面色凝重認真，夜鳶則以溫實掌心輕撫著我的鬢角。楚寰冷冷地望著我，毫無溫度的眸子看不出他在想些什麼，面色隱顯蒼白。湘夫人與如貴嬪則拽著手中的絲帕，緊張地盯著御醫手中那根紅線。凌太師與范上卿臉色溫和，卻暗藏冷凜。

終於，李御醫含著笑意收起紅繩，恭敬地朝夜鳶與我拜道：「恭喜大王，娘娘已有近兩月身孕。」

一語既出，有人歡喜有人愁。

在場之人皆含笑齊聲賀道：「恭喜大王王后喜孕龍種。」

眼下夜鳶已褪去滿臉霜容掛上喜色，唇畔上揚掩不住開心之色。在場之人皆識趣，紛紛退下，獨留我與夜鳶在千楓亭。

此次懷胎我早於半月之前便略有感應，只是一直未傳喚御醫前來診斷，我想藉一個適當時機讓所有人都知道。今日便是個好機會，一來可藉身孕之事轉移凌太師的聯姻之想，二來可讓如貴嬪與湘夫人明白我的地位無人可以撼動，三來也給凌太師與范上卿一個警告，別妄想自己的女兒能登上鳳座。

看著眼前這片如火的紅楓林，驕陽映射其上，闖進我眼中盡皆迷濛一片。

「我以爲，這輩子都不會有孩子了。」環著他的腰，我的聲音有些淒然。

「傻瓜。」他的吻落在我的額上，既輕且柔。

「上天已剝奪過我們的孩子一次，我怕這一次……」

他勾起我的下顎，直視他的雙眼，那無邊無際的赤紅似要將我淹沒，「沒有人能再剝奪一次，朕絕不容許。若有人敢動，朕便是賠盡江山，也要用其命償我兒之血。」

看著他堅定鋒利的眼神和決絕冷酷的聲音，無異賜與我一顆定心丸，胸臆之上的千斤重壓終於卸了下來，

「我信你。」

夜鳶的手掌撫上我的小腹，輕輕游移著，目光滿是疼惜的暖意。

我能感受到他對這個孩子降臨的喜悅之情，也能感受到當年紫衣飛鴿傳書告知於他孩子被宮娥謀害之時，

他心中的那份痛。

如今上天又給了我一次孕子機會，我必得好好保護這個孩子，不讓他受任何傷害，也盼望能彌補我對前一個孩子的虧欠。

情到深處皆動容，我環上夜鳶的腰，與之四目相對，那一刻古老遠去的往事皆隨風消散。

「從今往後，轅慕雪的心中只有夜鳶一人。」

「慕雪，慕雪。」他低聲喚我，聲音喑啞，眼底頗為動容與震撼，唇畔淡笑之下他清臞的面容那樣清晰，觸手可及。

「從今日起，朕只有轅慕雪一個女人。朕的孩子，唯由轅慕雪一人所生。天地為誓，君無戲言。」

第二章　執手誓・悲喪子

王宮偌大，可我有孕的消息卻在一夜之間傳開，鬧得整座王宮沸沸揚揚。王后有孕，諸位妃嬪忙於討好，還備了珍貴的養胎補藥送我安胎。就連一向對我頗有微詞的華大妃亦前來探視，她手中執著一枚金鎖，說是送給我腹中未出世的孩子。

我滿懷感恩地接下了金鎖，她那風華絕代的笑容盡現，又撫了撫鬢角，「王后你蒙得鳶兒專寵兩年，今兒個總算是懷上皇家骨肉。正好，懷胎十月你身子不便侍寢，遂得多些機會給於其他妃嬪。」

聽著華大妃當眾駁了我的臉面，心中暗自生怒。我用含笑的目光掃了眼在座看好戲的妃嬪，眾人何時竟如此膽大，敢於我面前露出這般表情？是仗著華大妃在場？還是以為我懷胎十月不能侍寢便會失寵？

「母妃所言極是，但侍寢之事並非兒臣所能過問，乃由大王自己。」

「鳶兒那邊自有哀家說服，未央你現下最大的責任就是安保龍種，早日為我北國王朝誕下龍子。」

「兒臣遵命。」

待華大妃與眾妃嬪離去後，我倚著妝臺撐持，身子不由自主地顫抖著。

紫衣見我異樣，忙上前道：「娘娘，您保重身子……」

「夠了！」長袖一拂，妝臺上珠翠琳琅盡數被我掃至金磚地面，暖爐熏得內殿和暖如春，暗香縈繞如縷。

紫衣立刻跪下，「娘娘息怒。」

緊緊握拳，望著鏡中那張臉，不再是眸中帶冷、唇邊帶笑之一副高傲不可一世的模樣，而是目含傷痛，容含怒氣，不堪一擊。

轅慕雪，你究竟怎麼了，短短數言而已，你就失了方寸嗎？

我相信夜鳶，我信他。

用力吐納一口氣，鬆開緊握的拳頭，霍然轉身，抬手一掠鬢髮，挺直了脊背，冷睇諸位妃嬪送來的補品。

「這些東西，全扔了。」

「是。」

「以後我的補藥與膳食，絕不許經他人之手。」忽然間，我聞到殿內隱有一股香氣，那並非熏爐裡的香。

我於擺放補品的桌案走了一圈，目光射向一只晶瑩剔透的翡翠玉鐲，將其把玩於手心，「這只玉鐲是誰送來的？」

紫衣看了眼，便答：「是卿嬪送來的。」

「卿嬪？」我冷笑，將玉鐲遞給紫衣，「拿去交給大王。」

紫衣疑惑地接過，仔細打量片刻後，覺得無甚異樣，正想詢問，卻聞一陣香氣由鐲內逸出。

看她此番疑惑的表情，我問：「知道鐲子裡放了什麼香嗎？」

她搖頭。

「麝香。」伴隨著輕哼，我笑了，卿嬪這如此愚拙的方法竟也敢在我面前賣弄。她不知我自幼便待在莫攸然身邊，總在藥堆裡打滾，區區麝香之味也想瞞過我？

她此番愚蠢行徑想必是為我草率處置她小產之事而懷恨在心，若是其他事我興許會手下留情，但她這是要謀害我的孩子，可別怪我心狠手辣。

紫衣的手一抖，怔怔地看著玉鐲，眼中滿是震驚。

是夜，蘭香閣便傳出一樁消息——卿嬪蓄意謀害龍子，大王賜縊。

近來我又聽聞凌太師似有意與楚寰交好，多次攜二女凌玉拜訪其府邸。朝野群臣紛紛議論兩家即將結親之事，皆見勢巴結討好。

我卻暗叫不妙，當即於雪鳶殿召見了楚寰。

楚寰踏入內室，直射而來的陽光拂上他挺拔的身形，籠上了一層淡淡光輝。他低著頭，像枝被積雪壓彎了的修竹。

「近來你與凌太師走得很近？」與楚寰說話，我從不拐彎抹角，直入主題。

「他常攜愛女前來拜訪。」他的聲音低低沉沉，清冽的目光低垂，神色淡淡。

「楚寰，你……」我欲言又止，側首看向龍涎沉香屑的馥郁香氣，縹緲縈繞而起，瀰漫了整座大殿。

「微臣知道王后想說什麼，可臣若與凌太師交好，定能聯手剷除范上卿，而你的地位便能更加穩固。」他冷聲截斷我未完的話。

猝然抬頭，看著他眼睛裡的野心，我冷道：「你想做下一個莫攸然麼？」

楚寰也仰頭，直勾勾迎視我冷然的目光，一字一句地說：「爲了夜鳶，你會除掉我？」

在心底冷冷抽了一口氣，滿腹勸諫的話頓時說不出口，以手輕輕撫上自己的小腹，這才咬牙吐出一個字：「會。」

他挺拔的身軀微微一怔，眸中含著一抹複雜的神色，裡頭彷彿藏了太多太多祕密，令我看不透。

「自始至終，楚寰從未想過做下一個莫攸然。微臣會與凌太師保持距離，但也請王后明白，您腹中之子可以是福，也可以是禍。而楚寰能做的，只是保全自己地位，期盼有朝一日能於沙場之上與壁天裔正面交鋒，能作王后在朝廷之上的支柱。」說罷，他恭敬地朝我深深跪拜，那一叩拜，何其堅忍，「但願大王能如您這般——堅定不移。微臣告退。」

來去皆無聲息，楚寰一身絳紫朝服於白晃晃的日光照耀下，粲然生輝。

庭中遍植姹紫嫣紅的月季花，開得別樣妖豔，浮動在午後微風裡的花香似能醉人。

「但願大王能如您這般——堅定不移……」

我慵懶地傾靠在貴妃椅上，回想楚寰臨走時留下的這句話，像是隨意丟下的無足輕重之語，卻又彷若箴言讖語般的提醒。

冰凌以手指揉著我的額頭，力道時輕時重，將我整日來的疲累全數揉去。忽傳一陣裙裾窸窣聲，苦澀的藥汁味撲入鼻間，我微微蹙眉，將微瞇的眼闔上，只覺苦味越發逼近。

紫衣笑道：「娘娘您就別裝睡了，該喝藥了。」

睜開眼，我厭惡地瞅了眼那碗黑乎乎的藥汁，起身，覆蓋在身的宮錦披帛滑落至地，冰凌彎腰去拾。

「大王知道娘娘怕苦，特命奴婢準備了蜜棗。」說罷便將一小包蜜棗敞開，擺放在桌案上，示意我務必順從地將藥喝下。

冰凌撿起披帛，小心翼翼地覆蓋於我，「也不知李御醫安的什麼心，明知娘娘怕苦，這安胎藥竟苦得如此難以下嚥，難怪娘娘每日最怕的就是喝藥的時辰。」

「李御醫可是大王專屬御醫，當然是撿著最上乘補藥給娘娘安胎，俗話不是說良藥苦口嗎？娘娘您爲了腹中的胎兒，只能多委屈幾個月了。」紫衣拿著勺在滾燙的藥汁碗內攪了攪，置於嘴邊吹了吹，便朝我遞過來。

我伸手欲接過，可聞到那苦味，又硬生生將伸至半空的手收了回來，脾氣湧現，「我不喝。」

「娘娘……」紫衣無奈地嘆了口氣，正欲苦口婆心勸我，突聞一聲「大王駕到」，紫衣與冰凌紛紛跪倒，我亦起身相迎。

他身著金章華綬龍袍，衣角繡著騰躍雲霄的金龍，目光炯炯逼人，威然不可直視。

「又不聽話了。」夜鳶朗朗之聲傳來，薄削的唇猶帶笑意。

我蹙眉沉吟，一時也不知該如何回話，猶自怔怔立於原地。他修長手指撫上我眉心，爲我撫平一抹淺淺的哀愁。低頭凝望我良久，一手攬過我的肩，另一手接過紫衣手中那碗依舊熱燙的藥，「乖，將藥喝了。」

「太苦了。」我撇了撇嘴，身子朝後縮了縮。

「哪有你這樣怕喝藥的。」他的聲音低沉沙啞，隱有寵溺。

「以前我生病時，莫攸然就從不讓我喝藥……」聲音凝在口中，方知自己說錯了話。

夜鳶並未發怒，反倒一陣怔忡，複雜目光直迫我的眸子，唇微微蠕動，想說些什麼卻未說出口。

看著他的異樣神情，只道是因我突然提起莫攸然，我忙說道：「那都是過去的事了。」笑著從他手中接過藥，一仰頭便將苦澀補藥飲盡，口中濃郁苦味教我擰眉，「這藥眞是一日比一日要苦。」

夜鳶仍舊看著我，滿目的複雜轉化爲疼惜，「能和我說說莫攸然嗎？」

我一愣，詫異地看著他。而他，正目不轉睛地等著我說。

「莫攸然，曾是我仰慕的人，在我心中他是神。」我盡量使自己的聲音平靜如常，卻仍掩不住哀傷。

「可你卻幫朕對付他？」指尖輕輕撫上我的臉頰，語氣喑啞，似藏著掙扎情緒。

「莫攸然對我的恩情已成過往，而你是我的丈夫，我怎能容他人威脅你。」才說完，他的吻便已覆下，挺拔的身軀與我相貼。

冰凌與紫衣早已識趣地退下，空蕩蕩的大殿上獨留我倆微微的喘息聲。

我臉頰一熱，勾住他的頸項，回應著他溫柔的吻。

他的手自我錦袍底下滑入，撫過小腹緩緩移至胸前，掌心的溫度與灼熱頓時令我爲之酥軟。

「別鬧……」喘息微急，我微微推開他幾分。

他的唇輕輕掠過我的頸項，一路上移，含住我的耳垂，雙手仍不老實地在我胸前撫摸著。目光幽深熾熱，眼底浮動著迷離的情欲。

「不行，會傷到孩子的……」我的頭微微後仰，欲避開他的吻，他卻緊迫不放。

「朕會小心的……」

臉頰微紅，想起他先前所言——「從今日起，朕只有轅慕雪一個女人。」

懷有身孕這一個月來，他果真未再召幸任何妃嬪，時常在御書房內就寢。偶爾留宿雪鳶宮，擁我入眠。

盯著他的眼瞳，我含笑，低聲說：「那，你要輕點。」

腳底一空，他已將我打橫抱起，大步走向床帷。

輕紗如霧般瀉下，雪帛素錦，軟帳輕舞，春色旖旎。

時至臘月初，我的小腹微微隆起，怕冷的我終日待在雪鳶宮中不曾出去，大王還下令我可免去每日向華大妃請安之禮。

我對飲食也越發注意，一切食膳補藥皆由紫衣親自著手準備，就連冰凌我都不大相信。興許是我太過小心翼翼，整座雪鳶宮都有些惶惶不安。

過去經常聽聞有孕的女人脾氣反覆無常，曾納悶何以會反覆無常，眼下我終於不覺奇怪了，因爲如今的我脾氣十分躁動火爆，性子反覆不已。

朝中之事我已無暇顧及，也不願過問，眼下的我只想好好生下與夜鳶的孩子。更因爲我信任楚寰，是他親口說自己絕不會做下一個莫攸然，所以我信他，將朝中一切事都交付予他。

後宮妃嬪爭寵之事更不勞我操心，自懷有身孕以來，夜鳶從未臨幸任何妃嬪，這三夫人九嬪等同虛設，她們想爭也爭不出個頭緒來。

含著淡淡的笑意，撫上漸隆的小腹，裡面有個小生命正在成長，是夜鳶與我的孩子。

可笑意才剛浮現，小腹便傳來輕微疼痛。我蹙眉，正想喚紫衣進來，小腹卻沉沉地往下墜，猛地一陣抽搐如毒蛇般蔓延開來。我緊捂著疼痛的小腹，雙腿一軟，摔在地上。

腹中彷若有一對尖銳利齒在裡頭翻攪著，一絲一絲將我腹中的餘溫剝去，一抹溫熱自下體汩汩而出。那一瞬間，我的眼眶像蒙上了一層水霧，什麼都已瞧不清，看不見。

門扉被人推開，紫衣一聲尖叫，慌張地跪在我身邊大喊：「來人啊……來人，請御醫，請大王……」

雪鳶宮頓時像是炸開了鍋，裡裡外外的奴才皆衝進寢宮，卻是手足無措，怔怔凝視著我。

「娘娘，您要撐住……要撐住。」紫衣的淚水沿著臉頰滾落，哭得好不傷心。

冰凌呆傻地站在我跟前，震驚地瞪大眼睛凝望著我的下身，雙手止不住地顫抖著。

就在我失去知覺前，有雙手臂緊緊將我擁住，他的表情憤怒而急切，滿屋的奴才紛紛跪倒。

我顫抖地伸出了手，輕輕撫摸上他那漸漸模糊的臉，哽咽地說：「對不起……慕雪，又沒保護好我們的……孩子。」

我似乎作了一個很長很長的夢，夢中有轅沐錦、大哥、壁天裔、莫攸然、楚寰。他們都在呼喚我的名字，朝我伸出手，而我只能茫然站在原地，不知所措地看著他們每一個的掌心，掙扎與疼痛糾纏著我的身與心，苦苦不得脫身。
費了極大的氣力才睜開眼，漫天的帷帳，琉璃杯，琥珀盞，金玉盤。
我側首對上一雙眼瞳，裡頭有深深的痛惜與哀傷，他負手立於我面前，影子投在漢玉蟠龍地面，長長的陰影似將一切籠罩。
四目相對，一切已是無言，我們之間的哀戚渲染了滿殿。
「孩子，是否……」後面的話語隱遁在唇中，我的手撫上平坦的小腹，裡頭曾有我最珍愛的孩兒，卻在一瞬間消失得無影無蹤。
李御醫的臉上滿是哀痛，猛然跪地，「胎形已損，王后安身。」
王后安身。這四個字引得我一聲冷笑。
我猛然自床上翻坐而起，所有人都緊張地瞧著我，怕什麼？怕我會做傻事嗎？
冰冷目光掃過始終垂首的李御醫，我一字一句地問：「是什麼導致我小產？」
李御醫惋惜地嘆了聲，畢恭畢敬地回道：「娘娘身子虛弱，並不適宜懷胎，是以……」
我嗤鼻，「虛弱？當初你怎未說過我身子虛弱？」
「娘娘可記得您曾有過一次身孕，卻因一碗藏紅花而流產？也就是那時落下的病根。」李御醫說得極為有理，可他越是說得這般堂皇，我越是不信，我不信這孩子是自行落胎，我不信。
「李御醫，你可知欺瞞大王該當何罪？」我步步緊逼，引得李御醫猛然跪倒，連連道：「娘娘，微臣說的句句屬實，張御醫、陳御醫也為您診過脈象，您確實是身子虛弱……」
「夠了，我不信！」我突然激動而起，便要衝出去，腳底卻是一軟，夜鳶一把上前將我緊緊護在懷中。
「未央，孩子……我們會再有的。」他的眼底盈起無盡的疼惜，話語絞著難以言語的傷痛。

「再有？再有？」我無聲地冷笑，淚水隨著我的話音而滾落，灼傷了我的臉頰，傷了我的心，「你沒聽這群御醫說我身子虛……那麼懷上再多的孩子又如何，終究是要一次又一次地承受喪子之痛。上天祂剝奪了我的一切，爲何連我的孩子也要剝奪，祂於心何忍？」

看著近乎瘋狂的我，夜鳶狠狠地擁著我，似要將我揉入神髓。眼眶隱有鮮紅血絲，神情近乎蒼茫絕望。

「未央！朕要的只是你，有沒有孩子，朕不在乎，你不懂嗎？朕要的只是你。」他的聲音拔高，來回響徹於大殿，似要向所有人宣告——孩子有否，他對我的情永遠不會變。

我的執拗與瘋狂皆因他這句話驀然平靜下來，狠狠抓著他胸前的襟裳，不顧一切地大聲哭泣。此刻我不再是王后，只是一個痛失孩子的母親，僅此而已。

夜鳶抱著我，不再說話，只是沉默著，任我的淚水將他的龍袍濡濕。

有他在我身邊，我會堅強下去，不會孤單，即便……我不能再有孩子。

哭累了，便在他懷中睡去，那一覺睡得很沉，直到翌日申時才醒來。而夜鳶仍舊擁著我，雙眼卻是緊閉，滿臉的倦容，發青的鬍碴更顯憔悴。

我仰著頭，深深凝望他的臉，一個帝王能待我如此，還有何不滿足呢？

喪子之痛，不只是我，他也與我承受著同樣的傷痛。

興許是轅慕雪太壞，所以遭了報應。

顫抖著撫上他的臉、眼，最後落至他的唇。

沉睡中的他一動，緩緩睜開眼，見我醒來，淡淡地朝我一笑，「你終於醒了。」

我問：「陪我很久了嗎？」

他僵硬著身子擁著我坐了起來，滿臉淨顯疲累之態，卻歉疚地瞅著我，「竟睡著了。」

「沒去上早朝嗎？」

「你需要我在身邊。」

「別爲了我耽誤朝政。」自他懷中掙脫，隨意趿拉了絲履便下榻，爲他取來龍袍，伺候他穿上。

他任由我爲他著衣，目光緊盯著我不放，「慕雪，對不起。」

「對不起什麼？」我手上的動作未停，依舊專注地爲他著衣。

「朕，沒有保護好孩子。」

「不關你的事，是我自己身子……弱。」掩去心酸，爲他穿好衣袍，便推著他，「兩日未處理朝政，奏摺肯定堆積如山了，快去吧。」

他順著我的力道後退幾步，目光緊緊鎖定我臉上，欲言又止。須臾，他才摟著我的肩，輕柔吻在我的眼眸之上，「好好歇息，朕處理完要事便來陪你。」

我頷首目送他明黃色的身影漸漸離去，直至消失不見我才收回視線。驀然轉身，冷聲喚著：「紫衣，冰凌。」

碧檐金闌，殿閣玲瓏，鎏光爍爍，入夜燈影與點點星輝參差相映。

我淩厲的目光直逼跪伏在地的冰凌與紫衣，她們也不知緣何，故大氣也不敢喘上一口，等著我發話。

「紫衣、冰凌，你們將昨日本宮用過的膳食菜式和御廚名單全寫出來。」

殿內一陣沉默，冰凌疑惑地問：「娘娘這是……」

「本宮要徹查御膳房。」我的聲音很是堅定，因爲我不信孩子就這樣沒了。

「娘娘您這是何苦？」紫衣看著我的目光有些心痛，「李御醫、張御醫及陳御醫都爲您診過脈，是您身子虛弱所致。」

「毋須多言，照本宮的話去做。」我有些不耐地揮了揮手，示意她們下去趕緊辦。

「奴婢知道您遭逢喪子很是心痛，可一向冷靜的您爲何偏偏於此時想不開呢？您若徹查御膳房，只會弄得人心惶惶，太后又該責難您了。」紫衣無視我的怒氣，仍舊勸著我。

「紫衣，你放肆了。」望著紫衣與我對視的目光如許堅定，一向性情懦弱的她自何時起竟敢忤逆我的話，是這些年來我太縱容她所致嗎？

欲言又止的紫衣終是低垂下頭，與冰凌齊聲道：「是，娘娘。」

當夜，雪鳶宮內跪了六名御廚，他們皆不明所以地面面相覷，渾然不知發生了何事被傳喚至此，個個顯得那樣無辜。

我隨意地擺了擺手，什麼都沒詢問，先命侍衛將他們拖下去杖責四十刑棍。頓時滿殿的御廚哭喊著：「娘娘饒命。」

一聲聲悲嚎響徹整個大殿，我的心硬如鐵，也不鬆口，眼睜睜瞅著侍衛們將六名御廚拖下去杖責四十刑棍後，又狼狽地拖了回來。

他們的唇蒼白無一絲血色，卻見鮮紅刺目的血滲出脊背，怵目驚心。眾御廚跪伏在地，呼痛連連淒慘地說：「娘娘，奴才們究竟做錯了何事，引得娘娘如此動怒……」

冷睇著他們，我攏攏衣衫，沉聲道：「本宮不想浪費時間，你們誰先說！」

「奴才不知說什麼呀……」

「娘娘要奴才們說什麼……」

他們交相夾雜著出聲，吵得我胸口窒悶異常無法呼吸，遂怒喝道：「近來本宮對飲食可謂十分注重，除了御膳房的食物，沒再碰過其他。只要是經手他人的東西，本宮一概未動！」

御廚們突然沉默片刻，恍然知曉我所指為何，連連磕頭哭道：「娘娘，就是借奴才一個膽子都不敢危害龍種呀，娘娘明察、明察呀。」

「不說實話是麼，再給本宮拖出去打！」

才下令，一名御廚猛然抬頭，狠狠瞪視著我，「您小產，御醫已然驗過是您體虛而致，竟罔顧理法牽連咱們一群無辜的奴才。您若懷疑御膳裡有人動了手腳，還請拿出證據，若無證據，哪怕您是王后亦無權杖責奴才。大王聖明，定然會為奴才們作主的。」

聽他那義正詞嚴的一番指摘，我不怒反笑。自我登上后位，除了華大妃，無人膽敢如此態度對我說話，何況他一個小小御廚。

「放肆！」冰凌截了他的末語，怒斥其犯上言行。

「朗朗乾坤，自有公理，並非你元謹王后能一手遮天。」他說得義憤填膺，我卻在心中暗笑他這所謂八字真理——在這人吃人的宮闈裡，居然和我妄談「朗朗乾坤，自有公理」，豈不好笑。

「在這兒，本宮便是公理。拖下去！」我廣袖一揮，鎏金衣袂於空中勾勒出絢麗弧度，耀眼異常。

侍衛領命，便拖著那名御廚下去，另五名御廚早已嚇得瑟瑟發抖，連連磕頭求饒，口中還喊著：「冤枉，冤枉……」

正在此時，宮外傳來一聲高唱：「華大妃駕到——」

滿殿皆跪，我暗罵一聲，便扶著紫衣的胳膊起身，福了福身子行禮。

華大妃面上滿是煞氣，一雙鳳目冷冷地朝我射來，隨即將視線投向那正被侍衛拖出去的御廚，怒喝道：「放開他！」

侍衛立刻鬆開那御廚的胳膊，默默退至一旁。
「王后每回處置都非要鬧出如此大的動靜嗎？」華大妃的聲音雖然溫和，卻含藏明顯的怒意。
「兒臣不過是在調查一些眞相而已。」我垂首回答，盯著她華麗鑲金的裙襬，壓抑下心中萬分不耐。
「眞相？」
「王后娘娘她認定小產之事，和御膳房有關。」方才的御廚開口稱道。
「噢？」華大妃轉過身去，睇了他一眼，又問：「你是何人？」
「奴才是御膳房的王義，今日正準備御膳之時，卻被數名侍衛押到雪鳶宮，王后娘娘她一字不問便先杖責奴才們四十刑棍。後認定是咱們御膳房的膳食有問題，要大夥從實招來，可奴才們什麼都沒做，從何招來？奴才便斗膽站出來質疑王后娘娘，她卻說……卻說……」王義於緊要時刻突然停住了口，吞吞吐吐，令華大妃的面色越發難看，斥道：「她卻說什麼？」
「她說，在這兒，她便是公理。」王義一字不漏地重複著我的話。
華大妃大怒，凌厲地瞪了我一眼，「王后，他說的可是實情？」
我不答話，確實未曾想過一句怒言會被當作把柄，更沒想到華大妃竟會在此刻出現。
「哼，這後宮的公理何時變成了你元謹王后？」她冷笑地朝我步步逼近，「兩年來，你目中無人，驕橫跋扈，將後宮弄得烏煙瘴氣，本宮也是睜一眼閉一眼。可現下，你仗著大王的專寵越發放肆了。」
「母妃此言差矣。大王的心自始至終都只在兒臣身上，我又何須將後宮弄得烏煙瘴氣，這豈非多此一舉？反倒是那些想蒙得寵愛卻無法得寵的妃嬪，母妃不去管她們，倒是跑到雪鳶宮來指摘兒臣。」我冷笑，對華大妃多年的隱忍終是忍耐不住。
「況且，王后本是六宮之主，掌管諸位妃嬪的生殺大權。兒臣說自己便是公理，何錯之有？」一聲聲的質問與挑釁，令華大妃滿臉溫和的表情再也掛不住，整張臉當即沉了下來。

「未央，當眞以爲哀家不敢摘了你的鳳冠！」她的聲音驀然拔高，尖銳地充斥於大殿，來回縈繞。

「那太后便試試？」我嗤鼻一笑。

敢說這句話，我便料定了她不敢摘。

她氣得渾身顫抖，伸出了手直指向我，良久都說不出一個字來。

而我的目光輕輕掠過華大妃，直射王義，冷聲下令：「膽敢忤逆辱罵本宮，拖出去，杖斃。」

兩側侍衛爲難地看了看我，又瞧了瞧華大妃，始終沒有行動。

「聾了？」瞪了兩側的侍衛一眼，他們一個激靈，立刻拖著王義出去。

被拖出去的王義無力掙扎，只能大聲嘶吼著：「妖后，你不得好死，總有一日老天會收了你——」

直到那日，才知道自己在民間早已聲名狼藉。

直到那日，才知道自己的權勢已大到威脅了夜鳶的王位。

巨大明燭迷離搖曳，鎏金宮燈垂掛於白玉石柱旁，照得寢宮明如白晝，恍如瓊苑瑤臺。

冰凌與紫衣侍立左右，我端坐妝臺前，垂眸凝望袖口上金線盤繞的鳳羽花紋，華美錦緞襯出指尖的蒼白。

就在半個時辰前我聽聞聖華宮傳來消息，大王親臨華大妃的聖華宮，摒去了左右與大妃獨處一殿許久，後隱隱傳出激烈爭吵聲。

這半個時辰來我一直在揣測他們爲何而吵，隱約感覺到是因我今日杖責御廚、忤逆太后之事。夜鳶會如何看待我今日之舉呢？他是否也覺得我是個狠辣的女人。

「紫衣，本宮錯了嗎？」

「以一個母親的身分來評判，您沒錯。但是以一個王后的身分，大錯特錯。」紫衣沒有猶豫，脫口而出。

「冰凌倒覺得是大妃對您過於苛刻，總是針對娘娘。就拿昨兒個娘娘小產的事來說罷，大妃未來探望，反在娘娘徹查御廚之時前來刁難，於理怎也說不通。」

「在王后身邊待得久了，竟敢道太后的不是！」夜鳶猶如一陣風般步了進來，面色冷淡，一雙深眸喜怒難辨。可他的話語中卻有明顯的怒意，極是危險。

冰凌嚇得臉色慘白，癱軟跪地，用力磕頭道：「大王饒命，奴婢失言，奴婢該死！」

夜鳶目光冷冷地掃過冰凌，冷聲道：「拖出去，掌嘴四十。」揮了揮衣袖，不帶感情地下令讓侍衛將冰凌拖出去。

我沒有阻止，因爲冰凌所說的話足以治死罪，掌嘴四十已是極輕的懲罰。

靜靜地坐著，看著他摒去寢宮左右宮娥後，默然地看向我。眼中的血絲越發明顯，自申時離去後他便前去處理朝政之事，後又去了聖華宮，還與華大妃發生口角。如今再回到雪鳶宮，我似乎預感了些什麼。

「母后厭我，只因我得到帝王的專寵，犯了皇家大忌，況且至今也無一子嗣。在後宮妃嬪，朝中大臣，天下百姓眼中，我專擅宮闈，是善妒驕橫、獨霸君王恩寵的王后。」

他的目光依舊平淡如常，站在原地，看著我，想要看穿我。

「我又怎會不知專寵乃君王大忌？可我只是在守護我們彼此的誓言，你說『後宮三千，那朕，空設後宮便是』。我得喜脈那日，你說從今以後你只有我一個女人，只要我所生的子女。爲了誓言，我始終在堅守著，不惜背負妒后之名，我心甘情願，只要你心中有我。」

終是因我之言而動容，他大步上前，狠狠將我揉入懷中，摟得很緊很緊。

「答應朕，不要再因小產之事將後宮鬧得天翻地覆。」

將臉深深埋在他胸膛前，我哭了，卻仍頷首應允。

他的手輕輕撫摸我的鬢髮，沉默了好久好久才用喑啞的聲音對我說：「慕雪，夜鳶愛你，便能包容你所做的一切一切。」

我一愣，心中百感交集，心酸突然湧上心頭。

只聽他又說：「你是否也能因爲愛夜鳶，而包容我的一切？」

「可以。」我哽咽著承諾。

只覺他的雙臂微微一顫，更加用力地將我擁入懷中，像是怕一鬆開我，便會永遠失去我。

如此異常的他令我感到納悶，可並未多想。

直到那日我才知道，他要我包容一切，所指爲何。

第三章　風波起・血紅顏

之後的日子裡，我未再去調查小產之事，因爲亦無任何蛛絲馬跡可讓我查。同時也慢慢接受了李御醫的說法，是我自己的身子太弱，並不適合懷孕。可是，內心總有個聲音對我說——小產之事並不單純。我一直反覆於腦海中回憶我吃過的、用過的，總覺得有個地方讓我遺漏了，可努力回想卻又是那樣理所應當，無跡可循。

若我的小產眞是人爲所致，御醫不可能察覺不到。李御醫查錯？不可能，就算李御醫查錯，張御醫與陳御醫也不可能一齊查錯。

況且我也答應了夜鳶，不再因此事鬧騰後宮，我知道他包容了我許多，尤其是這次頂撞華大妃、杖死王義之事。可我並不後悔頂撞華大妃，我忍受了她兩年，早厭倦了每日承受著她當眾嘲諷我、予我難堪，卻還得在她面前忍氣呑聲度日。

尤其是我小產那日，她的態度更是讓我憤怒。我腹中之子是她的孫兒，無論她如何厭惡我，也該前來探視，哪怕只是作戲。

既然她連戲都不願作，我又何苦繼續對她唯唯諾諾，矮著身子去逢迎？既然扯破了臉，如今每日去聖華宮請安之禮都免了去。

如今的夜鳶，對我的寵愛更是非但不減，反而與日俱增。夜夜留宿於雪鳶宮，冷落了所有妃嬪，後宮早已形同虛設。

冬去春來，萬物欣欣向榮，錦繡繁華，竟又是一年。

夜鳶對我說，二十一歲生辰那日，他要給我一個驚喜。

我便時常纏著他，想由他口中套出是何驚喜，他卻總是顧左右而言他，急煞了我。

女人的好奇心總是強烈的，尤其是面對一個帝王口中所謂的驚喜。

日日掰著指頭算距離五月初七還有多少時日，恨不得下一刻便是五月初七。

紫衣常笑我是個長不大的孩子。

她真是越來越放肆了，仗著我寵她，竟敢說我是個長不大的孩子，若換了他人早被我拖出去掌嘴了。

想必只有她才會覺得我還是個孩子，這後宮所有人無不當我是毒蛇惡蠍，敬而遠之。

——「這樣孩子氣的你，如何做朕的王后。」如今就連夜鳶也不再將我當作是個孩子看待了吧。

身著淡紫色月季紋理錦衣，走在雪鳶宮的天芳園，髻側的金步搖輕輕晃動著，發出環珮叮噹的聲響。一踏入園內便覺幽香撲鼻，心神欲醉。

這些日子以來，我常摒去左右，獨留紫衣陪我漫步天芳園，藉天芳園內百花正豔的幽香掃去我滿腹的窒悶與焦躁。她經常陪伴在我身側說些話，逐漸平撫了我喪子之痛。

「娘娘後悔嗎？」

「後悔？」

「誠如御醫所言，娘娘是因那次的藏紅花而導致身子虛弱，無法再孕子。若再給您一次選擇，您還是會再次服下？」

我搖頭，淡淡地笑了出來，「其實本宮一直不信自己小產是因體虛。」如果，莫攸然在的話……

「娘娘還眞是死心眼。三位御醫都是太醫院的元老，怎麼可能同時誤診呢，除非一起合著騙您。過去的就讓它過去吧，大王依舊如此寵愛您，絲毫未因您不能孕子而愛弛。」

「紫衣你說什麼？」我的步伐一頓，停在一株柳樹旁，隨風飄舞的柳絮拍打在我臉上。

她亦停下腳步疑惑地看著我，重複道：「過去的就讓它過去吧，大王依舊如此寵愛您，絲毫未因您不能孕子而愛弛。」

「前面一句。」我猛然攥著她的雙肩，她吃痛地將眉頭一蹙，想了想才說：「三位御醫都是太醫院的元老，怎麼可能同時誤診呢，除非一起合著騙您。」

「對，除非他們一起騙本宮。」千迴百轉的思緒驀然闖入我的腦海，對了，我一直有所遺漏的環節就是紫衣這句所言。

「不可能。李御醫是大王的心腹，張御醫是大妃的心腹。不可能有人能指使得了他們同時說謊話。」紫衣搖頭否定了我的猜想。

紫衣口中所說我又怎會不知呢？所以我一直將御醫說謊這個可能加以排除，可今日紫衣一說便喚起心中的那份猜想……我要自不可能之中尋求可能。

正欲開口，卻見遠遠有排人影朝此而來，待走近，方看清是一群大內侍衛於園中巡視。眾人一見我的衣著自然猜出了我的身分，立刻低頭不敢逾越看我，忙跪下行禮。

領頭的李公公賠著笑道：「今兒個天氣好，王后娘娘又來園子裡散步了。」

我疑惑地瞅了瞅他背後那群大內侍衛，「李公公，近來爲何總有大批侍衛來回走動？」

「娘娘還不知？」李公公先是訝異，後了然，朝我靠攏了幾分，壓低聲音說：「娘娘您的生辰就在這幾日了，大王說是要大擺宴席爲您慶賀生辰呢。屆時到場的大臣自然不少，爲避免出亂子，便提前命大內侍衛加緊四處巡視。」

聽及此，臉上不免露出淡淺笑意，「那本宮就不耽擱你們了，去吧。」

一股侍衛畢恭畢敬地自我身旁走過，帶起一陣淺淺的清風，風中夾雜著淡淡的塵土香氣，不經意一掠頭，正好與一名始終垂首的侍衛擦肩而過。我愣了片刻，轉身凝望那個背影掩埋在那群侍衛之中，越走越遠。

「娘娘？看什麼呢？」紫衣順著我的目光望了去。

收回視線，瞧了眼紫衣，心底湧現出一個可怕的想法，「李御醫要我每日喝的安胎藥你那兒是否還有？」

「沒有，李御醫每日都會按時命人送一碗的量給奴才熬煮。」

「那熬過之後的藥渣是否還有？」

「早被打掃灶房的那群奴才收了。」

手驀然收緊，微微泛白，無從下手，從何查起？

「娘娘找藥做甚？」紫衣看出我的異樣，輕聲問。

「罷了，罷了。」我甩甩自己已感疼痛的頭，不欲再繼續追問，只想快些回宮。我答應了夜鳶不再多疑，不再將後宮攪得天翻地覆，我自是不想再給夜鳶添麻煩。

蘭麝幽香遍傳遠近，瓊庭裡暗香如縷，緩緩鬆了口氣，好不容易才平復的心境卻在紫衣後面那句話脫口而出之際，僵住。

「奴婢記起來了，娘娘小產那日的藥還在屋裡，沒來得及煎，您便……」

翌日聽聞，南北兩國對峙之勢已漸升高，似乎又有一場大戰要展開。武將們早早便被召入御書房議事，想必一時半刻無法結束。選定這個時機，我拿到紫衣給我的藥，換上一身太監服，執著雪鳶宮的令牌說是奉王后之命出宮辦事，給了點賞錢便輕易出宮。

這藥我仔細查過、聞過，並無異樣，可我看不出並不代表裡頭沒有古怪。畢竟我對藥理只懂得皮毛，唯有眞正的大夫才知曉其中奧祕。

雪鳶宮是最引人注意的地方，稍有動靜便六宮皆知，若是這藥沒問題便罷，萬一眞有問題，跑了趟太醫院探問，不知會引起多大的風波。所以，唯有我親自出宮一趟，才得瞧瞧這藥中是否眞有玄機。

可在這熙熙攘攘的街道上我一時頗感茫然，陌生的臉孔，陌生的熱鬧，與那淒涼華麗的王宮有著明顯差異。手中緊緊捧著以絲絹包好的藥，望著眼前的藥舖，掙扎猶豫片刻便邁了進去。

我將絲絹攤開，擺放在櫃上，「大夫，您瞧瞧這藥……」

一名年過半百的男子，一邊整理著草藥，一邊用眼角餘光瞅了瞅我拿出的草藥。

「安胎藥。」

「大夫，您瞧瞧仔細。」

「名貴的安胎藥。」

看他滿臉的不耐，我從袖中掏出一錠銀子擺放在藥邊，笑著說：「大夫，您可瞧仔細了？」

他一見銀子，兩眼放光，立刻停下手中動作，拈起藥仔細思量著，還放於鼻間嗅了嗅，「這安胎藥由七味藥組成，樣樣名貴，卻共有一個特點，苦！」

「對，就是苦。」我很贊同地點頭，從懷中又取出一錠銀子放在他面前，「藥性如何？」

看到又來一錠銀子，男子眼中炯炯泛光，「常言道『良藥苦口』，這藥雖苦卻大補。」

「您看清楚了？除了補身子，沒有其他不良藥效？」

聞我此言，他又湊近幾分看了看，「看清楚了，的確是安胎的良藥。」

終於，我懸在心上的千斤重壓終於放下，長長舒了口氣，慶幸終是自己多疑。

「咦？」

這一聲怪叫，令我才剛放下的心又提得老高，忙問：「怎麼了？」

男子靜默地將藥放於鼻間聞了又聞，始終不說話。我亦靜靜地屏息望著他。

「藏紅花？」良久，他不很確定地吐出這三個字。

僵了片刻，我才驚道：「什麼？」

「高明呀，這藥做得用心。」他連連嘆息，「這藥是否放了一段日子？」

「五個月了。」

「難怪，若非放了五個月令有些粉末掩藏不住，這沾在藥上的藏紅花必然讓人無法察覺。製藥之人將這藏紅花磨成極小的粉末，沾在每一味藥上。而這七味藥又是極苦，煎熬出來必定掩蓋了那微乎其微的藏紅花味。公公之所以拿這藥來，是否有人誤服？不過不打緊，這藥量極少，只要不多服也不會出什麼亂子。」

「若是孕婦連續服上一個月呢？」我幾乎是從頭頂冷到腳心。

「必定小產。」

「若讓您爲誤服此藥而小產的孕婦診脈，是否能診斷出其小產的眞正原因，是誤服了這藏紅花？」

「應該是可以的。」

可以診斷出來？

也就是說，李御醫、張御醫、陳御醫他們聯合起來撒謊？

我將藥收起揣入懷中，神情恍惚地步出了藥舖。

街道上的人聲鼎沸與此時失神落寞的我對比起來竟如此可笑，轅慕雪你眞是傻，千算萬算，竟沒料到御醫會是謀害你孩子的元凶。而且還是三位御醫一同謀害於你。

不，他們不會是元凶。

那元凶是誰？

我的心突然漏跳幾拍，李御醫是夜鳶的心腹，張御醫是華大妃的心腹。

那麼能指使他們辦事的只有……夜鳶與華大妃。

不可能，我眞眞切切感受到夜鳶得知我懷了他孩子後的那份喜悅，而且，他沒有理由要殺這個孩子。

華大妃？驀然想及她得知我小產後的種種舉措，心有些涼，眞的會是她嗎？她爲何要這樣做？這個孩子可是她的孫兒，她爲何要這樣做！

我頓時有些茫然失措，呆傻地立於原地許久竟不得邁出步伐。

「讓開！讓開！」前方一陣粗獷的吆喝聲，夾雜著威猛馬蹄聲迎面傳來，我回神，立刻閃身，雖及時避開橫衝直撞的馬車，胳膊卻被狠狠抽了一下。胳膊上的疼痛教我迅速清醒了過來，望著路上擋道的人們紛紛閃避著馬車，若閃得不夠快，皆被馬鞭抽得皮開肉綻。

我蹙眉，這是哪家的馬車膽敢如此囂張。

「他凌太師的家奴眞是狗仗人勢。」

「世風日下，這凌家巴結上楚將軍，確實有憑恃可如此囂張。」

「哼，蛇鼠一窩。楚寰仗著元謹王后的勢力節節高升，府上每日門庭若市……」

「你不要命了，萬一讓人給聽了去，要掉腦袋的。」

「怕什麼，天龍城裡的百姓都知道，我只是說出實情罷了。」

聽著路上百姓這般竊竊私語，我的腦袋有些懵，片刻沒能緩過神來。

待回過神，我一把扯住那人的胳膊，冷眼瞪著他，「你說什麼！」

那人上下掃視了我一眼，見我一身公公打扮，立刻變了臉色，甩開我的手臂就逃。

看著他倉皇而去的背影，我心中的疑慮越擴越大，蔓延至胸口竟無法呼吸。緊緊揪著衣襟，看著來來往往的人群，窒息的感覺越沉越深，越深越冷。

我要回宮，此事我定要弄個清楚明白。

楚寰明明答應過我會與凌太師保持距離，爲何百姓們口裡卻說凌太師已經巴結上了他？

而我的孩子……元凶究竟是誰！

緊咬了唇，理好情緒，平復心中滾滾而起的波瀾，轉身便朝回宮的路上走去。

望著離我越來越近的紅牆高瓦，我的心竟出奇平靜，種種疑慮與憤怒皆因這漸入眼簾的王宮而平息。興許是在那深宮大院中已然待得太久，早習慣用虛僞的笑容及冷傲的神情面對每一件突如其來的禍事。即便刀架在了頸脖之上，我依然是那個高高在上、不容任何人輕看的元謹王后，北國最榮耀的第一王后。

當我掏出腰牌正欲進宮之時，竟意外碰到一行身著絳紫朝服欲離宮的諸位重臣。我一眼便認出走在最前頭的是那個范上卿，我暗叫糟糕，早不碰上晚不碰，竟碰得這樣巧。

若是他們正要離宮，也就說明夜鳶已與他們商議完畢？萬一他即刻去了雪鳶宮，見不著我……

我彎著腰，將頭壓得老低，以免范上卿認出我來。

終於，他與我擦肩而過那一刻似未察覺我的身分。我這才鬆了口氣，轉身欲走，卻聽見後面傳來范上卿一聲：「站住！」

我一僵，被發現了？

「你哪個宮的？瞧著如此面生？還有你手臂上的傷是怎麼回事？」范上卿的腳步聲漸漸逼近，我不禁握緊了拳頭。

既然如此，那便只有咬牙面對。

猛然抬頭，正對上楚寰一雙探究的目光。我一愣，他也是一愣，卻迅即反應過來，上前扯著我的衣衫便說：「小福子，你怎麼弄成這副德行？」

「楚將軍認識？」范上卿這才止步，冷聲問。

「是在王后娘娘身邊伺候的小福子。」他淡淡地回了聲，又將目光冷冷盯著我，「又賭錢了可是？瞧你這副模樣，若被王后娘娘瞧見，定饒不了你！走，正好我也有事去見王后，你給帶個路，順便讓娘娘好好懲治你一番。」

說完便扯著我的胳膊進宮，離開了極危險之境。

待走至安全之處楚寰才鬆開我，一路上他步履甚急，根本不等我。我便也一語不發地提步跟隨，一路朝著小路繞至雪鳶宮。

一路上來往的奴才不多，偶有幾個宮娥一見楚寰便恭敬地行禮，根本無人注意他背後的我。由此，我很輕易地便由雪鳶宮的偏園轉入寢宮。

一直守候在寢宮外的紫衣一見我回來，趕忙迎了上來，「娘娘，您可算回來了。」

我將頭頂上的帽子取下，一頭烏黑雲絲如瀑傾瀉而下，邁入寢宮，不緊不慢地說：「伺候本宮更衣。」

接過我手中的帽子，猛然瞧見我胳膊上的傷，紫衣立刻低呼：「哎呀，娘娘您的胳膊怎麼了？」

不答她，只看了眼佇立在旁的楚寰，「你在這兒候著，本宮有話要問你，是關於凌太師之事。在本宮更衣這段時間，好好思索該如何對本宮解釋。」

受傷的手臂讓紫衣以溫水清洗後灑上了金瘡藥，再用紗布緊緊纏繞數圈加以固定，隨即又為我換上金鳳朝陽的浣紗錦衣，鳳錦長裾逶迤於地，廣袖飄舉，衣袂曳若浮雲。

更衣完畢，天色漸暗，月華如水。

珠翠環繞的宮娥們早早便將明紗宮燈高挑，沿殿閣迴廊蜿蜒掛起，寢宮內燈火通明，鎏光熠熠。

「召楚將軍至偏殿來……」正待我欲召喚楚寰之時，冰凌竟匆匆進來稟報道：「娘娘，大王朝雪鳶宮這邊走來了！」

「快請楚將軍速速由偏園離去，盡量避免遇上大王。」我將手中的鏤空鳳簪朝妝臺上一放，立刻命冰凌將楚寰帶走。

「是，娘娘。」冰凌得令立刻步出寢宮，紫衣則不解地問：「娘娘您時常召見楚將軍，大王都是知曉的，也未怪罪？而今這又是何故？」

「那是從前了。」目光有些黯然，看著鏡中的自己，即便香粉胭脂也難掩面上的蒼白。今日出宮一趟，我隱隱察覺到一絲詭異——我的小產，還有楚寰與凌太師走得如此之近。

察覺到衣衫窸窣之聲，便知夜鳶已經到來。我遂起身，望著那個身形挺拔、身著玄金龍袍、廣袖靜垂背後的夜鳶，突覺他周身盡籠寒霜。

站在夜鳶背後的冰凌咬著唇朝我使眼色，我心中便已了然，遂平復自己的心緒，看向他那雙冷冷的眼瞳。

「怎麼，朕一來楚將軍便離去了？」他盯著我，薄唇輕揚，一抹嘲諷的笑意卻藏著一股肅殺之氣。

「他不便多留。」我坦蕩迎上他的似笑非笑。

「不便？便從偏園離去？若非做了虧心事用得著如此閃躲？」聲音突然生冷，我卻是低垂下頭不語，一時間也不知該如何對他解釋最為妥當。

他驀地攥著我的雙肩，目光冷冷迫人，「想什麼，面色如此蒼白？朕的元謹王后向來能言善辯，今兒個這樣沉默？」

「我讓楚將軍……」

「在朕面前，不是該自稱臣妾的嗎？你這點規矩都不懂？」他的手漸漸收攏，似要捏碎我的骨。

「臣妾……知罪。」我忍著疼痛，回道：「臣妾讓楚將軍先行離去，就是怕大王誤會……」

「誤會？」他冷笑地盯著我的面龐，「朕會誤會什麼？你們做了什麼讓朕誤會的事？」

冰凌與紫衣猛然跪伏在地，口中喊道：「大王息怒！」

緊咬著唇，怔忡地看著眼前的夜鳶，今日的一切再加上現下的夜鳶，心中有個答案似乎越擴越大。

四目相對，沉寂良久，卻如鋒刀，刹那間穿透彼此。

我淒然地笑著，「原來大王對臣妾的信任只有如此一點。」

用盡全力甩開他緊攥著我的手，我踉蹌後退幾步，走到妝臺前將金盒中那包藥朝他扔了過去。

「該臣妾問問大王，臣妾與楚將軍做了什麼，讓您誤會？」

夜鳶面容冷寂地望著腳邊的藥，有那片刻的僵硬，彎身將藥撿起，置於手心凝望良久良久……

突然仰頭盯著我，倦淡一笑，竟是冰寒刺骨。

定定瞧了我半晌，竟一語不發地頹然而去。

寢宮內瀰漫著淡淡瑞腦香，沉沉緲緲的輕煙如縷，刹那間突有一股蕭索意味。

我站於原地，看著他那明黃色身影越走越遠，直至消失不見。

終於忍不住，雙腿一軟便坐在地，無聲地流淚。

他臨走時，表情如利刃狠狠刺向我的心頭，有血淌出，卻未覺痛，只是心灰意冷，動也不能動。

紫衣與冰凌依舊跪著，怔怔凝視著如此狼狽的我，神情複雜。

眼眶中水霧瀰漫，那絲絲心酸絞得我近乎窒息。

「紫衣，你過來。」我的聲音很是平靜，淚水漸漸止息，雙眼乾涸帶著刺痛。

紫衣跪伏前進，跪在我身側，「娘娘何事吩咐？」

我側首附在她耳邊，以僅我倆能聽見的聲音說道：「傳個口信給楚將軍……」

驀然間，天地變色，春末的暴雨突如其來，天際烏雲如墨。忽見一道閃電劃過，雷聲大作，大雨傾盆，驟雨濺得大殿上琉璃瓦雨聲淅瀝，天色昏昏。

七日了，夜鳶一直未再踏入雪鳶宮一步，而那包唯一能證明我並非意外小產的藥也擱在那兒整整七日。

我一直在等他，可他爲何不來？

難道，一句解釋竟那樣難？

而宮中傳聞，太醫院的陳御醫也在七日之前莫名失蹤，宮中派人四處尋找，甚至盤問其家人，皆連連搖頭說是一直未歸。

此間，南北兩國軍事態勢日漸緊張，連日以來頻頻有將士出入御書房。紫衣說，夜鳶鎮日忙於軍務，夜夜秉燭直至深夜。

隱約感覺戰事迫在眉睫，倘若真的開戰，楚寰便能一展身手真正在戰場上與南國廝殺。若他能一戰得勝，便大有機會與壁天裔正面交鋒……我很清楚，多年來楚寰與莫攸然不斷研究著《孫子兵法》，定是爲了在戰場上與璧天裔一較高下，楚寰要在戰場上名正言順打敗他，光復皇甫家。
可我卻聽說，這次軍事議政，夜鳶並未宣召楚寰商議。
許多話我很想當面向楚寰問清，可眼下時機不對，我不能再見楚寰。否則，不僅害了自己，也害了他。
上回紫衣幫我帶話給楚寰之時，楚寰也讓紫衣帶給我兩個字——斂，忍。
這幾日我細細品味楚寰給我的這二字，總覺得別有深意。
斂，是讓我斂鋒芒。
忍，是讓我忍小產之事吧。
楚寰果然聰明，我只是讓紫衣吩咐他祕密囚禁陳御醫，他便猜到其眞正目的。又或者，他早早便知我小產之事並非意外？
夜幕漸落，光影幽然。
狂風大作，捲起滿庭木葉，玉階前，塵土暑氣四揚，潮濕雨意充斥深宮。大雨打在檐上劈啪作響。
當紫衣匆匆奔進寢宮時，一身綠蘿裙裳已濕了大半，額前幾縷瀏海還淌著水珠，有些狼狽。
她也未管此刻濕答答的衣襟，附在我耳邊輕聲道：「楚將軍讓奴婢給您帶來兩個字——『太后』。」
緊握帕子的手一僵，隨即抬起手爲紫衣輕拭臉上殘留的雨珠，她受寵若驚地看著我。
我彷若沒看見，依舊認眞將她臉上殘珠拭去，看著紫衣那張蒼白秀氣的臉，我的嘴角不禁勾出淺淺笑意。
「娘娘……奴婢自己可以。」她僵在原地，想起身卻又不敢動，只怔怔地任我爲她將臉上水珠全數拭去。
「五年了，辛苦你了。」算算日子，時光一晃便是五年，記得那年大哥萬箭穿心死去，我被送進了鳶王府，在我身邊伺候的便是冰凌與紫衣。猶記得紫衣總是唯唯諾諾、性子內向，卻是聰慧過人。沒想過，這樣一個膽小的奴才會伴在我身邊整整五年，成爲我最信任的奴才。

「能伺候娘娘是奴婢的福氣，何談辛苦。」

我莞爾一笑，收回帕子，「在你眼中，我是什麼樣的主子？」

「是個好主子。」她很認眞地回答。

「宮闈之中，所有人皆畏我懼我，無不奉迎著一張虛僞的面容伺候於我，無人敢講眞話。我不希望紫衣你也對我講假話。」

「奴婢不知其他奴才如何看娘娘，但奴婢對娘娘所說的每一句話皆是眞心。記得頭一回在鳶王府見到娘娘時，您站在細雨霏霏的階前，遙望著浮雲慘淡的天空，目光很悲傷、很遙遠、很空洞。那時奴婢就開始默默注意您，雖然您總是冷著一張臉，但奴婢對您卻不感到害怕，而是很想親近您，想讓您笑一笑，因爲……您太孤單了。直到那一夜，看著您痛苦得翻滾在榻上，血染紅了被褥，怵目驚心。您可知奴婢多麼佩服您的勇敢，您爲了殿下竟能犧牲至此……」說到此處她的眼眶已經泛紅，哽咽著聲音再也無法說下去。

「錦上添花者多不勝數，雪中送炭者唯有你紫衣一人。所以本宮信你……」聲音漸隱遁在唇中，後面那句「就像信自己的妹妹一樣」並未說出口，便輕輕朝她笑了笑。

如今我身邊能信的人，似乎只有紫衣了。

「替本宮梳妝。」伴隨著殿外清脆悅耳的雨聲，我將肩上披帛取下，朝那熠熠生光的妝臺走去。

這幾日我未踏出寢宮一步，也免去了眾妃請安之禮，獨自倚靠在貴妃椅上，常常望著緊閉的門扉出神。期待，期待那扇朱紅門扉敞開，一道明黃色身影能闖入我的眼簾。

可是那扇厚重的門，開開闔闔，我在那一次次的希望中只尋到失望。

七日的等待，等得我好生狼狽。

「本宮，該去見大王了……」軟軟地坐在凳上，由金盒中取出花鈿、步搖，在宮燈照射下竟如斯閃閃耀眼。

浣紗素青朱裏，映襯著白皙肌膚相得益彰，雪白鑲金絲貢錦紗罩月白羅翟。

眉勻深黛，額貼花鈿。

紫衣將最後一縷髮絲勾起，以鏤空鳳凰簪斜綰入髻。

今日我的著裝打扮色淡清雅不失高貴，比起以往的雍容冶豔，少了那股妖媚、多了幾分脫俗。可眼中的空洞卻讓人覺得身軀如此纖弱單薄，蒼白的面色平添了幾分蕭索。

「許久未見如此冰肌玉骨、靨笑脫俗的娘娘了。」紫衣豔羨地瞅著我，一聲讚嘆脫口而出。讚過後卻是輕嘆，目光淒哀而深遠。

第四章　魂夢斷・傷別離

朱梁雲闕，聳峙冗廊，華蓋羽扇交頸。

四下沉謐寧和，唯有大內侍衛緊密巡邏的整齊腳步聲。

大雨依舊，點點雨珠濺在裙角，濡上一層水漬。

鬢角的流蘇隨著我緩步而晃動，璀璨的宮燈浮動，恍惚間憶起夜鳶曾說在我二十一歲生辰那日要給我一個驚喜。想必……那個驚喜我已見不著了吧。

紫衣隨在我身側，一路上未發一語，她是個聰慧的女子，想來也應該猜透幾分。

御書房外兩側侍衛恭敬地朝我行禮，頭垂得很低，兩腮的鬍鬚蔓延了大半張臉，顯得粗獷霸氣，可身子卻略顯單薄。

對著緊閉的門扉，我凝望了許久，遲遲未有動作。

冰涼的指尖撫過小腹，嘴角勾起自嘲，無論如何，你都要給我與逝去的孩子一個交代。

理好自己的情緒，雙手一個用力，門扉便倏地被我推開，帶起一陣寒風，令御書房內把守的數名侍衛戒備地朝我望來。

「你們都出去，本宮有話要與大王談。」我目不斜視，淡淡地對侍衛們下令，可我明白夜鳶的目光一直停留在我身上。

幾名侍衛相互對望了一眼，隨後一齊看向龍案前的男子，只聽一聲冷冷的「都退下吧」，這才摒退了所有侍衛，門扉咯吱一聲緊閉，尖銳地鉤劃著我的心，隱隱有些疼痛。

將目光看向那個龍章鳳姿依舊的男子，眉目間仍是淡漠交雜著寒氣，唯有眼底的頹廢洩露了心事。短短七日未見，我與他之間的陌生與疏離竟像是隔了七年。

「大王可記得當初您對臣妾承諾過什麼？」對著他的眼瞳，我不拐彎抹角，不願跟他耍心機，「您說：『若有人敢動，朕便是賠盡江山，也要用其命償我兒之血。』」

他目光微動，雙唇緊抿，竟是爲難！

「大王知道臣妾的孩子是太后殺的。」

他說：「慕雪，不要爲難朕。」

我笑：「臣妾想要的只是一個交代，這樣便是爲難您了嗎？」

「您的母后就有權力殺我們的孩子嗎？這個孩子難道不是她的孫兒嗎？」我的情緒隱隱有些波瀾，卻仍刻意壓低聲音，不欲讓御書房外的奴才與侍衛聽見。畢竟這皇家之事若容外人窺聽了去，皇家臉面安在。

「那是朕的母后。」

「那卿嬪呢？卿嬪的孩子也是朕的孩子。」那雙眼睛，如許妖紅深邃，卻又遮曖昧不明。

我一愣，「大王是什麼意思？」

「朕說過，能包容你做的一切。你也答應過朕，可以包容朕的一切。」沁心的怒氣，清晰可見。眼睛最深處，是透不盡的淒冷蕭索。

他的話猶如在冬日裡自我頭頂澆下一盆冷水，原本冰寒的身子因這盆水越發冷硬，那份寒氣將我整個人凍僵，麻木地站在原地，用近乎絕望的聲音問：「您認爲卿嬪的孩子是我謀害的？」

他不說話，靜靜坐在那兒，動也不動地看我，眼底那昭昭冷意已經回答了我的問題。

我終於明白夜鳶口中的包容指的是什麼，原來是這件事。

「大王認定是臣妾害了您的孩子，那麼，證據呢？」

「那個孩子朕可以不在乎，你所做的，朕也能睜一眼閉一眼包容。所以這次的事，你莫再追究下去。」他的聲音突然軟了下來。

「證據呢？」我雙拳緊握，依舊不讓步。沒有做過的事，我不會認，更不會平白無故地遭人冤枉。

夜鳶的目光倏然變冷，「該死的都已死，你問朕要證據？」

我的臉色逐漸蒼白，張了張口，解釋的話幾次到嘴邊皆硬生生吞了回去，只道：「不是我。」

「那還能有誰？」他毫不猶豫地截斷我的話，我一僵，他也是一僵。

恍惚間，我又憶起那日紫衣說：「原來娘娘您做的一切都是爲了大王……太后不能理解，大王在定然能理解的。」

而我，則信誓旦旦地對她說：「他定會理解的。」

原來是我太過自信，是我對我們之間的感情太過深信。

「原來，轅慕雪在您眼中是這樣一個人。」

他瞅著我，眼底微微動情，隨即卻又冷硬如鐵，「卿嬪小產之事蹊蹺，那個碧清說的話也極爲古怪，而你卻以每人杖責八十草草了結此事。母妃要徹查此事，你卻以摘下鳳冠威脅，你在怕什麼呢？」

我又怎會不知這樣做會惹來後宮多大的非議，可是我不怕，嘴在她們身上，我阻止不了她們說。只要夜鳶相信我，我即便承受再多的流言蜚語又如何？

可這件鬧得滿城風雨的事，你卻是置若罔聞，不聞不問。

我以爲，你是理解我的，因而便未多加解釋。原來你只是掩去心中的懷疑，用你所謂的包容之心去隱忍。

看著我的沉默，他卻誤認爲是我的默認。於是便起身，繞過龍案走至我身邊，輕輕吐納一口氣，低聲說：

「朕不計較，朕依舊可以包容你，也望你包容朕的母后。你不是承諾過，會包容朕的一切嗎？」

緊握成拳的手終於在他說這句話之後徹底鬆開，不可置信地盯著眼前這個男人，腦中卻飛速閃過無數靈光。記得那日我與華大妃撕破臉，夜鳶便去了聖華宮，還與華大妃有了口角。再到雪鳶宮，他便用冰冷哀傷的目光看著我，後來……還要我包容他的一切。

「從那個時候你就已經知道，我的孩子是你母妃所害！」不是疑問，而是肯定。

聲音脫口而出那一刻，竟是如此尖銳，響徹了御書房。

伴隨著外頭雨意深深，茜紗宮燈映在明黃錦簾之上。龍涎香，隱隱暗香浮動。

御書房的門猛然被人推開，守在門外的侍衛急急闖了進來，跪地垂首道：「大王，楚將軍求見。」

神情冷漠的夜鳶忽而一笑，可眼中卻全無笑意，唯剩下那冰冷的疏離。

「正好，今夜朕要與王后、楚將軍好好談談。傳楚寰！」他龍袍一揮，驀然轉身背對於我，似有決絕之意。

明黃色的身影如此陌生，陌生得令我害怕，彷彿……他要做出什麼決定。

莫非，他真的不信任我？

他對我的愛，僅僅因那幾句風言風語而消散？

我無力地後退幾步，卻見那名侍衛起身，像是要出去召楚寰進來，可他卻探手摸向腰間。

正在納悶他的舉動，卻見一道鋒利銀芒閃過，那是一把又細又長的劍。那劍如鬼魅般悄無聲息地逼向背對著我的夜鳶。千思萬緒瞬間閃過，也由不得我多加思索，合身便撲上前去，將夜鳶一把推開。劍氣如虹，凌厲地逼向我的心臟。

我仰首，寒氣掃過，與持劍人眼神相撞。那人眼底詫異，竟立刻想收回劍勢，無奈長劍出鞘必取性命。他幾乎是費盡全力，將劍用力一偏，避過了我的心臟，只狠狠插進肩頭。長劍入肩那一刻，我也認出了這名刺客——竟是夜翎。

身子突然一輕，夜鳶將我攬入懷中，眼底有震驚，還有不可思議。

何只他不可思議，就連我自己都不敢相信，我竟會在生死一線間推開夜鳶。原來，愛上一個人竟會連自己都迷失了。

剎那間，我想起五年前，大哥何嘗不是將我緊緊攬在懷中，獨自承受萬箭穿心，才保住了我的性命。

這些年來，我一直對大哥留我一人獨存於世耿耿於懷，今日發生這一幕我的許多疑問也就釋懷了——當一個人將另一個人當作自己的生命在愛，那一刻，便能棄自己的生命於不顧。

可此舉過後，我竟覺得自己如此可笑，爲一個男人犧牲自己的性命，這著實……太可笑了。

夜翎又是一劍，直刺夜鳶，身形如鬼魅。急亂間，夜鳶爲了護我，摟著我急退。凌厲的殺氣充斥包圍著我與夜鳶，夜翎的眼神翻滾著仇恨，似要與夜鳶同歸於盡。耳邊掠過森冷寒氣，肩上的疼痛已讓我整個人癱軟在他身上，似乎成了他的包袱，一邊躲避夜翎的劍還要保護我。

其實，他可以將我推開。

其實，他知道夜翎不會傷我。

外邊的侍衛聞聲衝了進來，可拔刀的瞬間不是砍向夜翎，而是夜鳶。

御書房外的侍衛何時竟全變成了夜翎的人，卻無一人發覺？

猛然想起數日前於天芳園見到了一隊侍衛……當時我便覺得哪兒不對勁，卻因追索小產之事而忽略了。

可是夜翎，你爲何要回來？

王宮被破那日，我之所以放你一條生路，爲的不是讓你回來行刺夜鳶，而是讓你走得越遠越好。爲了仇恨，你卻再次進宮……你眞的以爲憑你，憑你身邊那幾名餘孽就能殺了夜鳶嗎？

楚寰不知何時已飛身進來，長劍出鞘，寒光掠影，鋒芒畢露。瞬間，三名刺客已死在他那快如疾風的劍勢下，鮮紅的血沿著刀鋒一滴滴滾落。

殿外雨聲依舊，閃電破空，雷鳴陣陣。大殿頃刻間安靜了下來，楚寰執劍擋在我與夜鳶面前，近二十名刺客將我們團團圍住，殺氣迫人。

楚寰懾人的目光將滿殿一掃，竟是淒冷無比。

我倚靠在夜鳶懷中，面色早已無一絲溫度。

夜鳶帶著憐惜又複雜的目光看我，手在我臉頰上撫了撫，指尖甚是冰涼。收回手，他若有所思地瞧了一眼楚寰，忽聽見夜鳶一聲輕嘆，眼底一閃而過的情緒讓我看不透，也不敢懂。

「夜翎，你果然沒死。」夜鳶此話一出，用的不是「竟然」而是「果然」。

此刻的夜鳶，心思平靜得讓我感到很不眞實，面對這麼多刺客竟是如此平靜，彷彿早就已經預料到今夜衝他而來的行刺。

夜翎袖手一揚，將臉上那隱藏了大半張臉的鬍子撕下，現出依舊狂妄與不可一世的神情姿態。

「既然未央放了你，又何苦回來自尋死路？」夜鳶面色陰鬱，隱有殺氣。

「父王、母后都是被你害死的，夜翎豈會苟且偷生？」夜翎始終緊握長劍，深知此刻情勢不容再拖延，便向眾人使了個眼色。所有刺客齊舉刀砍向我們，楚寰冷笑中含藏著不屑，絲毫不將他們放在眼裡。

也正因這份輕蔑的笑意，眾刺客群情暴怒，衝上前欲與楚寰刀劍相擊。

電光石火間，密密麻麻的大內侍衛亦自御書房外湧入，似乎早有準備，並不像是匆匆趕來。

那一瞬間，我彷彿明白了什麼。

不出片刻，大內侍衛已將滿殿的刺客擒住，押跪在夜鳶面前。而楚寰的劍則架在夜翎頸項之上，那一刻夜翎便已經輸了，又輸了一次。

想必夜鳶早已知曉夜翎未死，也對夜翎祕密進宮行刺之事瞭若指掌，他根本就成足在胸。而我，這個傻瓜竟去為他擋劍，多此一舉，眞是多此一舉。

夜鳶看著我肩上的血一絲絲溢出，當即道：「傳御醫！」

「不用傳了。」柔和卻不失威嚴的聲音在這場驚心動魄的刺殺後傳來，雍容華貴的華大妃身著瑰紅色鳳袍徐徐步入，鳳冠垂下的珍珠流蘇一步一晃動，更襯得她嫵媚動人。

范上卿等重臣緊隨華大妃身側，她對我已再無恭謙，「元謹王后，夜翎是你放走的？」

「是。」事到如今，何苦再瞞，這一切夜鳶早已知曉。

「不是。」就在我回答的同時，夜翎竟矢口否認了。

「這倒奇怪，一人說是，一人便說不是？」華大妃冷笑地掃過我與夜翎，又恍然想起什麼似的，「哀家倒是忘了，王后你與夜翎本就是一對，後來卻被鳶兒搶了個先，如今相互庇護倒也是情有可原。鳶兒你瞧瞧你的王后，成何體統。」滿口的諷刺，似在刻意挑撥我與夜鳶之間。

可是華大妃，如今已不必再挑撥了，我與夜鳶的距離已經拉得很遠很遠了。

范上卿滿臉得意，趨前一步，自袖中取出一份明黃色的奏摺，跪於夜鳶面前奏道：「元謹王后冊立兩年有餘，朝臣列下八大罪請求廢后。」說罷，便打開奏摺，當著眾人的面朗朗念著：「八大罪狀：之一，擅寵宮闈。之二，迷惑君王。之三，把持六宮。之四，謀害宮嬪。之五，驕橫跋扈。之六，濫殺無辜。之七，惑亂朝綱。之八，勾結黨羽。」

每聽一句，我便由夜鳶的懷中抽離一分，直至范上卿念完，我含笑看著楚寰。楚寰也回望著我，眼中隱有悲痛，更多猶是釋然。他早就預料到今日的情景嗎？

「這會兒還要加上第九條，欺君之罪。」華大妃冷笑著將目光投向夜翎，原來我的一念之仁也成了一罪，這個欺君之罪足以令我掉腦袋。

而夜鳶，自始至終都沒說一句話，原來他不信我，他不信我。

「未央！你兩次讓哀家摘了你的鳳冠，哀家念及舊情，故而手下留情。今日你犯了欺君之罪，這頂鳳冠已經不屬於你了！」她淡笑，抬手，欲取下我的鳳冠。

「母妃！」終於，夜鳶開口了，他冷冷盯著華大妃，濃烈的怒氣與警告之意讓她的手僵在半空中。肩上的血早已將我左臂染透，雪白鑲金絲貢錦紗袖成了怵目驚心的紅色，紅得耀眼，紅得嬌豔。

「念及舊情，手下留情？」我猶自輕笑，狠狠盯著眼前的華大妃，「堂堂大妃，竟買通李御醫、張御醫、陳御醫聯合起來謀害龍種，可笑，可悲。」

華大妃臉上頓時失了血色，卻即刻恢復，「元謹王后你倒是能演戲，哀家何故要害你的孩子？那也是哀家的孫兒。」

她這句話引來我更大的笑意，「是啊，母妃也知道那是您的孫兒？」笑著笑著，我側首看著佇立原地深深凝望我的夜鳶，「孩子的枉死，全因我站得太高、太惹眼。你們哪裡能容我生下龍種？原來，自始至終都是轅慕雪在威脅你的皇權。原來，我們的愛情竟如此不堪一擊。」

我一步步後退，鮮血一滴滴沿著我的手臂滑入指尖，最後滴在熠熠閃光的地面。每後退一步，夜鳶便離我遠一分，而我眼眶中的淚早已瀰漫了眼眸，再也看不清那個讓我一度敞開心扉去愛的男人。

兩側侍衛皆因我無止盡地後退而紛紛讓道，御書房所有人皆將目光投向我，有悲憫的、鄙夷的、淡漠的、諷刺的、嘲諷的……

從小就知道，當皇后就等於當棄婦。

可自從做了夜鳶的王后，得到他的專寵，我才知道，原來做皇后不一定都是棄婦，至少我不是。

可今日，我仍舊難逃阿嬌、子夫的命運，終於還是被他拋棄了。

「一直堅信著心有靈犀一點通，以爲我做的一切，你都會瞭解，原來，你一點兒也不瞭解。你不信我，你不信我！」淚水溢滿眼眶終是滾落，我一揚手，將頭頂的鳳冠摘下，狠狠摔在地上。

珠翠、朝珠、寶石，一顆顆滾落在地，刺耳的跳動聲來回縈繞大殿。

我一再後退竟撞進了紫衣的懷中，一個踉蹌險些摔倒，幸得紫衣緊緊扶住了我。

她的眼中也閃著淚，猛然跪了下來，重重朝夜鳶磕了一個頭，哽咽道：「大王您是在懷疑娘娘對您有異心……娘娘怎麼會……大王您怎麼可以……」

「賤丫頭，這裡豈有你說話的分！」范上卿上前就是一腳，狠狠踹在紫衣的心窩。

紫衣倏然摔倒在地，一口血便吐了出來，我心驚，想去扶她。卻見她堅強地爬了起來，嘴角隱隱帶著血跡，淚水倔強地不肯掉落，目光十足堅定。

這是我所認識的紫衣嗎？她是何時從那個膽小怕事的紫衣變得如此堅強？莫非是在我身邊待久了，也就變得堅強了？原來我的狠辣也會改變人呢，眞是害人不淺……難怪，就連夜鳶都在懷疑我和楚寰對他的江山意圖不軌呢。

紫衣重新跪好，仰頭凝望著夜鳶，娓娓說道：「今日就算是死，有些話奴婢還是不得不說。四年前，奴婢奉娘娘之命給您飛鴿傳書——『宮娥陷害，王妃小產。』奴婢原本一直不知娘娘爲何要給您寫這八個字，難道她不怕殿下會因悲慟而喪失鬥志嗎？直到聽聞大王子您橫闖位處西山的副將軍營，力斬數百人，親取副將首級，才知娘娘的用意是爲了激發您的鬥志，若要說娘娘神機妙算，不如說她懂你。沒錯，娘娘的孩子並非宮娥謀害，而是娘娘她用一碗藏紅花將自己的孩子硬生生殺死在腹中。」

突然，整座大殿靜謐無聲，彷彿能聽見彼此的呼吸聲。

外邊的風雨伴隨著閃電雷鳴落下，陣陣冷風襲來，捲起眾人的衣角，拂亂了髮絲。

「興許有人會說娘娘狠毒，竟連自己的孩子都殺，可大王，您知道娘娘做的這一切都是爲了您麼？爲了您，她獨自承受弒子、喪子之痛，爲了您，還甘願被廢入冷宮，整整一年。您可知娘娘在冷宮中過著什麼樣的日子？多少次連奴婢都看不下去了，可娘娘的表情仍是那樣淡淡的、冷冷的，彷彿這一切都是她心甘情願承受。而她做的一切爲了什麼？是爲了您的霸業，爲了您的江山！一個女人做到這般地步，換來的竟是您的懷疑。」紫衣說完這些，淚水早已淌了滿臉，那聲聲歇斯底里不斷迴蕩在整個御書房。

我則靜靜地聽紫衣細數著我的好，不禁冷笑。我有紫衣說的那麼好嗎？我眞的爲夜鳶做了那麼多嗎？怎麼……我自己都不知道呢。

夜鳶的目光卻早已動容，還有那掩藏不住的哀傷與震驚。

「還有，大王您專寵娘娘，您縱容地給了她至高無上的尊榮，而她也甘願背負天下人口中的『妒后』之名。可您給了她權力之後，卻要懷疑她？是奸臣挑唆，還是百姓的悠悠之口？」紫衣一語方罷，范上卿大怒，立刻吼道：「來人，將這個賤婢拖出去掌嘴！」

「范上卿，給朕退下。」他一聲怒斥。

范上卿一驚，隨即卑抑地後退。

沉默許久的華大妃終於斂去一臉怔忡，望了望我，再望望夜翎，最後才說：「大王，元謹王后身爲一國之母竟將這個謀逆的夜翎放走，且騙稱他已葬身火海。欺君之罪，當斬。」

「母妃，莫逼兒臣。」夜鳶指節蒼白，目光已如冰雪，透出了寒意。

「鳶兒，你還未清醒嗎？要一直受這個妖女蠱惑下去嗎？她會毀了你的江山！」華大妃激動地喝道。

「就是這個妖女，在朕命懸一線之時為朕擋下一劍。」他的手指著我，一字一句地說。

「這一劍你就心軟了？這丫頭鐵定是與夜翎作戲騙你的，否則怎會只傷到肩而已。」

突然，滿殿重臣與侍衛皆跪地齊聲道：「請求大王，誅殺妖后。」

「你們都反了？」夜鳶的目光殺氣漸起，「誰敢再說一句，朕便殺了誰！」

華大妃竟也跪了下來，「哀家請求大王，誅殺妖后。」

夜鳶連連後退幾步，不受她的禮，又是一句：「母妃，莫逼兒臣！」

楚寰便在此時一個箭步衝上前，攬著我的腰飛身掠出了御書房。所有人一驚，忙起身，追了出去。

我們倆一齊隱入傾盆大雨之中，沁涼的雨水侵蝕著我們二人，我肩上那不斷湧出的鮮血凝聚著雨水被沖下，隨即滑逝。而我竟看到於黑夜漫漫大雨之中隱藏著一支軍隊，領軍者是夜鳶的親弟弟，四王子夜景。竟早就埋伏好了麼，夜鳶你真的要對付我與楚寰？

可是，我一介女流要你的江山何用？

失望地看著立於面前不遠的夜鳶，突然間，我所做的一切似乎都失卻了意義。

「太后與大王忌憚的不就是楚寰的兵力嗎？何苦對付一個位居宮闈深處不問朝政的女人。楚寰可以放棄手中的一切權力任您處置，只求大王您放未央一條生路。」楚寰的手緊摟著我的腰，支撐著我逐漸虛弱的身子，另一手仍持著長劍，戒備地掃向四周，生怕有人偷襲。

「朕，沒有說過要你們的命。今日的一切，朕不知情。」夜鳶不顧自己九五之尊的身分，邁步走入雨中，朝我們而來。

「可是你不信我！」我像是在對他說，又彷若在對自己說，「這個世上，畢竟只有一個轅羲九。」

「慕雪！」夜鳶的目光中閃露一抹慌張，原來，他也會怕。

楚寰探手將懷中的兵符取出，朝夜鳶丟去，「微臣今夜來，本是爲了向大王辭官，未曾想到竟會目睹如此殘忍的一幕。」

夜鳶並未伸手接過兵符，只任那十萬兵權的兵符掉落腳邊，而他的步伐也停在那兒，不再前進。

「放我們離開，從此以後我們絕不會再踏入北國一步。」楚寰與面前的夜鳶相互對峙，二人之間隱約有一觸即發的火苗。

「大王，要斬草除根，萬萬不能放他們走！」夜景佇立在雨中，堅定地規勸著。

夜鳶冷凜的視線驀然轉向我，我卻側首迴避，不願再說些什麼。

累了，在後宮兩年以來，能支撐我繼續爭鬥的力量唯有夜鳶。突然間，他對我始終難釋的懷疑與不信任，讓我感到格外疲倦。

我終於明白，爲何後宮這麼多女人喜歡明爭暗鬥，原來一心只爲她們心中的那份愛。而我亦是個平凡的女子，爲了愛，我也甘願沉淪在後宮中不斷爭鬥。

如今，支撐我堅持下去的那個人突然先放棄了，那我又何苦再堅持下去呢？

「好，朕放你們走。」夜鳶突然而來的一句話讓我一仰頭，對上他那雙冷淡的目光，裡面很涼很淡，看不出任何情緒。

終於還是如此決絕嗎？

「鳶兒！」

「大王！」

「王兄！」

眾人紛紛驚道，還想說些勸諫之言。卻被夜鳶猛然打斷，「朕說了，放他們走。誰敢逆朕，殺無赦！」

楚寰一路以輕功帶我奔離那座王宮，在大雨中我看著夜鳶離我越來越遠，直至消失不見。

夜鳶放了我們，放我們遠去。

突然間我才明白，他，已棄我。

擔憂了五年，這一刻終於還是發生了，他將我這顆棋子踢開了。

如今他坐擁江山，我轅慕雪的存在已然威脅到他的皇權，今夜的一切都是早早便算計好的——他要廢后，要拋棄我。

肩上的傷早已麻木，唯獨剩下的是可笑。

轅慕雪選了一個最強的人作復仇工具，卻也被這強者踢開了。我算盡了一切，卻從沒算到自己會愛上這個強者。

興許一對相愛的人，誰愛得多一些，那一方就必定是弱者。轅慕雪一直以爲愛得多的那一方是夜鳶，卻在今日才發覺，原來愛得多的那一方是我。

風驚暮，驟雨依舊嘯蒼天，檐花落，馳電驚雷浪滾翻。

楚寰一路上未停歇半分，帶著我飛奔至渡口，可舉目望去竟是蒼茫一片，無一船家。

岸邊風浪翻滾，我已然失去神采氣力，怔怔地凝望著湮茫江面，剎那間天昏地暗。若非楚寰的手臂緊緊支著我，下一刻我當癱軟無力地栽進這江面。

楚寰圈著我腰際的手突然變得無力，竟連連後退兩步，少了原先的支撐，我也跟著步步倒退，最後竟與他一同跌坐在地。

迷茫間，楚寰的面色變得極為蒼白，痛苦的表情瀰漫了整張臉。

他，怎麼了？

他捂著小腹，想要支起身子，可掙扎數次竟無力起身。臉上那因疼痛而扭曲的臉被大雨覆蓋著，卻始終緊咬著牙不肯呼痛。

這副情景，似曾相識。

那個夜裡，嗜血蠱蟲也是如此摧殘著我的身心，那痛楚幾次均讓我無力支撐，想要對莫攸然投降。

可是，先投降的人是楚寰，為了我而投降。

「你眞傻！」我沙啞著嗓音，顫抖地伸出手撫上他那張痛苦的臉，眼眶又酸又澀。

即使疼成這樣，楚寰的眼底依舊那樣冷漠，無一絲溫度。

可誰又能知道，這樣一顆心硬如鐵、背負著國仇家恨的男子，竟為了我背叛與莫攸然的師徒之情，為了我承受長達兩年的嗜血蠱蟲之痛，為了我將兵權交還夜鳶帶我離開。

漸漸地，我的意識迷濛遠去，再也看不清眼前這個人，終於無力地暈倒在冰涼雨水之中。

轅慕雪，該好好休息了。

第五章　雙棲影・歸南國

山高水深，浮雲慘淡，晴光容暮。

船頭逆水而行，潺潺水流透著甲板的濕意，柳絮蕩漾在水波粼粼的江面上，長波浩瀚。

我抱膝坐在一艘鎏金溢彩的船頭之上，沁涼的風將我散落於肩未曾梳理的髮絲吹起，幾縷擋住眼眸，迷濛了我的視線。

「姐姐，你們是遭人追殺嗎？竟落得如此狼狽。我看你肩上的傷似乎很重呢，幸好包紮及時，否則你的左手就得廢了。還有那位公子，他的臉色蒼白得嚇人呢，像是受了相當重的傷，可他身上卻一點傷痕都沒有……」幾尺之外，一名妙齡少女倚靠在欄杆之上用清脆的聲音在我耳邊絮絮叨叨。

一身素青羅裳迎風飛舞，襯得她身姿曼妙纖細，柔媚雙眸透露著令人難以忽視之靈氣。

她一直都在笑，那笑很甜，並不假。

記得兩日前醒來時，我第一眼見到的就是這名女子，聽她的母親喚她爲卿萍。是她救了我與楚寰。他們的膽子還真大，我倆如此狼狽，竟敢搭救我們，不怕惹禍上身嗎？

這兩日我大概明白了她們的來歷，這是個舞班，約莫由二十人組成，經常周遊南北兩國，於大客棧、酒樓登臺演出。似乎還頗有些名氣，每日都有帖子邀請他們登臺。

舞班的主舞女伶便是我身邊的卿萍，而她的母親卿蘭是這個舞班的班主。

卿蘭對我和楚寰一直未給過好臉色，反而頗爲戒備，畢竟我倆來路不明，怕會受我們牽累吧。倒是卿萍，她爲了將我們留下還與她母親有番口角爭執。

卿萍既留下了我與楚寰，我便也安心地待下，因爲……我們眞的沒有去處了。況且我肩上的傷勢未癒，既有個地方能安身養傷，何樂不爲呢？

「姐姐，自我將你救起，還沒聽你說過一句話呢？那位公子是你的什麼人，他對你好像很關心呢，可爲何這兩日也沒見你們倆交談過？」卿萍的問題多得數不清，可我卻不覺得煩，因爲她是個心思很乾淨、很純潔的女孩，她臉上那份天眞我已好久不曾看過了。

她的笑容讓我感到十分舒心，不像王宮中的妃嬪與宮娥總帶著一張虛僞面具對我阿諛奉承，背地裡卻罵我不下千百次，更恨不得我死。

「卿萍，你又在偷懶了！」卿蘭站在船尾，扯著嗓子對著卿萍斥道：「過幾天咱們就該到南國了，到時可有得忙了。你的驚鴻舞還不快些多練習幾遍，到時若是砸了老娘的場子，你就甭跳了！」

「娘在叫我了，姐姐，下次我再找你聊天。」她朝我甜甜一笑，便提起裙裾小步朝後跑去。

感覺到腳步聲越來越遠，最後趨於平靜。

四周突然靜謐下來，唯剩節奏起伏的水波盪漾聲，我不禁垂首望向江面漣漪陣陣，只見影子屢屢被打碎，已看不清自己的容顏。

就這樣靜坐著，怔征看著無數漣漪，好似想了許多事，卻又什麼都沒想。

突然，一個人在我身邊坐了下來，能這樣無聲無息形同鬼魅而至的人，除了楚寰不會有其他人。

我以爲他會對我說些什麼，可是沒有。他就這樣靜靜地伴我坐在此處，風也將他的髮絲捲起，幾縷打在我的臉頰上，有些疼痛。

「你對夜鳶，眞的有反意嗎？」我開口了，兩日來我說的第一句話。

「沒有。」他的聲音平淡無波，卻總讓我覺得很眞誠。

「那你與凌太師之間究竟是怎麼回事，總不可能空穴來風吧？」

「我與他一直保持著距離，可百姓們不知從何得來的消息，一夕之間天龍城裡流言鋪天蓋地風傳著。」

「如此說來，肯定是有人故意爲之，打算讓天龍城的百姓誤會，讓……夜鳶起疑。」我淡淡地笑著，「所以你那夜準備辭官，是爲了消除夜鳶對你的疑心，是嗎？」

「他對我是否有疑心不重要，重要的是對你是否有疑心。」楚寰蒼白的容顏閃過一抹嘲諷，「你不知，殺與不殺，只在大王一念之間。」

「所以，你認爲只要交出了兵權，讓他對你摒去戒心，他便不會再懷疑我有異心？」我側首，看向他的側臉，蒼白的臉龐在陽光照射下依舊冷淡如霜，無一絲溫度。

「我以爲我會在那座王宮待上一輩子，會永遠沉淪在後宮的權謀鬥爭中。可即便如此，我也心甘情願，因爲那兒有我牽掛的人，有我想要守護的東西。我眞傻，竟然絲毫沒有察覺到他對我的懷疑，還一心想讓凌家與范家的勢力抗衡，卻沒想到……」我猶自笑了笑，沒再繼續往下說，而我身旁一直遙望江面的另一副慘淡目光也收回，側首對上了我的眼睛。

他說：「局中人不自清罷了。我一直未跟你說明白，只怕……你傷心。」

目光一轉，避開了他的視線，我沉聲問：「兩年了，很疼吧？」

感覺到他的身子剎那間微微一僵，慢慢才鬆弛下來，道：「我若不這樣做，你永遠不會服下那顆解藥。」

「你就那麼肯定我會懷疑嗎？萬一當時我將那顆假解藥吞下，你所演的戲不就被拆穿了？」

他勾起嘴角淡笑道：「我們相識已經十二年了。」

十二年，我與他竟已認識十二年了。
多麼漫長的一段歲月，可由他口中說出竟是如此平淡，一語便帶過。心緒為之動容，握起他那垂放在身側的手，我笑著說：「突然好懷念在若然居的歲月。雖然平淡，卻與世無爭。」
他的手一顫，卻沒有掙脫，任我握著。
「我們去找莫攸然，讓他解了你身上的嗜血蠱蟲……等我們殺了璧天裔，若幸運能活下來，便回若然居去好嗎？我們回到十二年前那般無憂無慮的生活。」隨著我的聲音起伏，他的手心也微微用力，回握著我的手。那樣緊，還帶著一絲輕顫。
他的眸中依舊有寒光，但周圍卻有了暖意。
「好。」這是他應允我的。
夜至，我與楚寰一齊進入船艙內，卿萍立即蹦蹦跳跳地迎了上來，牽著我的手，將我邀至飯桌前。舉目望去，船艙內有三張飯桌，全擠滿了自顧自吃菜閒聊的舞班眾人。女子占多數，男子不出十名，畢竟舞班跳舞的都是女子，男子也只是幹些力氣活吧。
我與楚寰坐在在卿萍身邊，卿蘭對我們依舊不理不睬，不時丟幾個冷眼過來，我們只當沒看見。
「姐姐你終於肯和我們一塊兒吃飯了。」卿嬪笑著看我，又瞧了瞧楚寰，問：「他……是你丈夫嗎？」
「他是我哥哥，叫……少寰。」想及如今的我們不便說出真名暴露身分，便用了楚寰的真名，皇甫少寰。
「哥哥？」卿萍一聽，笑意竟越發加大，靈動的眼睛瞅了瞅楚寰，很快便收回。竟是一副女兒家的嬌羞之態，雙頰微微泛紅。

突然間，我彷彿明白了卿萍爲何一直要留下我們，原來……她想留的人是楚寰。

「你們是兄妹？看著卻是一點不像。」卿蘭明顯質疑著我的話。

我一笑，「班主好眼力，我與少寰並非血緣親生。只是我們自幼便相依爲命，親如兄妹。」

「那就是青梅竹馬了。」卿蘭若有若無地瞄向卿萍，我頓時明白卿蘭如此針對我們，是因早就看出女兒對楚寰懷有兒女情愫，故急著趕我們走。眞是可憐了做母親的用心良苦，換了任何人亦不會同意自己女兒喜歡上一個來歷不明的男子。

「班主言重了。我與少寰自幼便是孤兒，唯有相互倚靠才能走到此刻。我一直視他爲兄長。」我佯裝不懂她們母女的心思，狀似無意地撇清我和楚寰的關係，不讓她們誤會。

且不說我與楚寰之間本就不像她們心中所想，這個卿萍還有很大的利用價値，唯有靠著這卿家舞班我們才能安然抵達南國，再藉舞班的名氣引出莫攸然。

我想，此刻的莫攸然定然在南國，除了那兒，他無處可去。

卿萍緊緊握著筷子，似乎很滿意聽見我這番解釋，然後便轉移話題，「姐姐你叫什麼名字？」

驀然想起多年前在倚翠樓，四嬤嬤爲我取的名字，脫口道：「嫣然。」

「嫣然姐姐。」卿萍伸出筷子，夾了一隻大大的雞腿放進我的碗中，「等你們傷勢好了，要去哪兒呢？」

我望了望始終未發一語的楚寰，回道：「我們一直是浪跡天涯，居無定所。」

「那你們可以……」卿萍才想說些什麼，卿蘭立刻將她的話截斷，「我看倒像是被人追殺，傷好了就快些離開，我們卿家舞班可受不起你們的牽累。」

卿萍立刻嗔怒道：「娘，您說什麼呢！」

「也難怪班主會誤會。我大哥少寰向來喜歡打抱不平，愛管閒事，故而得罪了許多權貴。可是大哥他功夫好，任誰也拿他不下，便對我下毒手，想用我來威脅大哥。」我沒再繼續往下說，眼中閃著淚花，悠悠垂首。

「嫣然姐姐，你別聽我娘的。你們就安心留下吧，反正就是多兩雙碗筷而已，我們卿家舞班還養得起。」

卿萍探出手來撫著我的脊背，安慰著我。

「卿萍！」卿蘭有些惱怒。

「娘，你眞是冷血。」

「老娘眞是白養你了。」重重一拍桌案，氣憤地拂袖而去。

卿萍無視娘親含怒而去，反倒好奇地問：「方才聽說少寰……哥哥他爲人俠義、好打抱不平，那他的功夫定然很好了。」

我微笑頷首，暗暗踢了踢楚寰的腳，示意他別像個木頭似地坐著。

楚寰彷彿沒感覺到我的提醒，竟自個兒斟了杯酒，兀自飲盡。

卿萍一臉崇拜地看我，眼角卻偷偷瞥向楚寰，「卿萍自幼便很佩服那些行俠仗義的劍客，自己也很想學劍，可是娘不讓，每日都逼著我練舞。姐姐也知道，我們是靠舞吃飯的……」

「那正好呀，大哥反正閒得很，可以讓他教你練劍。他的劍很快……」我這邊正和卿萍聊得熟絡，卻沒發現楚寰那張淡漠的臉越發冷酷，酒飲了一杯又一杯，終是不發一語。

「哎，你們聽說沒？北國的元謹王后被廢，大將軍楚寰竟將她帶走了。」隔壁桌傳來一聲小小的議論，吸引了我與楚寰。表面雖不動聲色，卻側耳傾聽著。

「元謹王后不是大王最寵愛的女人嗎，因何被廢？」

「聽說是有人列了八條罪狀請求大王廢的。這元謹王后眞是享盡了世間的榮華，也是時候被廢了。百姓對她也有諸多怨言，稱之爲妒后，說她根本無王后之賢德。」

卿萍倒是蹙緊眉頭，極不贊同地說：「爲何得到帝王專寵的女人，就要被稱作妒后？」

「天眞啊，你說當年楊貴妃爲何會被逼得在馬嵬坡上吊？不正是得到皇帝的太多寵愛，擴張了外戚的勢力，鬧得民不聊生嗎？」那名男子說得義正詞嚴。

卿萍的臉色越發難看，不滿地說：「我是個女人，不懂政事。只知道，楊貴妃與唐玄宗的愛情深爲絕唱，而元謹王后與北帝的愛更是忠貞。」

另一名男子嗤鼻一笑，「女人的眼光都是如此短淺。」

卿萍突然扯過正黯然聽得出神的我，「嫣然姐姐，你說說看，爲何元謹王后得到了專寵就定是天下人眼中的妒后？難道帝王就不能一心一意地去愛，非得三宮六院才行？」

看著眼前爲元謹王后抱不平的她，此刻的我倒像個旁觀者，從百姓口中聽到這番言論，幡然悔悟，今日的一切都是我自己造成的。

明知專寵乃皇家大忌，我卻守著那份誓言背負了妒后之名，不知不覺中將自己推向權力的高峰。而有心者自然眼紅不滿，便揑造淩太師與楚寰交好的言論，來挑撥夜鳶對我、對楚寰的信任。

任何一個君王都會忌憚我與楚寰的，倘若楚寰與淩太師連成一線，那麼便會於朝廷連連打壓范上卿的勢力。屆時便是楚寰一人於朝中獨大，那時又將會是何光景呢？而我卻天眞地欲穩住淩太師的勢力不讓范上卿獨大，擔憂范上卿一人於朝中坐大，隻手遮天，影響皇權。卻萬萬沒想到，我這一舉動引起了夜鳶的疑心，以爲我有意拉攏淩太師……

「嫣然姐姐？」卿萍輕喊一聲，將失神的我喚了回來。

「在後宮，愛情與權勢是不能並存的。元謹王后聰明一世、糊塗一時，被廢是遲早之事。」我笑著言罷，端起面前一杯酒，仰頭飲盡。

火辣辣的酒自口中淌入喉間，燒得有些疼痛，可我突然喜歡上這樣的感覺。

「北帝對元謹王后的愛並不輸給這江山。」整晚沉默的楚寰終於開口，說了今夜的第一句話。

卿萍臉色一喜，忙問：「你怎麼知道？」

「北帝自是知道他的專寵已經威脅到自己的皇權，可他依然放縱自己寵著王后，空設了六宮。這份包容與寵愛，不是每個皇帝都能做到的。」

經過四日的水路，我們終於抵達了南國，卿萍很纏楚寰，楚寰卻總是對她不理不睬，她倒也不氣不惱，每日還是找他教她練劍。他們練劍之時，卿萍總會拉著我坐在一旁觀看楚寰教她，每回她都累得滿頭大汗，可卻總是在笑，倒似樂在其中。

坐在一旁的我總想著，卿萍怎麼就突然喜歡上了這個木頭般的楚寰呢，他們不過相識數日，連話都沒說上幾句呀。

一見鍾情？對楚寰這個木頭似的人？

此次卿家舞班得帖，要在雲川城最大的碧軒酒樓演出，此次原本選定的是飛天舞，可以卿萍的體力支持不住飛天舞的高潮——也就是那二十六轉。我見過卿蘭親身示範飛天舞，以一條雪白長綾為支柱，如鳳凰高飛輕盈翩舞，翱翔於天地間，這支舞最注重的是體態要輕盈，身子輕如鴻雁，丰神楚楚，秀骨姍姍。

一曲飛天舞讓舞班所有人為之驚嘆，就連我亦被此舞深深吸了進去。卿蘭的年紀近四十，可她跳此舞時卻將滿身滄桑盡斂，顯出脫俗高貴，一夕間似年輕了十歲。一身翩翩白衣自天而降之時會讓人有種錯覺，以為那是天仙下凡，令人驚嘆。

聽說卿萍學習飛天舞已經三年，可總找不到那股飄逸輕盈的感覺，至今依然未有突破。卿蘭也是一副恨鐵不成鋼的模樣，氣惱無人繼承衣缽。

卿萍倒是不急於求成，因爲她拿手的是驚鴻舞。驚鴻舞注重「鳳凰來儀，百獸率舞」的感覺，卿萍掌握得很好。可我仍然覺得，驚鴻舞雖然柔美，卻始終沒有飛天舞來得驚豔，難怪卿蘭一直逼著女兒學飛天舞。

才剛於碧軒酒樓落腳，卿萍便拉著我的手往外跑，楚寰竟也提著劍追了過來。

外頭人聲鼎沸，熱鬧街道上來來往往的人群皆是滿臉笑意，卿萍就像個孩子般蹦蹦跳跳穿梭人群中，左看看右看看，好不開心。

我與楚寰緩步跟隨在後，感受著此刻的熱鬧氛圍。不自覺揉了揉左肩，傷勢似乎好了許多，再休養個幾日應該就能復原了。

「還痛嗎？」楚寰在我身側，不時伸手爲我擋去來來回回衝撞的人，生怕他們會撞到我。

我搖搖頭，「其實你用不著整日小心翼翼地跟在我背後，五年了，還有誰認得我。」又走了幾步，望著不遠處那天眞蹦跳的卿萍，笑著說：「你覺得卿萍怎麼樣？」

「純。」思索片刻，他才吐出一個字。

「是呀，很純眞的孩子。她很喜歡你呢。」我曖昧地看了看楚寰，他卻面無表情地一逕沉默，也不知究竟在想些什麼。

突然，他開口問：「你打算一直待在卿家舞班嗎？」

「卿家舞班名氣大，很多酒家都會邀他們演出，我們正好可藉著他們的名氣，引莫攸然出來。」

「跟著他們便能引莫攸然出來？」

「我要學飛天舞。」

楚寰步伐一頓，我的腳步卻不停，目光深而遙遠，「飛天舞那二十六轉對不懂輕功的卿萍來說很難，可對我來說，只要學上一年半載，或者更快……只要我能登臺，莫攸然必定會出現。元謹王后與楚將軍逃離北國之事想必天下已有耳聞，莫攸然……會來找我們的。」

他大步追了上來，後隨著我緩慢的步伐而行，「你登臺露面很危險，北國的某些人不會如此輕易放過你的。還有……壁天裔的玄甲衛。」

我一側首，對上他雙眸那幽深瑰麗的黑寶石，清冷中凝著擔憂。

「可如何是好呢？莫攸然晚來一日，你就要多受一次蟲蟲之苦。」

「何時你竟變得如此仁慈？」

「只是不想欠你。」

他的目光閃爍著隱隱的冷意與傷痛，我刻意忽略，撇過頭望向小攤上成排的泥塑人偶。我蹲下身子望著那一排花花綠綠的童男童女，笑著抽出一只手持長劍、一身黑衣、面容帶著幾分森冷的人偶，仰頭朝楚寰笑著，「你瞧，這像不像你？」

他朝我手中的人偶望去，嘴角有了一絲笑意，自腰間取出幾文錢遞給攤主，爲我買下。

我起身，正好看見卿萍一臉疑惑地朝我們走來，我立刻將手中的人偶塞到楚寰手中，低聲道：「把這個送給她吧。」

他眉頭微蹙，冷睇了我一眼，卿萍已經來到我們身邊，望望我，再望望楚寰，最後又看了看楚寰手中的人偶。

「給你。」楚寰突然將手中的人偶遞至她面前，她有些受寵若驚地望著楚寰，良久都沒動手接過。

我笑著撫了撫她白皙的臉頰，「你瞧這人偶像不像大哥？他可是特地買來送你的。」

卿萍這才眨著靈動的眼睛回過神，小心翼翼地接過，羞澀地說：「謝謝少寰哥哥。」

看這丫頭爲之蕩漾的神情，我突然覺得自己是否做得太過，利用她對楚寰的情意來達到自己的目的。若有一日，她知曉我們自始至終都拿她作利用工具，是否仍會如同此刻甜甜地喊我嫣然姐姐？

那夜，待眞正看過卿萍一身血紅鳳凰爭鳴繪紗衣裙，像隻翩然的鳳凰於酒樓高臺之上起舞時，我才發覺這驚鴻舞竟如此光彩奪目，贏得滿堂喝采，久久不能停歇。而今日酒樓的滿座更見證了卿家舞班在南北兩國之間的名氣不容小覷。

卿萍這一舞足可稱之爲完美，可做母親的卿蘭，目光中卻無一絲笑意。

我閃避著熱鬧人潮朝正於角落中觀看女兒的卿蘭走去，她目光微動，疑惑地看著我的突然湊近。

「卿萍的舞跳得不好麼，爲何你如此不滿意？」看著她臉上的疏離神情，我倒是不在意，仍舊問她。

「卿家舞班的事就不用你多管。」她一聲輕哼，不打算搭理我，欲越過我走開。我卻伸手一攔，「班主，無論你費多大氣力，卿萍永遠不可能跳出你想要的飛天舞。」

她眼中顯露寒光，鋒芒直射於我，危險的氣息在四周蔓延。我佯裝不見，便說：「班主你也不想自己的衣缽無人繼承吧？」

「你究竟想說什麼！」卿蘭近乎咬牙切齒地瞪著我，胸口間的起伏印證了她此時的怒氣。

「嫣然望能拜班主爲師，學習飛天舞。」

她上下審視了我一番，嗤鼻而笑，「憑你嗎？我教卿萍學了三年都學不出神韻，你這個從未跳過舞的人想學飛天舞？」

「比起根基，嫣然自是比不上卿萍，但是我會輕功，飛天舞中最困難的二十六轉對我來說不算什麼。」

「即便你能轉出二十六轉那又如何？神韻？氣質？優美？你能做到？」

「嫣然能吃苦，可以學。況且跳舞最講究的並非入門時間長短，而是天賦，不是嗎？」仰頭，我迎向她那審視的目光，我有自信自己能做到。

「那麼你認爲自己有天賦？」她的嘴角散著笑意，看不出她心底的眞實想法。

「嫣然願意一試。三個月，嫣然能給你答案。」

瞧著我的堅持，她臉上那抹嘲諷笑意漸漸斂去，取而代之的是凝重和沉思。

良久，她問：「你我非親非故，我憑什麼教你？對我有什麼好處？」

「第一，你獨門的飛天舞如此便不會匿跡於世；第二，若我能練成飛天舞，你卿家舞班的名氣必定比現在還要大。」

「好一張利嘴。」她一笑，精明的眸子流轉片刻，才說：「好，那就三個月。能否學成，就看你的造化。」

之後的日子裡，卿蘭每夜都會在雲川城西郊小溪邊與我會面，並不讓任何人知曉我們之間的三個月期限。

整整五日卿蘭都讓我在小溪中奔走，不能濺起水花。她說，跳飛天舞首先要讓自己的身子變輕，卻不是所謂的輕功，而是下盤要紮實，上身卻要輕盈。輕而自然，方能跳出飄逸神韻。

可不用輕功我根本無法在溪水中輕盈奔走而不濺出水花，一連三日，我被卿蘭手中那條又細又長的枝條抽打了數次。好幾次我都想要放棄，可每每看見她以嘲諷語氣對我說：「這樣你也想學飛天舞，眞是不自量力！」我便強自撐了下來，告訴自己不能就此放棄。

我一定要學會飛天舞，我要登上那個舞臺。我很明白楚寰已經不能再等多久了，雖他內力深厚，於蠱蟲發作之時定能克制一些疼痛，可這樣的日子他能過多久呢？

如今的莫攸然定也在尋我們，要尋我們……報那背叛之仇。

而如今的卿萍每日都會纏著楚寰學習劍術，現下拿起劍來倒也是有模有樣了。我每日都會去舞班看眾人排練，注意她們的手腳動作，還有神情。

每天夜裡，卿蘭的手中依舊會出現那根枝條，可用來打我的時候卻越來越少，我於水中奔走之姿也越發輕盈自如。在溶溶月光的映照下，水波蕩漾，光芒隨波光粼粼反射在我們眼中，猶見她那雙眼眸依然嚴肅，只少了最初的鄙夷。

直至學了近兩個月的基本功後，終能將身子收放自如，卿蘭於是開始教我飛天舞。那天，她手中不再執枝條，而持兩根短小粗大的鼓棒，站在溪邊爲我敲打著節奏。

我赤足站於溪水中央，迎著密布星子的璀璨夜幕，開始了我的首次舞蹈。溪水緩緩沖刷著我的足，潺潺水聲襯著卿蘭雙手敲打的節奏傳入耳。

輕舉雙臂，我迎著上弦月的光輝，於溪水中緩緩旋轉，由最初的緩慢到加快步子，丹田提氣，腳尖輕踮，使力躍起。我以輕功和輕盈體態盤旋於溪水之上，風捲著我的髮，飄飄而起。衣裙飛揚漫舞，迎風四擺。

我在心中默數著：二十三，二十四，二十五，二十六。

結束。

收力，落回原地。

抬眸，竟在卿蘭的臉上看見了笑容，這兩個月來她頭一次對我笑。笑中有讚賞，有欣喜，更有對我的肯定。

我一直懸著的心也緩緩放下，露出會心一笑，朝她走去。

可才走幾步我便怔住了，就在卿蘭身側不遠處的草叢中我看見了一個人，她目光中隱隱閃著淚光。

「卿萍？」我輕聲一喚，卿蘭也側首順著我的目光望去，眸底閃過複雜。

卿萍的眼淚終是忍不住滑落，一句話也不說便逃離此處，卿蘭則怔怔站於原地未追過去。而我卻提起裙襬，未顧得上穿鞋便追了去。「卿萍、卿萍……」我的聲音迴響在這寂靜荒郊之外，夏日深夜涼風迎面拂來，帶著淡淡野草香氣，清香撲鼻。

卿萍終於停下步伐，臉頰留有明顯淚痕，眼睫沾著閃閃淚光。

她哽咽地對我說：「娘教我跳舞整整十年，從不曾對我露出那樣讚賞的笑容，她對我永遠是不滿意的。而剛才，她的笑竟是那樣慈愛。」

本有許多安慰與解釋之語，卻在她說出這句話後全部嚥了回去。只見卿萍自嘲地搖了搖頭，「卿萍不怪娘瞞著我祕密教你飛天舞，嫣然姐姐你很有跳舞的天賦，娘的飛天舞終於有人繼承了。」她扯出一個比哭還難看的笑容，握著我的手，「嫣然姐姐，一定要好好跳飛天舞。你的容貌生得如此之美，跳的舞又如此之好，將來定會以飛天舞豔驚四座的。」

心中突生愧疚，這樣一個單純無瑕的孩子，我竟只想著要利用她。而她卻一直將我當作好姐姐，凡事都替我著想，「多謝。」

「卿萍是你的妹妹呀，謝謝就不必說了。」她抬起袖子胡亂揩了揩臉上的淚，破涕而笑。

那一刻我突然慶幸自己離開了那座嗜血的王宮，那個牢籠裡一張張虛僞的面孔我早已看得厭煩。脫離了王宮，我才發現，原來這世上並不只有你爭我奪、爾虞我詐，萍水相逢的交情亦可淬出眞情。

原來這世上，還有很多很多美好的事物，只是一直身處權力陰謀漩渦中的我，未曾看見罷了。

第六章　飛天舞・譽滿城

卿家舞班在雲川城各大酒樓演了個遍，正好花了整整兩個月時間，其間我親眼見過楚寰身上的蟲蟲發作三次，每一回，都讓向來冰冷堅毅的他疼得像頭被人去了爪子的狼。

我怕了，怕楚寰真的會支撐不下去，等到血盡那一刻是否真如莫攸然所說……會轉而食其肉。

於是，在雲川城演出最後一夜，我主動請求卿蘭讓我登臺出演飛天舞。卿蘭思量許久，畢竟我學飛天舞僅兩個月，她擔心我會出錯。可拗不過我的再三請求，她終應允讓我登臺。

那一夜，我成功了。

當我以二十六轉飛旋於空中之時，滿場驚嘆連連，大聲叫好。

翌日，大街小巷都知道了卿家舞班的飛天舞豔驚四座。也正因傳得神乎其神，眾人皆想一睹飛天舞的丰采，可就在此時，我建議卿蘭至帝都城落腳。帝都位在天子腳下，王公貴冑皆居於帝都城內，更不乏喜歌舞笙樂的風雅之士，卿家舞班若前去發展，定可憑藉「驚鴻舞」與「飛天舞」站穩腳跟。

卿蘭暗忖片刻便欣然應允，我尋思，她很早便想去帝都發展，只擔憂僅憑驚鴻舞遠遠不能吸引帝都人挑剔的目光。可如今她的飛天舞後繼有人，想必信心又多了幾分。

而我……終於又要回到那個讓人近情情怯的地方。

莫攸然極可能待在帝都城伺機行事，還有，我們離璧天裔便又近了一步。

雲淡松陰，萬疊青山，孤雁嘶。
襟袂迎風，淺紅霧鎖，空絕愁。

卿蘭一路上告誡著我們，到了帝都務必小心行事，帝都城與雲川城畢竟不同，那裡可是天子腳下，城裡各大重臣權貴均是我們得罪不起的主子，稍不留神就會掉腦袋的。況且帝都城那些大老爺們個個見慣了好東西，是以這次帝都之行切要謹慎。

當我再次踏入這繁華昌盛的帝都城時，腦海中一幕幕記憶飛速閃過，而楚寰的神情亦越發凝重，眼神比往常更冰冷。

坐在馬車裡，揭開窗幔望車輪轆轆碾過寬敞的紫陌大道，看著來來往往的行人，恍然回到了多年前，大哥經常牽著我的手行走在這條大道上。他買過冰糖葫蘆給我，送過由他親手捏的泥塑人偶，帶著我到帝都最有名的卜筮人那兒相命。

後來，那卜筮人也說我是妖女，我哭了，大哥抱著我說：「在我心中，慕雪永遠是天底下最純潔可愛的孩子。」我明白大哥之所以帶我去相命，只是想替我卜個好卦好讓我開心，豈知竟也換來妖女一說。往後，他一見卜筮之人便帶我遠遠避開，不欲再讓我想及此景。

當年卜筮之語言猶在耳，又憶起數月前眾人口口聲聲稱我爲妖后，我果然將北國攪得人神共憤……記得曾有僧人說我會禍害南國，如今的我又要再一次興起禍害？我希望那僧人說的是眞的，若眞能禍害南國我此生也無憾了，即便會受千夫所指，即便後世史書將視我爲妲己妖孽……

我們於帝都城內一家稍有名氣的酒樓落腳，當夜卿萍的驚鴻舞精彩一如既往，極爲叫座，滿堂喝采。翌日，城中達官貴人、貴族子弟絡繹不絕地慕名前來，可其中少數幾個衣著光鮮之人似乎看不上驚鴻舞，於卿萍跳到一半之時便悻悻而去。

我暗忖，這聲名響遍雲川城的驚鴻舞居然入不了帝都城某些貴族公子眼皮，也難怪卿蘭對於前來帝都演出不夠自信，這些個貴冑看官眼界確實不俗。

卿蘭也將這些景況看在眼中，不急不慌地望了我一眼，說：「嫣然，明晚就要看你的了。」

凝著卿蘭眼中那份期許與信任，我重重地點點頭，笑道：「定然不讓班主失望。」

一個月後，卿家舞班名動帝都城，飛天舞嫣然、驚鴻舞卿萍，名號於名門貴冑之間傳了開來。更有人好奇這舞是否眞如傳言中那樣神乎，故紛紛前來一探虛實，夜夜滿堂爆滿。而帝都城第一樓「茗雅樓」更是邀迎卿家舞班前去登臺駐演三個月。

登臺之時，我總於面頰戴上一只白色蝴蝶面具，遮住大半張臉，舞畢即翩然謝場，不多停留。這張蝴蝶面具是楚寰要我戴上的，他生怕帝都城裡有人會認出我的身分，倘若向璧天裔稟報，怕是我又將陷入險境。

如此思量頗得其理，我絕不想還沒見上莫攸然一面便讓璧天裔給殺了，可我相信這張蝴蝶面具定瞞不過與我相處多年的莫攸然，尤其是我的眸子，他絕對能認出。

可我於帝都城跳了兩個月的飛天舞，卻始終未見莫攸然的蹤跡，反倒多次惹來城裡眾家紈袴子弟探詢，欲迎我過門做小妾，每回都由卿蘭出面婉拒。

轉眼時序已入秋，天候有些燥熱，空氣中揚漫著塵土的氣味。我昏軟地倚靠在輕紗羅帳榻上，絲絲黑髮如縷鋪灑於衾枕，後窗大敞，不時溜進幾抹清風，吹得我昏昏欲睡。

這些日子我異常疲憊，只要挨上床，無論白天黑夜都能睡沉。只因夜裡跳飛天舞所用之力非同一般，更得盡力避開那群想揭開我臉上面具的公子哥兒們。可我知道，越是不露臉，他們的好奇心就越重，越想看。道不準何時會鬧出亂子來，我可不想這麼快便暴露了身分。
可莫攸然為何遲遲不見蹤影呢？莫非他不在帝都？
不可能，他千方百計想謀奪夜鳶的王位，不就是為了與璧天裔一較高下嗎？如今他落拓失勢，必定重回南國另謀他法對付璧天裔。
興許是飛天舞的名氣還不夠響亮？又或者他真認不出戴了面具的我？
可我的飛天舞據說就是皇宮大內亦有耳聞，莫攸然斷然不可能沒聽過。而我的一雙妖瞳即是由他發現，若是再見到我，他必定能夠認出。
莫非是他對舞蹈的雅興不大，根本從未踏足茗雅樓？
腦海中一道又一道疑問飛閃而過，迎面襲來的清風帶來了我的瞌睡，漸漸地，我的眼睛慢慢闔上，進入了沉沉夢鄉。
馥郁之香隱隱飄來，屋內的寂靜無聲令我頗感異常，猛然驚醒，彈坐而起。屋子裡昏暗一片，原來夜幕已然降臨。
我拭了拭額頭上的冷汗，輕輕鬆了口氣，方才那股壓迫感幾乎讓我透不過氣來。難道是被夢魘纏身？腦海輕轉，卻什麼也想不起來。
轉過身子下榻，準備點燃燭火，卻猛地對上一雙漆黑陰狠的目光。這一驚嚇不得了，雙腿一陣虛軟，跌坐回床榻，艱難地嚥下口水，震驚望著眼前的黑影，心跳得厲害。
「怎麼？如此興師動眾的不就是為了引我出來，沒想見到我又是一副遇著鬼的模樣？」他的聲音依然優雅如常，聽不出喜怒。
良久，我才平復心緒，清了清乾澀的嗓音，恢復以往的冷靜，「你終於出現了。」

他悠悠朝我走來，黑暗之中居然可輕易辨出方向，「你們進入帝都首日，我便得知你們的到來。我遲遲沒有出現，就是想看看你們究竟在玩什麼花樣，更想看楚寰多受幾次蠱蟲之痛。」

好一個陰毒的莫攸然！

「你怎知是楚寰受蠱蟲之苦？」

「當時楚寰突然將我救了出去，拿走了一顆解藥。我自然不認為他是為了自救，定然是給你的。」他低低的冷笑聲飄蕩屋內，縈繞耳畔。而後他於床榻邊緣坐下，我有些害怕地朝裡挪了挪。

「楚寰自幼便喜歡你，身為他的師傅，我皆看在眼裡。他之所以背叛我而投靠夜鳶，不僅因我為曠世三將之一，更大的原因還是為了你。」

我沉默，無可反駁。

突然，他的指尖勾起我的下顎，一雙深邃冷漠的目光對上我的眸子，裡邊淨是審判。

「轅慕雪呀轅慕雪，你為夜鳶做了那麼多，終究還是被他踢開了。」

聽著他嘲諷鄙夷之聲，我仰頭冷笑，佯裝漠然，心中卻是一片黯然。

是的，莫攸然果真瞭解我，清楚知道我的痛處何在，然後死命地在上面狠狠劃上幾刀，再撒上鹽，令我痛不欲生。

「怎麼，一向伶牙俐齒的你突然不會說話了？還是被夜鳶傷得太深，無言以對？」他的手突然用力，緊緊箝著我的下顎，「記得我說過，你會後悔的。」

他下手很重，我疼得擰緊眉頭，瞪視著他，卻無力抗拒。

「說話！」又用了幾分力，迫得我一聲呼痛，他的笑意越發明顯，瞳中淨是快意。

「給我，解藥，救……楚寰。」我強忍著痛，斷斷續續地說。

「解藥？哼！」彷彿聽見一個再可笑不過的請求，他冷笑著，手上一個用力，將我甩向榻裡邊去，「你以為，我現身是為了給你們解藥的？」

我伏在絲滑的被褥之上，身子讓他甩得一陣暈，仍懇求道：「楚寰……他快不行了。」

「我就是要看見他痛不欲生。」

「姐夫……」

「如今倒叫我姐夫了，背叛我時怎麼不見你念舊情？」

「求你救救楚寰，如此，我們才能一起殺壁天裔啊。」

「和你們聯手？怕是又一次聯手背叛我吧。」

叩叩叩！

外頭傳來輕輕的敲門聲，我與莫攸然猛然噤口，屏住呼吸望向那扇被黑暗籠罩的門扉。

「嫣然姐姐，我聽見你屋裡有動靜，沒事吧？」是卿萍的聲音。

「沒事，屋子太暗，剛絆了一跤。」我穩住聲音，平靜地朝外回道。

「摔了？沒事吧？待會兒你還要登臺呢。」她擔憂地說。

「不礙事，我這就梳妝打扮，一會兒便出來。」

「嗯，那姐姐快些。」

片刻，卿萍的聲音隱遁而去，腳步聲越來越遠，直至消失。

我鬆了口氣，看著莫攸然良久，「背叛姐夫確實是我對不住。可你要謀害的人是我的丈夫，你雖是我姐夫，我卻不能容許任何人威脅我夫君的地位。相信姐夫定能體會這種感覺，就像……即便碧若她是漣漪大妃派來的暗人，甚至她可能自始至終都未曾愛過你，而你卻仍要為她復仇。夜鳶之所以對我不信任……」說及此，聲音一頓，眼眶一熱，「是爲了維護他自己的皇權，他並無錯，未央確實威脅到他的皇權。要怪，只能怪我與他之間的愛戰勝不了世間的風言風語，以及有心人的挑撥。未央，沒有後悔愛過他，只是……心傷罷了。」

莫攸然的目光冷漠殘酷依舊，動了動口，欲說些什麼，終是嚥了回去，「你與楚寰的背叛，我永遠不可能原諒。解藥的事，妄想。」

「你在這兒等我，我要楚寰來親自與你說。」我已無多少時間與他繼續糾纏下去，畢竟馬上就輪我登臺了。而楚寰與莫攸然之間的恩怨若不解開，還眞是毫無一絲希望取得解藥。

奔至門邊欲拉開緊閉門扉，我猛然回首，看著依舊坐在榻邊的莫攸然，我近乎懇求道：「姐夫，不要走，一定要等楚寰來。」

說罷，我拉開門便衝了出去。

我飛快地穿梭在茗雅樓中四處找尋楚寰，卻怎麼也尋不到人，心急如焚地向舞班的人打聽是否見到楚寰，皆朝滿臉焦急的我搖頭。我幾乎將整座茗雅樓尋了一遍，終於在楚寰的屋子裡找到他，豈料此刻居然……嗜血蠱蟲發作。

難怪此時原該在茗雅樓下巡視的他會待在屋裡，原來，又是嗜血蠱蟲發作了。看著一向堅毅如鐵的他倒在床榻之上，面容絞成痛苦的表情，我的手緊緊握拳，指甲掐進手心裡，渾然未覺疼痛。

猛然回首，我奔出了門檻，朝來時路奔了回去。莫攸然、莫攸然……待使盡全力飛奔回屋裡之時，竟已空盪無人。

走了麼，眞的走了？

胸口一陣淺淺的疼痛襲來，雙腿無力地後退，背脊撞上一副身軀，我猛然回首，「你……」話未脫口，笑意便僵在臉上。

「嫣然姐姐你怎麼了？還沒換裝麼，客官們都陸陸續續進來了。」卿萍趕緊支住我，滿眼的疑惑與擔憂。

「沒事。」我擺擺手，緩過心緒，走至廊前，扶上花梨木製成的欄杆。俯視樓下魚貫而入的人群，我無力地笑了笑。

做了如此之多，終究仍是一場空嗎？引出了莫攸然，可他還是離去了。

我以爲自己瞭解他，以爲莫攸然會爲了仇恨放下我和楚寰對他的背叛，欲一齊聯手對付壁天裔。可是我錯了，今夜他的無情便宣告了他永遠不會原諒楚寰。

輕輕嘆了口氣，收回視線，靈光又是一閃，將視線重新投至樓下。

心跳似乎漏了幾拍，雙手狠狠掐著欄杆，眼睛一眨不眨凝望著正優雅走進樓裡的兩人。其中一人，我這輩子都會記得，他有雙冷酷如鷹的眸子。

壁天裔。

腦海飛速閃過無數念頭，手微微發顫，卻更堅定了我心中的想法……

・**壁天裔**

那日是攸涵的生辰，她央求著他希望能出宮，欲單獨與他在繁華世界度過她的二十六歲生辰。她說，已有許多年未曾出宮看看這錦繡天下，她想與他攜手併肩走在這帝都城，唯有如此，她才眞正覺得自己與他一直在一起。

看著她期待的目光，他終是不忍拒絕，攜她於夜裡悄悄出宮。

莫攸涵，這個女人陪在他身邊已經太久太久。自當年於戰場她不顧自身安危爲他擋下那一箭，他便知道，此生都將與她緊緊相繫。

帝都城的夜格外明亮，紫陌大道兩側懸掛著高高的紅燈籠，將整條道路照得通紅一片。來往人群臉上皆掛著淺淺笑意，孩童在路上追逐著，好不熱鬧。

莫攸涵笑得很美，溶溶的月光夾雜著微紅燈光斜映在她素青的衣裙上，她牽著他的手說：「若能永遠如此牽著你的手走下去，那該多好。」

淡淡睇了眼笑得令人心動的她，他並未答腔。

壁天裔的貼身侍衛翔宇領著幾名手下，身穿平民衣著跟隨在後，暗中保護他們。

「我知道，只有今夜我才能像這樣一直牽著你的手，不再和後宮三千佳麗分享你。」她的嘴角透著一抹苦澀，但更多的還是那甜蜜的笑容。

他似乎很久沒見她如此純眞地笑了，笑得沒有心計，只是單純地在笑。

「你向來是個理性的皇帝，你不會像北國那位王專寵元謹王后，你懂得雨露均霑的道理，唯有如此才能穩固你的權力。」

當他聽到「元謹王后」四個字時，握著莫攸涵的手微微一僵，「你很羨慕？」

「元謹王后得到北帝專寵之事，在眾妃嬪之間可是欣羨不已呢，私下常有奴才聚在一起閒聊談起。可我知道，元謹王后得到專寵在你們男人眼中是可笑的，甚至會覺得她是紅顏禍水。因此元謹王后被廢了，北國以華大妃爲首，范上卿一干人等列出八罪狀將她從那個高位扯了下來。元謹王后眞傻，站得那麼高，難道不怕摔下來會粉身碎骨嗎？」莫攸涵的聲音很柔很低，似在耳邊劃過，卻又很是虛幻，讓人捉摸不透。

元謹王后。

他在心中默默重複著這個名字。

「天裔，那個時候若是『她』沒有放開你的手，如今，『她』是否會得到你的專寵？」她兀自問了一句，又自答著：「應該是吧。你那樣喜歡她，我還記得，那個夜裡你為她而醉酒。從來……沒見過那樣的你，那時的你才眞正像個有血有肉的男人，不再是高高在上姿態，離我眞的好近。」

聽著她一字一句，聲聲入耳，情眞意切。多少年塵封的記憶猛然讓她喚醒，在心中萌芽、綻放。

莫攸涵倏地收起臉上的憂傷，笑著說：「今日可是我的生辰，怎麼會扯到她身上了。」她懊惱地自責一句，有道奔跑的身影撞了上來，令她險些摔倒。

方才那個撞到莫攸涵的男子說了聲「對不住」，便朝後面一名亦正疾奔而來的男子喊著：「快點，晚了可就占不到茗雅樓的座位，看不到嫣然的飛天舞了。」

莫攸涵眼睛一亮，儼然閃現孩子般的神情，「天裔，你不知道吧，現下帝都城裡最有名的姑娘就是這位嫣然了，我在宮裡亦略有耳聞。聽說她的飛天舞簡直驚為天人，更神祕的是她始終戴著蝴蝶面具，只在夜裡那短短一舞中出現，之後便銷聲匿跡。」

「你想去看？」看著她興奮的表情，與宮裡的那個涵貴妃判若兩樣。

見她頷首連連，他便說：「那好，翔宇，你先去茗雅樓安排個好位置，我與攸涵隨後便到。」

「是。」翔宇得令，立刻奔往茗雅樓。

他不知道，就是在今夜，他將又見到那個深鎖在記憶中的女孩。

那個女孩，險些毀了他，毀了他的江山。

點點燈火中最盛亮的要數茗雅樓，寶馬香車早已將兩側空曠之地擠滿，衣著光鮮的士族子弟盈門而至。樓內燈火輝煌，客官雅士們於其中穿梭談笑，個個舉止風雅不俗，屋裡一派馥郁芬芳，極其雅致。

壁天裔與莫攸涵步入了茗雅樓，翔宇親自相迎，領著他們進入正中央首間包廂，隔著一層輕紗望去，可將舞臺一覽無遺。

翔宇和數名手下嚴肅戒備，護守著主子二人，莫攸涵則親爲壁天裔斟上一杯才烹煮好的大紅袍，水入杯中聲聲滾沸，襯得包廂越發清靜。

水氣縈繞浮上，似一縷嘆息，無端顯淒哀，溢深沉。

輕輕敲著花案，看著外頭談笑風生的客官漸退居回各自的包廂，須臾之間屋室就此安靜下來，鴉雀無聲。

此時，原本燈火輝煌的茗雅樓突然漆黑一片，唯有幾盞微弱燭光如銀霜鋪灑在地，那氛圍有些溫馨，更透露著黑暗中的詭祕。

而翔宇卻越發戒備，一雙凌厲的目光不斷掃向四周，絲毫不放過任何可能威脅主子安危的物事。

莫攸涵低聲一笑，「這茗雅樓還眞會故弄玄虛。難怪此間附庸風雅的爺們散盡千金也要一睹這飛天舞。」

翔宇嗤鼻一笑，「眼下，帝都城內貴冑之士間均說，若未到過這茗雅樓看嫣然姑娘的飛天舞，便不能自稱爲雅士。」

聽罷，莫攸涵的笑意更深了，「未曾想過粗獷豪邁的翔宇竟會說出這樣一番話來，頗有見地。」

「夫人過譽。」翔宇恭敬地垂首，儼有誠惶誠恐之姿。

壁天裔舉杯輕啜一口大紅袍，入口香醇醉人，齒頰留香。

舞臺正中央上方忽地璀璨一片，金黃光芒籠罩，恍如白晝，四周仍是一片黑暗。

一曲〈陽春白雪〉乍起，在鎏光四溢的舞臺上，漫天的月季花瓣徐徐飄落，那血紅顏色怵目驚心鋪灑了一地，一名身著雪浣百紗裙裳的女子自天而降，於飛舞的月季花瓣之間登臺似極了墮入凡間的仙子，盈盈妙舞腰肢軟，柔荑纖纖玉肌嫩，眼波嫵媚顰笑，蓮步乍移待止。

卻聞周遭一聲聲讚嘆抽氣，皆爲這纖塵不染的人間仙子給吸引，而他，仍舊啜著茶，只用餘光淡淡掃向臺上的女子。

「你說這嫣然是否醜極，否則何故將容貌掩去，不敢示人？」莫攸涵頗有興致地問著翔宇。

「夫人是女子，所以不懂。越是神祕的東西，男人就越有興趣想要一探究竟。」

聞言，莫攸涵眼波一轉，投向他，問道：「天裔，你也喜歡追求神祕嗎？」

放下手中的茶杯，冷然目光睇了睇臺上那個仙姿曼妙、柔美動人的女子，不由淡然道：「一旦這神祕被揭開，失望便越大，故而我從不追尋神祕。」

莫攸涵笑了笑，眼底的落寞讓黑暗隱去，興許他永遠都是如此罷——除了他的江山，對任何事從不追求，疏疏淡淡，就像個冷然無心的人。

臺上的女子手纏紅綾，輕盈的身姿在那小小舞臺間飛躍著，輕紗隨著她的飛舞不斷漫漫高揚。烏黑如瀑的髮只用一支碧玉簪子綰成幾縷隨意的髮髻，餘下髮絲皆隨其旋轉之姿漫天飄舞。

身無珠圍明瑠，可是立於舞臺竟如此華麗奪目，讓人移不開眼。女子身上漾現常人無法忽視的貴氣與靈氣，尤其是那雙若明若豔的眸子，閃爍不定，笑意瀰漫，不時洩露出豔驚四座的妖媚。是了，正是眼中的嫵媚妖豔讓人無法忽視她的存在，像團漩渦般將人深深吸引而入，不能自拔。

就在此時，女子縱身一躍，手纏紅綾，於漫天飄舞的月季之中飛身而來。滿堂一片譁然驚嘆，癡癡凝望著那名人間仙子如風一般飄下舞臺，瞪大了眼睛凝視她衣衫飛舞，髮絲繚亂，眼瞳笑中帶媚，逸散飄蕩於靜寂堂中。輕靈飄忽得霓裳似雪，凡她到過之處皆有一襲淡淡沁人香氣拂過，引得眾人如癡如醉。

傾刻間，她的手突然鬆開紅綾，眾人皆是一驚，生怕那未借力的身子會從半空摔下。卻見女子翩翩若飛燕游龍款款而下，輕巧落在正中央那間包廂之外。

纖手一探，竟揭開那輕紗珠簾，邁著輕盈步子旋身而入。

璧天裔於她鬆開紅綾那一刻，才真正注視著那個朝他翩舞飛來的女子。蝴蝶面具掩去了她大半邊的臉，卻掩不住那雙透露著邪異妖嬈之光的眸子。

迷惘，疑惑，詫異，驚豔。

在她揭簾而入那一刻，滿場皆唏噓探首凝望究竟是哪位看官如此幸運，能得到嫣然姑娘的垂青。

翔宇則在她踏入包廂那一刻欲加以驅趕，卻讓璧天裔一個眼神給制止。

她廣袖輕揚，芬芳的香氣充斥小小包廂，莫攸涵冷眼看著這個腰肢舞動、眼波媚人的嫣然，心中一陣厭惡。風塵女子果真是風塵女子，這般輕佻淫媚。

而在場其餘玄甲衛皆被這神祕動人的女子魅惑得癡癡凝望，戒備之心隨著她絕美的飛天舞漸斂，唯獨郝哥時刻盯著她一舉一動。

璧天裔眼底清藍一片，始終看著那雙似曾相識的眸子，面上帶著某些教人無法琢磨的神情。

直至她放肆地近身於他，莫攸涵擰緊眉頭，見璧天裔的目光似乎被她迷住，心中頗有幾分驚疑。以他冷酷至極的性格竟會讓這樣一名女子近他的身？翔宇卻已出聲喝止，「不得放肆。」

然而嫣然的左手已輕輕搭在璧天裔肩上，戴著蝴蝶面具的她輕輕靠在他耳畔，低聲喚著：「天裔哥哥。」

那一聲帶著蠱惑的輕喃瞬間勾起了一幕幕回憶。

——「母親騙人，她說當男子爲一個女子拈花於髮之時便是最幸福的一刻，可是我怎麼沒有感覺呢。」

——「你眞像我大哥，他也喜歡這樣摟著我。」

下腹突然一陣疼痛抽搐，璧天裔因突如其來的痛楚緊蹙了眉頭，面前這個如人世間最純潔的仙子，竟將一把鋒利的匕首狠狠捅進他下腹。

鮮紅之血於黑暗中一滴滴灑落在地，染紅了她那潔白的衣袖。

「慕雪妹妹。」他那剛毅如冰的嘴角勾勒出一抹慘淡笑意，那笑震撼了眼前那個目光中充滿仇恨的女子。

當翔宇發現不對勁時，眼神已然散出陰狠，長劍出鞘，狠狠朝她揮去。

「留活口！」壁天裔咬著牙，忍著疼低聲道。

滿堂的歌舞之聲依舊響遍全場，眾人皆疑惑望著那間包廂中的白色身影，隱有晃動，卻因滿室昏暗而看不清裡頭的一切。

莫攸涵的淚水一滴滴滾落，「快，快救……救……」話音顫抖，泣不成聲。

翔宇一驚，才意識到此刻有比殺這名女子更重要的事，立即將身受重傷的壁天裔攙扶而起，狠狠瞪視著這名刺客，「將她押回宮，嚴刑逼供！」

第七章　記當時・芙蓉冷

我無力靠坐在瀰漫惡臭的昏暗牢中，不時冷笑。猶記得當莫攸涵看見面具之下的我時，神情震驚且有明顯殺意，可壁天裔一直喊著留活口，他們不敢不從。於是，我被關在這天牢中已整整十二日。

我不怕死，此時的我已生無可戀，大哥的離開，夜鳶的背棄，對壁天裔的仇恨……似乎在那一夜的一刀全數化解。

猶記得那句「慕雪妹妹」，聽似無情，卻又深情。

壁天裔，你臨死前都要以謊言欺騙我，你眞以爲一句「慕雪妹妹」就能彌補你對我的算計，彌補你對轅羲九的虧欠嗎？

一名獄卒端著一碗飯放置我面前，冷道：「喏，吃最後一餐，你就能上路了。」

我不說話，看也不看他。

要死了麼，我不怕死，只怕我那一刀沒有殺死壁天裔，我會不甘心的。

「眞看不出你這女人有什麼能耐，竟能刺殺武功高強的皇上。方才宮裡傳來消息，皇上崩了，而你……哼，禍國妖女，你可知道殺死皇帝是何等罪名，會用何等手段對付你？定然要扒光你的衣服遊街示眾，讓南國天下百姓唾棄，最後凌遲處死。你知道何謂凌遲處死嗎？就是將你身上的肉一塊一塊割下來……」他的語氣極爲惡毒，恨不得當場就將我凌遲處死一般。

後面他說了些什麼，我一句也沒聽進去，腦海中不斷迴響著那句——「皇上崩了。」
真的崩了嗎？
我，真的爲大哥報仇了嗎？看著獄卒離去的背影，我的淚水悄然滑落，含著笑，終於死了嗎？那我活在這世上最後一個理由也沒有了，夜宣，壁天裔……夜鳶。
如今的我真是應了僧人那句「妲己轉世，妖孽降臨，禍害南國」的預言，幸好夜鳶早將我棄了，否則……我還可能會禍害北國呢。他哪能容我這妖女將他苦苦得來的王位毀了，他還有他的夢想呢，他要將北國帶向繁榮盛世，他要脫離「北夷胡蠻」這四個恥辱的字眼。
凌遲，遊街。
我不要，如此殘忍的死法我不要。
動了動僵硬的身子，望著身側的漆黑壁面良久，一陣輕笑，狠狠撞了上去。
一聲悶響傳遍整座大牢，額頭上突來的麻木令我意識混沌，冰涼的液體沿著額角滑落，蔓延至臉頰。癱軟在一地惡臭的稻草堆中，我的視線漸漸模糊，腦海中瞬間閃過大哥那張滄桑的臉，隨後便是夜鳶最後的決絕。再然後，兩張臉相互重疊……
望著一片漆黑，我緩緩闔上眼簾，嘴角的笑意卻蔓延著。
轅慕雪，終於解脫了。
不用再背負禍國妖女的預言，不用再背負對父親與轅沐錦的厭惡，不用再背負爲大哥復仇的重擔，不用再背負眾人的譴責，更不用再爲夜鳶的離棄而心痛……
好輕鬆，真的好輕鬆。
二十一歲的我，頭一回能將滿心仇恨與沉重包袱放下，原來，轅慕雪也可以活得如此輕鬆，沒有負擔。

大哥，慕雪下去陪你了。

遲了五年，你在底下是否一直很孤單呢？不過就快了，慕雪來了，你再也不孤單了。

明晃晃的宮燈，一名白衣男子站在高臺之上卻看不清他的臉，我很急，越急便越看不清他的容顏。我踏上玉階想走近他，步履由平緩逐漸轉急，可這玉階怎麼永遠走不到盡頭。

很累，於是我便坐在玉階上，輕喘著氣仰望那個白衣男子，是夜鳶還是轅羲九？

我不敢喊，怕喊錯了名字。

我用力睜大眼睛張望著，那日影白光拂照在我眸中，擋住我的視線，總也揮不去。

那道白色身影應該是大哥，我死了，自然就在黃泉路上，在那兒等我的人一定是大哥。而夜鳶，與我已是陰陽相隔，又怎會在那兒等我呢？

於是，我便放聲大喊：「大哥，大哥……」

可他不理我，彷彿沒聽見我的呼喊，仍然靜靜佇立在那兒，一動不動。

「大哥——」我放聲大喊，猛然驚醒，一片強烈的光芒筆直射入眼眶之中。

我怔怔看著頭頂的明黃紗帳，感覺額上的疼痛，最後撞入那雙幽墨森冷的目光裡。

蒼白的臉龐，頎長的身軀，在銀白月光下有如霧裡看花。

竟然是壁天裔，他爲什麼沒死，獄卒不是說他死了嗎？爲何又活生生地出現在我面前？

而我，又爲何沒死？

「姑娘你總算是醒了。」驚喜的聲音傳入耳，我望著壁天裔身旁那個男子，不正是翔宇嗎？

我記起來了，在我意識丟失的最後一刻，聽見牢門被人打開，有個人將我抱起。曾以爲那是幻覺，原來不是，我眞的被人救了，是翔宇嗎？

壁天裔大傷初癒，面龐蒼白，毫無血色。他的黑瞳幽如寒潭，一直深深地俯視著我。我無法忽視那深藏其中不時閃過的一絲絲無奈，或者說憂傷。

無奈，憂傷？

帶著滿腹的疑惑，我問：「爲何救我？」

「你就這樣恨朕？」他的聲音很是沙啞，似乎強撐著自己的體力問我。

「覺得我就這樣死了，你不甘心是嗎？」我討厭壁天裔居高臨下的俯視，令我感覺自己好渺小。很想起身，但卻動不了，全身氣力似乎被抽空。

「把傷養好，朕，有很多話要問你。」

壁天裔冷峻的目光掃過翔宇，一抹冷酷寒氣竄上了那張蒼白的面頰，「派人好生看著她，若再有個萬一，朕唯你是問！」

直到那挺拔的偉岸身影消逝在我的視線外，四名看似武功高強卻又高深莫測的侍衛湧了進來，分立在床榻左右兩側，如一座座傲立的冰雕。翔宇則靜靜坐於凳上，目光直視著榻上的我，似乎連眼睛都不敢眨，生怕下一刻我又做出什麼舉動。

我的目光凝望重重紗帷，青花纏枝的熏爐中飄出淡淡細霧，空氣中瀰漫著馥郁的佛手柑香氣。赤金燭臺上的紅燭已燃去大半，那一簇金黃火焰劈啪映著痛苦的光影。

我的眼皮很沉重，掙扎片刻後便沉入睡夢，卻驚醒。

驚醒過後又沉沉睡去，不一會兒再次驚醒。

反反覆覆地睡去又驚醒，驚醒又睡去，折騰得我身心疲憊不已。

再次醒來已是翌日日上三竿，暖暖的光芒隔著窗扉射了進來，翔宇仍一動不動地盯著我。

就在此時，緊閉的門扉傳來一聲高唱：「涵貴妃駕到。」

翔宇立刻起身恭迎，只見她青絲皆綰，玲瓏步搖上的蝶翅、銀花、鑲著精琢的流蘇長長垂下，隨著她的款款步伐而搖擺。舉手投足風華耀眼異常，嬌柔的身姿在陽光斜映之下更顯華貴。

看著她冰冷的目光筆直射向我，水眸中不見絲毫起伏，冷睇了翔宇一眼，「你們都下去，本宮有話要與她單獨說。」

「皇上再三吩咐，不得離開姑娘半步。娘娘與姑娘說的話，奴才們聽不見。」翔宇聲音雖然謙卑，卻有著說不上來的強硬。

「狗奴才，本宮的話也不聽？」她的聲音閃過明顯的怒氣。

「娘娘恕罪，臣只是奉皇上之命行事。」他不卑不亢，一派平靜地回答。

莫攸涵冷望著翔宇許久，見他絲毫不退讓，便兀自走至床榻邊緣坐下。而我的目光卻是銳利地看著她一舉一動，直到她於榻邊坐下那一刻，一道刺目的寒光由她廣袖內射出。

我心中暗自冷笑著，冷然睇著眼前這名面無表情的女子，只要我一出聲，莫攸涵袖中藏著的物事恐怕令她地位不保。

可我並不想揭穿，反而期待她於翔宇和眾侍衛面前用那把鋒利匕首將我殺了。我本就生無可戀，臨死前還可將莫攸涵這個殺人凶手拖下水，未嘗不是件痛快的事。

她卻只是坐在那兒直勾勾地看著我，目光複雜而深沉，藏於袖中的匕首遲遲未掏出。

「轅慕雪，許久不見。」她的嘴角微微上揚，像是在笑，卻又無一絲笑意。

「莫攸涵，許久不見。」我扯了扯嘴角，唇舌乾燥。

「皇上對你，眞好。」她輕聲呢喃著：「皇上對所有知道他受傷的親近之人下了噤口令，滿朝文武皆以爲皇上只是龍體微恙罷了，根本無人知曉有人刺殺皇上，而且這個險些毀了南國的女刺客，依舊好端端地被安置在這華麗的宮殿裡。眞是好奇，你轅慕雪憑什麼？」

她的瞳中有妒忌，有仇恨，更有數不盡的哀傷。

「就憑你兒時被皇上訂爲妻子？就憑你與轅羲九爲南國做出犧牲？」

她提起轅羲九這個名字時，我冷笑道：「你沒資格說這些。」

「你就有資格嗎？」莫攸涵猛然掐著我的下顎，殺意畢露，「背負著南國的使命去北國，卻又放棄使命要遠走高飛，再背叛南國做了北帝的元謹王后。」

「娘娘！」翔宇一見莫攸涵之舉，立刻欲上前制止。

莫攸涵側頭狠狠瞪了他一眼，憤怒地收回纖手，俯視榻上那一動不動的我，翔宇這才鬆了口氣。

「好一句義正詞嚴的指摘。」喉間的疼澀令我不由冷冷一陣抽氣，猛然一陣巨咳，扯動了額頭剛癒合的傷，一股冰涼之感立刻又於額上蔓延著。

「姑娘莫動氣。」翔宇一急，立刻吩咐道：「傳御醫！」

「你的任性侮辱了南國未來皇后之名，丟盡了南國皇室顏面。你的自私，讓九王爺背棄了兄弟之情，不顧廉恥與自己的親妹妹遠走高飛。你的妄爲，害得一代名將在北國曝屍十日，甚至連全屍都未留下。」莫攸涵用鄙夷仇恨的目光狠狠瞪視著我，盡數罪狀。

「這一切，難道不是拜你的好皇帝所賜？」我一邊猛咳一邊冷笑，笑得尖銳諷刺。

眼角餘光已然瞧見門外那個無聲無息而來的明黃色身影，我的手緊握成拳，厲聲說道：「若非壁天裔使計逼我離開，我會侮辱南國未來皇后之名？你怪我讓九王爺背棄兄弟之情，可他竟下了一道殺無赦的聖旨欲了結九王爺的命，這難道不算背棄？若非他存著野心吞併北國，九王爺會屍骨無存？」

莫攸涵聞我之言竟是一陣驚詫，門外男子冷漠的臉龐亦閃過一抹疑惑？

「皇上！」翔宇這才察覺壁天裔已於門外佇立片刻，當即跪地相迎。

而莫攸涵卻是渾身一顫，立刻起身，正欲拜倒，袖中藏了許久的匕首卻倏然掉落在地，鏗鏘作響。莫攸涵臉色一陣慘白地看著那個狠狠注視她的壁天裔。

此情此景令我覺得可笑，快意。

「一道殺無赦的聖旨欲了結九王爺的命？」壁天裔收回狠視莫攸涵的目光，轉而掃向我，冷聲重複了一遍，卻又帶著濃濃的疑惑，「翔宇，傳郝哥立刻來這兒見朕。」他的瞳子如古井無波，實則驚濤駭浪，又如滔天怒火欲噴勃而出。

「涵貴妃，收起你的東西，立刻回盈春宮，沒朕的允許不許出宮一步。」

莫攸涵僵了片刻，嘴角勾起諷刺一笑，彎腰撿起地上的匕首，恍然失神地離去。她的背影成了個毫無生氣的魂魄，呆怔地蕩了出去，無盡的悲哀籠罩全身。

傳喚郝哥之際，御醫將我額頭上的傷重新包紮過，止住了傷口裂開溢出的血，而壁天裔依舊冷冷站於原地，緊抿著唇，墨瞳注視著我。

詭譎的氣氛將整間屋子渲染得更加靜謐，彷彿能聽見彼此的心跳聲，那份冷凝壓抑令我幾乎喘不過氣來。

我隱隱覺得這事有些詭異，且十分不對勁。

「皇上，郝哥統領到了。」翔宇飛速奔進，低聲稟報。

壁天裔一揮明黃廣袖，翔宇立刻朝外喊道：「傳郝哥。」

一身素衣、面色略顯蒼白的郝哥緩緩邁入，眼前的他與六年前所識全然兩樣。方踏入門檻，他雙膝一彎便跪在壁天裔面前，「參見皇上。」

「方才未央說朕一道殺無赦的聖旨結束了九王爺的命，朕倒很是迷惑。」未喚他起身，只冷冷俯視著身側這名單膝跪地的男子。

「微臣也不知。」郝哥的聲音很平靜。

「你們這是在作戲嗎？」可笑地望著面前二人，我的心底升起一片疑惑，卻仍舊冷嘲熱諷。

壁天裔倒似漫不經心地揚了揚嘴角，「未央你倒是說說看，你話中之意。」

「我話中之意你心知肚明。得知九王爺放棄與你之間的計畫，你一怒之下竟派郝哥半路狙殺我們。九王爺一直敬你爲君、視你爲兄，唯獨這一次想追尋自己的幸福，你卻要對他格殺勿論。」我恨恨地看著那無情冷血的君王，內心閃過一抹疼痛，那萬箭穿心的畫面再次湧入腦海，令我幾欲窒息。

「格殺勿論？」他的聲音提高了幾分，卻又更寒了幾分，瞳子猶如暗夜中的鬼魅，筆直射向郝哥。

郝哥倏然的沉默令我深感詭異，目光不停遊走在壁天裔與郝哥之間，他們似乎並非在作戲……

「微臣知罪。」郝哥重重地磕下頭，將額頭抵在冰涼地面，久久未敢抬起。

「微臣不能讓您的皇后與您的兄弟遠走高飛，讓您受他人恥笑。唯有出此下策，狙殺九王爺與未央。」

「你……」我不知哪兒來的力氣，竟從榻上彈坐而起，震驚地瞅著跪伏在地的郝哥，許久不能言語。

而壁天裔則靜靜凝視著我，眼底竟也有驚詫，那並不是作假，似乎……是真的不知情。

難怪先前送飯來的獄卒會突然對我說皇上崩了，還告訴我將要面臨的殘酷刑罰，目的就是爲了讓我自盡吧。那人是郝哥派來的，他定然已知曉我被關在牢中，擔心事跡敗露，便派獄卒激我自行了斷。如此一來，這一切的一切便不會被人發覺。

「你出去，你們都出去，我不想見你們！」我猛然一陣虛脫，無力地倒回床榻，感到額頭上的傷又裂了，冰涼的血蔓延至眼角，就像淚，沿著臉頰緩緩滑入衾枕。

「翔宇你好生看著她，郝哥你隨朕去御書房。」壁天裔丟下一句看似不溫不熱實則掩藏驚濤駭浪的話語，便拂袖而去。

我閉上雙眼，腦海一片空白，呼吸逐漸困難，涼氣一絲絲灌入心間，很冷，很疼。彷彿在水中有人將我重重按了下去，而我明明可以掙扎，可以反抗，卻沒有任何動作，任那滔滔之水湧進我的鼻、口、耳。

「姑娘，你誤會皇上了。」翔宇微微的嘆息聲縈繞耳邊。

「記得那日，皇上收到九王爺的飛鴿傳書，當即將自己關在御書房內大半天，後來便召郝哥統領帶著他的聖旨去見你們。皇上寫那道聖旨時，我也在他身旁，清楚記得裡面寫著『朕成全你們遠走高飛』，短短九個字，皇上卻寫了一個時辰才寫完。

「記得那日，下了好大一場雨，皇上接到來自郝哥統領的一份奏摺——『半路遇北軍，九王爺萬箭穿心而亡。』皇上的臉瞬間毫無血色，再無了那份屬於王者的尊貴冷傲，而是深沉的悲傷。後來皇上獨自一人走進傾盆大雨之中，迎著風雨站了整整一夜，從沒人見過這樣的皇上。翌日，皇上便病倒了，那一病便是整整三日高燒不退，整個皇宮陷入一片恐慌。

「記得那日，北國新王夜鳶冊立未央爲王后，正位宮闈，空設六宮。皇上飲酒了，皇上登基八年向來對酒淺嘗即止，而那夜他卻醉了。涵貴妃與我默默望著醉酒的皇上，只聽他呢喃了一句『空設後宮，朕的確做不到』，看著這樣的皇上突然沒了平素的冷酷無情，才明白原來他也是個平凡又孤獨的男人，只是他站在高處，不得不冷酷。」

靜靜聽著翔宇的一字一語，我的雙目依舊緊閉，臉頰早已冰涼一片，也不知是血還是淚。

——「朕又怎會不知你對三弟的情，早在多年前朕就知道了，可是你知，那是爲世俗所不容的孽情。你可懂？」

——「當三弟在飛天客棧見到你之時，朕的確想過再放你一次，當作什麼都不知道，可是朕已經放不了手了。你可懂？」

——「天下人皆說朕是個冷酷的帝王，朕做的決定沒有人敢忤逆，而今三弟卻當眾忤逆。朕都容了、忍了。朕與他的兄弟情，你可懂？」

當時壁天裔對我說了一連三句「你可懂」，其實我一點也不懂，因爲我是個喪失記憶的女子。而如今再次憶起竟讓我突然清醒了許多，壁天裔何等聰明睿智，卻一直在包容我對轅羲九的情。只因，轅羲九是他的兄弟，只因，我是他的慕雪妹妹。

——「朕一直以爲慕雪你會懂朕的。」

——「冷靜如你，爲何一遇到有關於轅沐錦的事就亂了方寸？你這樣如何做朕的皇后！」

「而這世上，能讓皇上如此失態的也就只有九王爺與姑娘你。」翔宇的聲音再次響起，那一聲淺淺輕嘆卻是如此深遠，還含藏著濃郁的惋惜。

我側過身，背對翔宇。扯過被褥將自己緊緊包裹著，可是，仍舊那樣冷，那樣寒。

玄甲衛統領郝哥假傳聖旨，蓄意加害九王爺，犯欺君之罪，革去玄甲衛統領一職，杖責一百刑棍，終身監禁天牢之中，爲死囚，永不釋放。

經過連日的調養，我的身子漸漸恢復，額上的傷也慢慢痊癒，那雪白紗布將我的額頭纏繞了一圈又一圈。

毫無血色的臉與額頭上的傷形成強烈映照，乾裂發白的唇毫無色澤，我如此狼狽，毫無生氣。

壁天裔來看過我幾次，每回都是靜靜看著我倚靠在榻上，目光呆然地直盯窗外浮雲慘淡的蒼穹，沒再跟他說上一句話。

如今的我對他該有什麼感覺？恨了五年，突然發覺是錯恨，爲了這個錯恨，我不顧一切地朝夜鳶走去，得到了世上最大的榮耀，登上了權力的高峰。於此同時，也賠上了自己的心。

若沒有這場錯恨，一切又將會是何景象呢？

我知道，此刻該對壁天裔說的是「對不起」，可我不肯低頭，因爲這一切的一切，壁天裔是主導者。若沒有他，九王爺仍舊是九王爺，而未央絕不會是北國的王后。

不知不覺天色竟已暗下，我如此坐著發呆竟又是一天。

這幾日我似乎總在重複思索著一些事，卻總也參不透，摸不著。

如今的我爲誰而活？以什麼理由活下去？

曾經爲莫攸然而活，後來爲轅羲九而活，再後來爲夜鳶而活，如今的我要爲誰而活？還有誰能支撐我一直走下去呢？

金案上燃著不熄燈，將整間屋子照得恍如白晝。燈內傳來沉香的馥郁芬芳，煙霧繚亂瀰漫一室。

淺淺的腳步聲來到我身邊，他的眼神依舊是萬年冰封，清冷煞人。他坐在榻邊，靜靜地看著我。對於他的視線，我沒有迴避，同樣靜靜地望著他。

「願意隨天裔哥哥出去嗎？你似乎悶在屋裡太久了。」他的語調清冷，卻有抑制不住的柔和。

恍然憶起轅羲九與昭昀郡主大婚那日，他似乎也是用這樣的目光凝視著我，語氣卻比此刻要溫柔許多。

低眸，看著伸向我的那隻手，我猶豫片刻才將自己的手交到他掌心。他的手很溫暖，還有著厚厚的繭子，是常年持劍所致吧。感受著那傳遍手心的暖煦溫度，我的眼眶突然一酸，「天裔哥哥，我多麼希望你眞的是我哥哥。」

他的目光黯了黯，嘴角卻上揚幾分，勾勒出一個淺淺的笑意，「那你就當我是你大哥。」

如此熟悉的一句話，似乎許久許久之前他便對我說過這樣的一句話，只是，我記不起來了……彷彿早已隨風消逝。

他握著我的手，我們一前一後緩步出屋，屋外秋風捲著暗塵撲面迎來，漫天疏星皆落入我眼中。樹枝上的殘葉讓風捲下，落了滿地斑駁。

跟隨著他，他的挺拔和俊偉難掩身上那股突如其來的落寞，這樣一個高高在上的君王也會落寞嗎？他眞會爲了大哥的死而大病一場？

興許在我眼中，壁天裔一直都是個冷血無心的人，就連他每次握著我的手都是冷的，唯獨這次是熱的。

我們轉入一條幽深小徑，香蕊重疊，紅飛滿地，如許靜謐又幽深。

「這五年在北國過得好嗎？」他的聲音很沉、很低，隨著晚風吹進耳畔。

「好。」我答。

「夜鳶待你好嗎？」

「好。」

他猛然踩上一根枯枝，「劈啪」的折斷響聲於靜謐小徑中清晰異常。而他的步伐也在那一瞬間停住，驀然轉頭，那雙眼似鷙鷹，難掩精銳。

「如此就是所謂的好嗎？」

我將手由他手中抽出，淡淡笑道：「怎麼不好呢，曾位居北國王后，最高的榮耀我已得到，天裔哥哥你不能給的他都給了。」

「那他給過之後呢，得到的是什麼？」

「至少，我曾經擁有過。」

他不再說話，靜靜與我站在風中，一雙幽深黑寂的目光帶著複雜情緒盯著我。

「刺殺皇上是重罪，不知皇上打算如何處置慕雪？」憋了許久的問題終於說出，我心中的悶氣也輕輕一吐而出。

他闔下眼皮，心中似乎有掙扎、有矛盾。須臾，他才睜開那雙依舊冷淡如霜的瞳子，風袍上的金繡飛龍圖案，於夜色之中翻飛著猙獰。

「跟朕走。」

手上又是一緊，他再次握起我的手，朝小徑深處走去。

斜闌翠微，淡香清冷。

越往深處走去，便聞一陣更淡更雅的清香，那香氣竟如此熟悉……

直到那開了滿池的芙蓉花闖入眼簾，我為之震驚了，而他依舊牽著我的手往前走。

「未央宮的芙蓉花仍舊開得豔麗，可你不能去，我只能帶你來這兒。你瞧，美嗎？」眼下，他自稱「我」。

直來到池邊他才停住步伐，探首摘下一朵芙蓉花插入我的髮間，緊抿的嘴角有了微淡笑意，「我一直都在等你長大，做我的妻子。而今你已長大，卻不能再做我的妻子。」

我明白，都明白。

他的手扣住我的腰，將我拉近，一個吻輕輕落在我的唇上。不是霸道的索取與深探，而是溫柔地淺嘗。

當我反應過來想要掙脫之時，他的吻已離開我的唇，在星月光輝照耀下，他那邪美冷異的半張臉淹沒在這黑暗之中。

「你永遠都是我壁天裔的慕雪妹妹。」一絲悵然笑意掠過眼中，旋歸沉寂，深潭似的眸底再無波瀾。

那一刻，我已明白他的意思。

我不再是他所謂的命定皇后，也不再是刺殺他的刺客。我只是他的慕雪妹妹。

「我，不會囚你。」他靠著我，很近、很近，耳畔的呼吸也越來越熾熱，傾溢噴吐於我的頸項上，「我，放你自由。」

我一僵，轉過頭來對上那雙近在咫尺的瞳目，剎那間有些恍惚，竟喃喃地問：「這是爲何？」

只覺他的指尖在我右頰輕撫幾下，眼瞳裡的光芒深不見底，教人永遠猜不透他究竟在想些什麼。

「你，該爲自己活一次了。」

剎那間的心悸狠狠蕩漾於心間，心跳突然加快，滿腹的哀傷與迷惑似乎撥開雲霧見月明。他的話就像一帖良藥，突然解開了我滿心困惑。

該爲自己活一次了。

這些日子以來，我一直在想該爲誰活下去，還有什麼能支撐我走下去。

可我從沒想過要爲自己活一次，自己支撐著自己走下去。

他黯然垂眼，長長的眼睫在眼下投下一層陰影，而裡面夾雜著我看不透也無力去懂的巨大痛楚和絕望。

我問：「在茗雅樓，你是否早就認出了嫣然是我？」

「慕雪那雙絕美奪魂的眼睛，我怎會不識得呢。」

「爲什麼不躲開？那一刀，你明明可以躲開的。」

他將目光投向池面，看著水中的倒影說：「因爲那一刀是我欠你和三弟的。」

無盡的酸楚與疼痛一股腦兒湧上心頭，憋了許久的三個字終於能吐出：「對不起——」

他倏然回首，將我狠狠擁入懷中，彷彿要將我溶入骨血一般。那份力道讓我呼吸一窒，掙扎不開。

「璧天裔，這一生只軟弱這一次。」他的手將我的頭緊緊按在他懷裡，聲音暗啞中帶著幾分哽咽。

那夜，他承諾待我傷勢完全癒合，便放我自由。

那夜，他在我面前的軟弱與平常那位高高在上的王者截然不同。

那時我才知道，即便再冷酷的人心中皆有一處軟弱之地，而他人生唯一一次的軟弱，在我面前放縱了。

天裔哥哥。

你眞是一個有情有義的好皇帝。

第八章　塵世羈．風華盡

後來我從翔宇口中打聽了有關於轅沐錦的事，翔宇歪著腦袋想了半天才記起轅沐錦這個人。聽他說，轅沐錦自六年前被封爲錦美人後，皇上便未再召幸過她，後將她冷落在靜香園整整五年。

走過深深蜿蜒的遊廊，淺霞深深映透白玉雕欄。踏上滿地落葉無數的小徑，蔓藤繚繞蕭瑟西風拂草。翔宇領著我進入那早已荒寂、無人問津的靜香園，無人打理的院落捲著殘葉，蘢蔥的青草漫漫高長，深深鬱鬱。

我讓他在外頭候著，說我有話要單獨對錦美人說，他猶豫片刻，才頷首同意。

推開門，只聞「咯吱」一聲刺耳聲響飄蕩滿園，輕紗因開門灌入的風紛紛揚起，微微吹盪。垂簾後方站著一名素衣挽髻的女子，她佇立窗前，目光凝視著天邊一抹彩霞，正出神。

踩著輕緩的步伐，我探首拂過於眼前飄蕩的輕紗。才邁出數步，轅沐錦的聲音背對著我傳來，「我等候你很久了。」

帶著一抹似笑非笑的笑意，我停在原地，看著她那瘦弱孤寂的背影，在晚霞照耀之下竟是那樣孤獨。

「你怎會放棄這樣一個看好戲的機會呢！」她悠然轉身，嬌媚依舊的臉龐竟有幾分蒼白。

「轅沐錦素來會演戲，可這好天賦何以在壁天裔面前失了效。」我走至她面前停住，信手捏起她的下巴，迫得她仰頭，我嘲諷鄙夷地將她瞧了個遍。

她也不掙扎，任我捏著。可目光絲毫不示弱，即便被冷落了五年，她那與生俱來的傲慢仍舊不減。

「一向擅於魅惑男子、將他們把玩在手心耍弄得團團轉的轅慕雪，不也一樣被夜鳶擺了一道麼！」

我的手突然一個使勁，她悶哼一聲，頭仰得更高。雖然疼得臉色都白了，仍舊逞著口舌，「被我說到痛處了？嘖、嘖，八大罪狀，群臣請求廢后。這一摔可不輕呢……」

「五年的冷宮生涯，怎麼沒有教乖你這張嘴呢？」嘴角噙著一抹殘酷的笑，「如今，只要我在天裔哥哥耳邊說上一句你的不是，你就會像隻螞蟻被我捏死在手心。」

「就算我死……也要拉你一起死。」她的臉猛然迸出怨毒，右手扣上我那隻緊捏她下巴的手，反手一扭，左手掏出了一把鋒利的匕首，抵上我的頸脖。

「怎麼？你想和我一起死？」平靜地任她制住我，儘管匕首刀鋒割得我頸項生疼。

「放心，你還有很大的用處，沐錦哪會捨得你死呢。」她臉上淨是扭曲的笑意。

「用處？」

她突然一笑，笑得格外哀切，抵著我頸項的手又加了幾分力道，手臂有些顫抖，「你的命怎麼就這樣大呢，郝哥追殺你們讓你們逃脫了，北軍誅殺你們，轅羲九死了，你卻還好好地活著，還享盡世間女子求之不來的尊榮！你憑什麼！」

「你說什麼！」我的聲音冷到極點。

她不搭理我，仍舊自顧自地說：「沒能殺死你，倒是給了你機會完好地回到南國來，還將他送入了大牢成為死囚。」

看著她近乎癲狂的模樣，我彷彿猜到一些事……「郝哥那次的北國追殺，是你主使！」

「你還真聰明，讓你給猜到了。」她自齒間迸出話來，「不只這些呢，還有，你與轅羲九是壁天裔刻意派去北國做奸細的事，也是我命郝哥遣人給夜宣送去的匿名消息。」

一股怒火突然湧上心頭，我腕上使力，狠狠扣住轅沐錦手握匕首的刀，身子輕盈向後一撇便脫離她的控制。隨即將她的手反扭至背後，另一手狠狠甩了她一耳光。

她狼狽地撇過頭，嘴角隱有快意，「你很生氣，很憤怒，很想殺了我吧？可你是否想過，當我看見你與轅義九一同將我娘親的屍體埋在那片木槿花圃之時，我有多想殺了你們嗎？」

我的手突然一鬆，後退一步，多年以來深藏心中的那一幕畫面翻湧而出。

她卻逼近一步，「你沒想到我就躲在院子的小樹後面看著吧，我沒敢說出母親被你們埋葬在那兒，是因爲怕，怕下一個死的人就是我。我只能將這股恨埋藏在心中，我要報復你們！你們都該死……」

我冷笑，「我們是該死，那你們就不該死嗎？若不是你陷害我打碎送子觀音，我娘親會因轅天宗的抽打而以身子護著我嗎？她明明可以活命，卻因爲你們不肯施捨錢財救她而死去。害死了人就該償命，不是嗎？」

霞光自窗口照進，映得室內石壁淨是寒色，竟覺森然。

我們就這樣靜靜地站著，相互對望，眼中都有濃烈的仇恨，誰都不比誰少。

突然間她雙膝一彎，竟在我面前跪了下來。

「轅沐錦這輩子第一次求人，還是求我此生最恨的女人。求你讓我見郝哥一面，一面就好。」

看著跪在我身下那個卑微乞求的轅沐錦，我的心竟無一絲快意。這個讓我厭惡了如此多年的女人，今日就這樣跪在我面前，爲何我並不感到開心呢？

「你該去求皇上的。」

「若能見到他，我還會求你嗎？就算見到他，他也不會正眼瞧我一下的。我只能求你……」

「你愛他？」看著她那焦急的表情，我突然一問換來她爲之一僵。我隨而肯定地說：「你愛郝哥。」

這份感情她彷彿連自己都未察覺，不住地搖頭，「不……我不愛他……」突然，目光一亮，恍然明白些什麼，嘴角扯出苦笑，「是……我，愛他。」

「六年前我就認識他了，那時爲了重獲皇上的寵愛，我利用了他。我打算獻出自己身子與他交易……可他卻沒有碰我，只說：『只要是你要求的，就算拚盡性命也會爲你做，但你別如此糟蹋自己的身子。』

「郝哥爲了幫我重獲寵愛，與一向交好的涵貴妃決裂了，卻仍舊沒能讓我重新受寵，只因轅沐錦是轅慕雪討厭的人，所以皇上不屑碰我。可悲嗎？冊封我爲錦美人是因爲轅慕雪，厭惡我也是因爲轅慕雪。

「我恨你，所以我要郝哥幫我殺了你與轅羲九。郝哥眞是個傻子啊，竟然眞爲了我背叛皇上。直到如今事跡敗露，他仍然沒把我的名字供出。他是爲了保護我，所以獨自承擔起一切……他待我眞的很好，這世上再沒有人像他那樣對我好了。

「可我才不愛他呢，他生得不好看，性格又粗野，根本不是我喜歡的模樣。只有壁天裔那個王者才是我心目中的男人，才是轅沐錦該愛的男人……郝哥他爲我做了許多，以爲我終會愛上他嗎？轅沐錦這樣壞的一個女人，也讓他愛得如此死心塌地……」

轅沐錦不時發出幾聲自嘲之笑，訴說著她與郝哥之間的糾葛，聽似雲淡風輕，實則洶湧澎湃。

「可當我聽說他被定爲死囚那一刻，我的心竟然這樣痛，竟想衝到皇上面前爲他求情，想說出一切都是我主使的眞相。可轅沐錦怎能如此軟弱，爲了一個男人而想犧牲自己的性命，不值得，不值得……

「但是你卻跪下求我了。」我低喃一句，手輕輕抬起，撫上我那早已復原的左肩，腦海中閃現的卻是我爲夜鳶擋下致命一箭的那一幕。

她滿臉困惑與納悶，「誰知道雙腿不聽使喚呢，一想到這輩子都見不到他，我就害怕……」

我又何嘗不是那樣奮不顧身，身不由己。明知道不值得，卻仍舊那麼做，眞是傻。

不知爲何，我竟答應了轅沐錦，幫她見郝哥一面。

爲什麼？我自己都無法解釋。

難道我的心已開始變軟變脆弱了？

不行，我不能仁慈，一旦我開始仁慈軟弱就會受人欺負，遭人鄙夷。我只有心硬如鐵，才不會被人傷害。

可是，轅沐錦的模樣眞的很可憐呢，就像那日被夜鳶離棄的元謹王后一樣，眞可憐。

我立即請求壁天裔讓我見郝哥一面，我有事想當面問他。壁天裔不加猶豫便給了我一道手諭，准我去牢裡見郝哥。而轅沐錦則打扮成我身邊的婢女一齊進入死牢。

猶記轅沐錦在牢房外見到狼狽不堪的郝哥之時，竟怔怔地看著他，而郝哥則驚訝地望著轅沐錦。興許他從沒想過轅沐錦會到牢裡看他，就像夜鳶從沒料到我會爲他擋下那一劍。

有時我會猜想，若當時沒有夜翎的刺殺，沒有我爲他擋下的一劍，他是否會狠心地將我與楚寰丟進天牢。

當我欲離開天牢讓他們兩人獨處之時，她竟喚了我一句「慕雪姐姐」，然後擁著我，淚水滴入了我的頸項，一陣沁涼。

我沒有拒絕她的擁抱，也不討厭。

記得幼時她常虛情假意地喊我作「慕雪姐姐」，而今日這句慕雪姐姐卻叫喚得那樣眞誠。

「謝謝你，對不起，我恨你。」她定定地看著我，目光是那樣複雜。轉過身，邁步進了牢門，再也沒有看我一眼。

而我也毫無留戀地轉身，邁著沉重的步伐，一步步走出死牢。

當夜，死牢便傳出一個消息——郝哥與錦美人雙雙猝死牢中。

神色恍惚地端起白玉杯，獨自倚坐案後，酒香繚繞在鼻間，甘醇得醉人。

當我看見轅沐錦竟然跪地懇求我之時，我便已猜到她不只是去牢中見郝哥那麼簡單。殉情，多麼美的一個詞。

謝謝你。

對不起。

我恨你。

這是她對我說的最後一句話，眞是複雜啊。

我將杯中之酒灑落在地，以慰她與郝哥在天之靈。

口中喃喃重複著：「謝謝你，對不起，我恨你。」轅慕雪對你又何嘗不是呢。

是夜，我睡得正酣，突然有隻冰涼的手捂上我的嘴，我猛然驚醒。在黑暗中對上了一雙冷酷如冰的眼，他低聲在我耳邊說：「別出聲，跟我走。」

我用力搖頭，想掙脫他捂著我嘴巴的手，可他力氣如此之大，絲毫不允許我掙脫。我有些急切地「唔唔」想開口說話，讓他別做傻事，可他就是不鬆手。

我深知楚寰此時進宮不只是爲了救我出去那麼簡單，既然來了，定是要刺殺壁天裔。可這皇宮戒備如此森嚴，即便他武藝再高也不可能敵得過眾玄甲衛與大內侍衛。況且，壁天裔的武功也不是一般人能動得了的。

「一會兒你去承乾門，那裡自有人接應你出去。而莫攸然與我會拚死與他一搏。你放心，我的蠱蟲已被師傅解了，若我們能幸運安然脫身……就一起回若然居，不問世事。」他深邃的目光閃爍著決絕，語調中有不容抗拒的堅定。

而我卻因他的話怔坐在床榻之上，看著他，再無掙扎。

我沒有權力阻止他與莫攸然，解鈴還須繫鈴人，許多事免不了要面對。只是，那明明是飛蛾撲火般的刺殺，他們卻不計性命也要去做。

見我不再掙扎，他悄然鬆開了捂著我的手，我低聲問：「眞的値得嗎？」

「今時的我就如那日的你。」他斷然地別開了目光。

對啊，那日我也如同飛蛾撲火去刺殺壁天裔，明知殺他的機會微乎其微，可我仍然決意要做。原來仇恨眞的可以蒙蔽一個人的雙眼，以前的我似乎一直被仇恨蒙蔽著，像一個沒有心的人，做任何事只爲報仇。

「可是，當那把匕首沒入他的身體之時，我並不若自己想像中開心。」

「你刺殺成功了？」他的目光一閃，我才驚覺說錯了話。壁天裔受傷之事只有御醫與翔宇、莫攸涵知道。如今我突然透露了他的傷，會否令他們……

我立刻說：「即便他受過傷，重重侍衛也不會讓你近他的身。」

他的聲音漸冷，「未央，你知道這些年來支撐我活下去的理由是什麼嗎？」

我忙扯住他的胳膊，生怕他下一刻就要走了，「我知道，但你不能不顧自己的死活。」

「楚寰！」後窗外傳來莫攸然不耐的聲音，催促著他快些行動。

「走！」楚寰也不再與我多言，一把將被褥中的我拽起，輕輕一躍，如鬼魅般飛身而出。

他們一路領著我輕巧避過重重守衛，輕而易舉便將我送至承乾門，我還正疑惑他們何以如此熟稔皇宮大內的地形。楚寰遞給我一塊腰牌，說是拿著這個就有人接應，更方便出宮。

我緊攥著腰牌，一動不動地站在原地看著他們。莫攸然冷睇我一眼，「遲疑甚，還不走？」

「我不知道莫攸然會如此善心地幫楚寰解毒。」我的聲音中有明顯的質疑。

「我也不知道未央會不顧一切地刺殺壁天裔。」他的嘴角閃現若有若無的淡笑。

「你現在就出宮，到茗雅樓等我們。明日卯時我們若是沒有回來，就立刻離開。」楚寰似乎懶得再和我多說，一直催促著我走。

看著他倆冷漠堅定的目光，我知道勸不過他們，緩緩轉身，一步步朝前方走去。

——「若我們能幸運安然脫身，就一起回若然居，不問世事。」

他們眞的認爲，憑自己的一雙手就能敵過皇宮的千軍萬馬？

我輕輕搖頭，他們二人的死活與我無關，就算他們與我的交情有多重有多深，都不干我的事。我只要出了這道宮門便自由了，不再有仇恨，不再有包袱，能好好爲自己活一次。我已受夠了權力與陰謀的漩渦，不願再牽涉進去。

雙手偏偏不聽使喚地微微發顫，指尖泛白僵硬。

可是，我不想看見他們任何一個人出事。

從何時起，我的心竟開始猶疑動搖。

步伐一頓，回首望去，背後已空無一人，只剩秋末蕭瑟涼風席捲而來。

最終，感情戰勝了理智，循著來時路返回。正當轉過遊廊之時，見有宮娥神色匆匆，我立刻扯著她問：「發生何事了？」

那宮娥的神色有些焦急，喘著氣說：「皇上的景乾宮潛進刺客了。」

聽及此，我想也沒想便衝了出去，朝景乾宮奔去。

景乾宮。

還未踏入殿內便聽見一陣廝殺聲滾滾逼近，我的呼吸頓時有些急促。

直到進了殿，無數的玄甲衛與大內侍衛將兩道身影團團圍住，纖塵不染的地面流淌著可怖的鮮血。一個個侍衛皆因楚寰與莫攸然淩厲無比的劍勢而倒下。

壁天裔則冷然站在那層層玉階之上，處變不驚地望著楚寰與莫攸然。

他的周身以翔宇爲首，十大玄甲衛與十大大內侍衛聯手執刀劍護在他身前，氣勢之強勁根本不容任何人近他的身。

漢白玉雕磚讓血浸透，猩紅刺眼，不斷有人在楚寰與莫攸然的劍下絕命，卻有更多侍衛抽著刀衝了進來。

我怔忡許久才穿過重重侍衛，朝壁天裔奔去，口中大喊著：「皇上、皇上……」

廝殺聲將我的聲音淹沒，可壁天裔仍看見了我，他那幽深冷酷的眼睛就像一灣深潭，那樣難以琢磨，讓人心驚膽寒。

那股明顯的殺意讓我不禁爲之一冷，冷入神髓。

擋在我面前的侍衛們不讓我過去，而我卻希望壁天裔能夠發話，容許我到他身邊說上幾句話。豈料那疏離冷淡的目光卻告訴我，不可能。

他的目光就像當初夜鳶對我的不信任那般，可我一個手無縛雞之力的女子能對他造成什麼威脅？

我一咬牙，右腳一勾，將地上一把帶血的刀勾起，握在手心，持著它狠狠朝擋在我面前的侍衛砍去。血，濺了我雪白的衣裳滿身，冰涼的血瀰漫了我握刀之手。

這並非我第一次殺人，可……卻是頭一回爲殺人而殺人。

侍衛們見我持刀，眼中也閃過殺意，十多名侍衛舉刀便向我揮來。

看著鋒利的刀鋒無情地砍了過來，我紅了眼，不管不顧，以楚寰傳授的「傷心雪劍」劍勢一刀一個砍了下去。那一瞬間，我的腦海只有一個念頭，殺了他們。

直到一道身影飛掠至我面前，輕易奪下我手中的刀，看著翔宇一臉失望神情，我才恍然回神，看著身邊倒臥血泊的侍衛，竟有剎那的恍惚。

再看看自己的手和衣裙，淨是猙獰可怖的紅。

「皇上召你過去。」他淡淡地瞅了我一眼，再將那把沾滿血跡的刀丟在屍體旁。

我怔怔地跟隨其後，腦海中閃過方才瘋狂殺人的一幕幕，手不禁有些顫抖。我殺人了，還殺了好多……

「莫攸然身邊的人你認識？」壁天裔的聲音將我神智喚回，一個激靈，我看著體力逐漸不支的莫攸然與楚寰，他們四周雖倒下了許多侍衛，可還有更多侍衛正朝景乾宮湧來。依此情勢繼續下去，他們必死無疑。

「皇上……」雙膝猛然一彎，重重跪在他面前懇求道：「求您放過他們，他們……只是被仇恨蒙蔽了雙眼，您放過他們吧。」

「朕在問你，那個男子是誰！」他的聲音猶如地獄來的惡魔，語氣森冷無比。

「他是……」我猶豫著，不知是否該透露他的身分。而壁天裔卻已越過他身前的侍衛，蹲下勾起我的下顎，冷聲問道：「是誰！」

「一個與皇上有著血海深仇的人。」我的一語帶過換來他的沉默。

「皇上您欠了他全家人的命，您不該殺他。」我又說。

他的目光突然黯淡而下，似乎正回想著誰人曾被他滅門，可那雙迷茫疑惑的眼神卻告訴我，他想不起來。興許，他根本想不到，階下男子正是前朝皇帝皇甫承之子皇甫少寰。而這個皇位，原本就該是他的。

他一正色，緩緩起身，目光冷冷瞧著滿身是血的兩人，不僅沾染了所殺侍衛的血，還有他們自己身上溢出的血。手臂，肩膀，腿……皆有明顯被刀劃過的深深淺淺傷痕。

壁天裔冷道：「留活口！」

楚寰、莫攸然，別再行垂死掙扎了，你們鬥不過壁天裔，鬥不過的。
廝殺聲逐漸減弱，夜晚寒風捲過，更顯淒哀蒼涼，滿目悲寂。
楚寰已體力不支跪倒在地，只能以手中的劍支撐自己不倒下去。而莫攸然仍強自撐著體力又殺了幾人，即猝然倒下。
侍衛們見狀，立刻蜂擁而上，無數刀刃架在他們的頸項之上，我的心涼了大半截。
「將他們押入死牢，朕要親自審問。」壁天裔冷聲下令。
「是。」翔宇上前一步，卻倏然止住，垂首看著我，「那她……」
壁天裔冷冷地瞥了我一眼，淡然道：「帶下去。」

我與莫攸然、楚寰一同被關進了死牢。
依然被牽扯進他們幾人之間的恩怨，後悔嗎？後悔，卻不遺憾。
若當時我眞就那樣走了，這輩子我都會放不下心中這個包袱，永遠別想做回自己。
我撕下衣角成布條，將楚寰手臂、腿腳的傷包紮好。再望望那個閉目倚靠在牆壁上的莫攸然，也不知正在尋思些什麼。
思索片刻我才走到莫攸然身邊，小心翼翼地爲他包紮傷口，他沒有睜眼，只靜靜靠坐著任我包紮。
「若是當初我沒有背叛夜鳶，或許……」莫攸然忽地開口，竟有幾分悔意。
「沒有或許。」我自嘲地笑了笑，「若你還是丞相，楚寰是大將軍，我是王后，這只會更加快夜鳶剷除我們的決心，外戚的勢力實在太大，沒有一個皇帝會安心。」
「夜鳶眞是矛盾，給你那麼多寵愛，卻……或許是情不自禁吧。」莫攸然終於睜開眼簾，左手探出，輕輕撫摸著我的額頭。這個舉動，他好久好久不曾有了。

「丫頭，其實我一直想和你說對不起。沒有我，你仍是那個受盡九王爺寵愛的轅慕雪，你會安穩地做壁天裔的皇后，母儀天下。」他的嘴角扯出苦澀笑容。

「沒有你，我早就葬身火海了。」垂眸，將他最後一處傷口包好，緊緊地打上結。

「沒有我，你也不會與自己的哥哥發生那樣爲世人不容的孽情。」他溫柔地笑道。

看著他眞心的笑，我突然覺得眞是好看，比他任何一次的笑都好看。而在我記憶中，他似乎從未如此眞心地對我笑過。

「其實，我很早就喜歡哥哥了。」

「喜歡並不是愛，你懂嗎？你孤獨，所以你依賴那個對你好的哥哥，僅僅是依賴而已。」他的手似乎已經支撐不住，便從我額頭放下。額上的溫度突然消失，我有些悵然若失。「你對轅羲九的情，就像當初對我的迷戀那般。」

這句話一針見血刺痛了我，猛然仰頭看著似若洞悉一切的他，原來他一直都知道在若然居的我喜歡著他。

「一直以來，你自始至終眞正愛過的人，只有夜鳶。」這句話出自楚寰之口，半蹲著的我雙腿一軟，無力地跌坐在地。

「從你爲他殺了自己的孩子開始，你已在不知不覺中愛上他，只是你不斷以利用的關係去權衡你們之間罷了。你不敢承認，因你一直覺得自己愛的人是轅羲九，轅羲九爲你而死，若你愛上其他人，你會愧疚。」楚寰剛毅的臉湧現落寞的傷，「可當你眞正察覺自己愛上夜鳶時，已然泥足深陷，不可自拔。這便是爲何夜鳶的不信任，會讓你那樣傷痛。」

牢中的氣氛突然僵凝，他們倆說的話就像烙印，深深燙在我心口，疼得幾欲窒息。

不愛轅羲九？這個問題，我似乎從未眞正去想過。

「楚寰，爲師不知一向冷血的你，對情的見解竟然如此之深。」莫攸然突然說起了玩笑話，似乎並不當這裡是大牢。

楚寰扯了扯嘴角，冰冷的臉龐竟顯出幾絲尷尬，這樣的他我還是頭一回見，不禁笑了出聲，滿腹窒悶與傷痛隨之飄散。

他看見我笑越發尷尬，竟別開頭去不看我。

見他如此，我也不繼續取笑，只問莫攸然：「你爲何拿出解藥給楚寰？」

「那你先回答我，爲何獨自去刺殺壁天裔？」他竟反將問題丟還於我。

我想了想，如實答道：「楚寰痛不欲生，你又突然消失，所以我只能自己動手。要知道，這樣的機會只有一次，我不能錯過。」

「所以我將解藥給他了。」

「嗯？」一時沒反應過來。

「你這個慫恿楚寰背叛我的人，犯了這等刺殺皇帝的大罪，肯定是要處斬，而既然你要死了，我心中的怨恨也就解了一大半。所以呢，楚寰便成了我絕佳同夥，當然要聯合他一齊刺殺壁天裔。可誰道你的命如此之大，竟待在皇宮裡吃香喝辣，我眞是後悔極了。可解藥已經給出去，要不回來了。」

看莫攸然那一副悔不當初的模樣，話語中竟有幾分玩笑意味，這一點都不像莫攸然，一點也不像。

他問：「何以如此看我？」

「我認識的莫攸然是高雅清冷、不苟言笑之人。而今日的你爲何如此……平易近人？」我仍舊緊盯著他不放，想將他看個透。

「人之將死，帶著虛僞的面具做甚？」莫攸然重重嘆了口氣，「人都是有感情的，無論心多冷多硬。而我與你們相處熟識已十二年有餘，縱有諸多怨恨，又能恨多久呢？」

他此番言語徹底震撼了我，他的意思是說——不恨我與楚寰的背叛了？

「既然你能包容我們，爲何不能放下對壁天裔的恨呢？自始至終他都沒有錯。殺碧若是爲他的父親報仇，而碧若……可能從來沒愛過你。」

「我對壁天裔的恨不僅是因碧若的死。而是出於……」他沉默許久才重重吐出一口氣，毫不掩飾地說：「我嫉妒他。」

「嫉妒？」我疑惑。

「他自小就在壁嵐風大元帥的羽翼下成長，享受著父親給他的光芒。我嫉妒他的命運這樣好，不公平。爲何這世上有人的命這樣好，而有人的命卻終身要掩埋在黑暗中？」莫攸然道出那份深埋已久的扭曲黑暗之心，竟是如此坦誠。

「沒想到大哥對朕竟如此怨恨。」壁天裔的聲音倏然在這空寂暗牢中響起，三人目光一齊望向那個身著明黃色龍袍的男子。

莫攸然並不訝異他的突然到來，依舊平靜地注視壁天裔，「是的，我一直嫉妒你。嫉妒你是壁嵐風的兒子，嫉妒你有這樣一個好父親，嫉妒你從小便生活在如此完美的家庭。憑什麼你就擁有這麼多，而我卻什麼都沒有？」

「所以，你想與朕一較高下，才因此想奪取北國的王位。」壁天裔淡漠地往下接話。

「是。」莫悠然坦誠以對。

壁天裔一聲冷笑，隨即轉頭看向那滿眼仇恨的楚寰，「那麼他又是誰，慕雪說朕欠了他全家人的命。」

就在他問出此言之時，牢房內頓時靜謐無聲，沒有人再說話。空氣中瀰漫著陣陣惡臭及濃濃的血腥味。

「皇甫少寰。」楚寰沉默良久後吐出這樣一個名字，我看見壁天裔的神情明顯閃過詫異，隨即消逝。

壁天裔冷笑一聲：「皇甫少寰？想必又是朕的好大哥做的事吧。」

莫攸然嘴角上揚，「知我者二弟也。」

壁天裔深深吐納一口氣，想讓自己的聲音平靜下來，「你所做的一切都是爲了替你父皇皇甫承報仇，我所言對嗎？」

我看出了壁天裔眼底閃過的殺意，相信莫攸然與楚寰也看了出來。

而楚寰卻不理他，似乎不屑於和他說話。

壁天裔又說：「你要爲父報仇沒有錯，而朕爲了不讓你父皇殺掉，所以殺了你父皇，有錯嗎？」

楚寰冷道：「你可聽過『君要臣死，臣不得不死』這句話？父皇是君，你是臣。」

「那是愚忠。你父皇聽信奸佞，好大喜功，我行我素，連年加賦，害得百姓民不聊生。敢問這能算是個好皇帝嗎？」

「是否爲好皇帝，應由後人評說。」

「那你可知曠世三將勝利破城那一刻，百姓是如何歡呼？震天的花炮迎接著我們入城，歡呼著皇甫家的終結，這些事莫攸然曾告訴過你？」

楚寰的聲音啞然而止，沉默片刻，冷笑道：「那又如何？即便我的父皇被天下人唾棄，他仍是我的父皇，你殺了他，便是我不共戴天的仇人。」

「這些都是莫攸然從小灌輸於你的吧。」壁天裔冷眼掃過莫攸然。

「事到如今，多說無益。我如今已是階下囚，只能任憑砍殺。」楚寰的手狠狠攥緊身側稻草，指尖泛著可怖的白。

「前朝遺孤，朕必定要斬。」壁天裔嘴角笑意冰涼，殺氣再也掩飾不住，陰霾籠罩在臉上。

「我也從來不認爲，冷血的壁天裔會斬草不除根。」楚寰亦冷笑，絲毫未顯死前的恐懼。

壁天裔立於原地，目光森冷地看了我們許久，最終落向我一人。薄唇噙著一絲若有若無的笑意，可看在我眼中卻是如此令人心驚膽寒。

「爲何要回來？朕本答應放你自由的。」

「我也很後悔回來了呢！」笑著瞅了瞅狼狽的莫攸然與楚寰，他們臉上的表情皆是無奈的憐惜。我收回視線，訕訕一笑，「可如今已不容我後悔了。」

壁天裔靜靜地瞅著我，閒定裡帶著一絲月華般的光芒，那光芒冷靜，內中有股清傲從容。

「好，那朕便成全你們。」他倏然一拂袖，轉身大步而去。

看著他那清冷的身影越走越遠，直至明黃色衣袂一角隱入黑暗之中，牢房隨即又陷入一片靜謐冷寂。

小小的天窗灑入溶溶如霜的月光，鋪地如銀，淒寒無比。

第九章　孤城壁・塵埃定

十日後，南國下起了今年第一場瑞雪。北風呼嘯，一簇簇、一團團的雪花籠罩著整座帝都城。如此淒冷的日子，大街小巷依舊擠滿百姓，不惜頂著風雪簇擁在熙熙攘攘的大街，手中拿著青菜、殘羹、雞蛋，紛紛朝處決臺上的三人丟去，滿面怒容，口中還大喊著：「逆賊，竟敢刺殺皇上……」

一女二男，渾身是血，滿身傷痕。髮絲早已凌亂不堪，遮住了大半張臉。雪白塵霜飄落在他們頭頂，縷縷霜雪鋪滿身。

三名劊子手手持鋒利大刀，凶神惡煞般等待著午時到來。

片刻後，監斬官抽出斬令使勁朝外拋去，於天際勾勒出一個完美弧度，最後落在三人面前。劊子手立刻舉刀，用力砍了下去。手起刀落，血濺三尺，百姓瘋狂地歡呼著。

我披著斗篷將整張臉都遮住，唇邊淡淡揚起一絲輕笑，轉身，與兩個同樣頂著斗篷的男子一起沒入擁擠的人群中。

從沒想過壁天裔會來這麼個偷天換日，用三個死囚換了我們三人的命。我眞不知道，一向冷酷無情的壁天裔竟會放了皇甫少寰，那個如此威脅他皇位欲刺殺他的人……爲什麼放？因爲愧疚？因爲莫攸然是昔日曠世三將之中的大哥？因爲我是他疼愛的妹妹？

壁天裔眞是世人口中的冷血帝王嗎？可爲何我親眼所見的壁天裔卻是個對兄弟眞誠、對敵人仁慈的帝王？

曾經，他因爲莫攸涵救了他一命，而對她諸多包容，卻害死了自己的孩子。說他無情卻又有情，說他有情卻又無情。

記得那夜過後，翔宇奉皇上之命召我去了御書房，單獨與我有一番談話。

他只問我：「若是朕放你們遠走，你們將何去何從？」

我很詫異，他竟說要放我們遠走。當時沉默了許久我才答道：「興許會重新回到若然居罷，南北兩國已容不下我，唯有那兒才是我的家。」

他的手上緊捏著一份奏摺，沒有看我，沉吟片刻才說：「那朕放你們走。」

我猛然抬頭，怔忡地盯著他：「皇上……您說什麼？」

他的嘴角淡淡勾勒出一抹苦笑，「但是你們要保證，今生今世永遠不得再出現在帝都，出現在朕面前。」

我不敢相信所聽見的話，他卻笑道：「就當朕補償莫攸然的喪妻之痛，補償皇甫少寰的喪國之恨，而你，朕答應過給你自由的。」

那一瞬間，我突然覺得眼前這個皇帝是這輩子見過最仁厚、最優秀的皇帝，他縱橫沙場，金戈鐵馬，他治國有方，穩定朝綱。冷漠無情的外表下竟有一顆如此涵容隱忍的心。

我突然覺得自己這許多年來的恨與怨，頃刻間消逝得無影無蹤，原來我一直都錯了，這個世上除了仇恨還是有溫情的。譬如楚寰對我，壁天裔對我，轅羲九對我，還有……夜鳶對我。雖然都曾有過欺瞞，卻並未眞正地傷害我，他們自始至終都在包容我，還有不計回報的默默付出。

臨走前，突有一個念頭闖入腦海，我脫口說：「天裔哥哥，能求你一件事嗎？莫再與北國交戰了，百姓們很苦。」

他目光一凜，若有所思地盯著我，似要將我看穿。

我笑了笑：「我不是爲了夜鳶。我不過是一介女流，眼光短淺，不懂你們男人的宏圖霸業，只是覺得兩國百姓眞的很苦。」

他靜靜地望著我。良久，深深吐納一口氣，冷聲說道：「只要北國不主動進犯，朕絕不出兵。」

那一刻，我重重地鬆了口氣。

興許我確然是有私心的，爲了夜鳶。

紛紛散走的人群突然猛烈撞了我一下，恍然回神，一個踉蹌，楚寰立刻扶住我的胳膊。

我笑了笑，側首看著冷若冰霜、神情複雜的莫攸然，問道：「姐夫，咱們如今要去哪兒？」

「那夜，壁天裔對你說了什麼？」他答非所問。

我眼波一轉，重複著壁天裔的原話，「就當朕補償莫攸然的喪妻之痛，補償皇甫少寰的喪國之恨，而你，朕答應過給你自由的。」

踩在那嗞嗞作響的雪花之上，洶湧的人群與我們擦肩而過，口中紛紛說著——

「這三個刺客眞大膽，竟敢刺殺皇上，殺得好……」

「就是，咱們的皇上可是聖明之主，哪那麼容易被殺……」

「確實驚險，若是皇上眞被刺殺了，只怕北國應該會踏著鐵蹄占領咱們的領土罷，蒙上天保佑啊……」

這些街談巷議傳入我們的耳，讓我們再次沉默。

興許楚寰與莫攸然的內心此刻仍是複雜的罷，他們從未想過能活著走出那座死牢，而且還是那個帝王將他們放走的。

楚寰的手自方才便一直扶著我的胳膊未鬆開，另一隻手則不斷爲我擋開可能衝撞上來的人群，眼神如許清冷而複雜。

站在他身邊，突然覺得有股安全感，就像年幼時他陪我一起偷溜出若然居，最終還替我受罰那般。他對我，總是那樣冷淡，那樣隱忍。

「楚寰，過去我從未對你提起過，你父皇並非是個好皇帝吧。」莫攸然沉默了許久突然開口。我清楚感覺到楚寰的手為之一顫，步伐也有些僵硬。

莫攸然繼續說：「你知道，若是沒有壁家，你們皇甫家的天下早已被北國奪了去，可你父皇卻處心積慮想除去壁嵐風的兵權。壁嵐風大元帥死後，他還想誅殺曠世三將。我們，為的是自保。」

「這些，我都知道。」楚寰淡淡地回答，聽不出絲毫情緒。

「可你從來都不接受這些，不是嗎？」

莫攸然突然為壁天裔說話，令我感到詫異，楚寰則一逕冷然不再接話，複雜多變的眼神中透露著寒意，更多的，是逃避還有掙扎。

我轉頭看向莫攸然，「姐夫，你似乎放下了許多，我們回若然居去吧？那兒，可是有咱們七年的回憶。」

莫攸然寵溺地一笑，「丫頭，楚寰這顆腦袋要是能讓你開得心竅，咱們就回若然居。」

我便像昔日那樣，挽著楚寰的胳膊笑道：「怎麼，還放不下嗎？我可記得有人對我說：『若我們能幸運安然脫身，就一起回若然居，不問世事。』你想反悔？」

「不是……」他啟了啟口，還待說些什麼，卻突然頓住，目光筆直射向前方。我納悶地順著他的目光望去，遠遠飄雪朦朧之處，一名男子飛雪盈袖，衣帶當風。蒼冷的目光靜靜注視著我，眼底有太多我看不透的情緒，激動、驚詫、悲哀……

楚寰輕輕將胳膊自我手中抽出，勾了勾嘴角，「我們去牽馬，風雨坡等你。」

莫攸然拂了拂身上沾染的雪花，神情有些坦然，「一個時辰，若是你沒來，我們就不等你了。」

說罷，便與楚寰一齊離去。

掩藏在衣袖中的手滲出了絲絲冷汗，看著不遠處那迎風絕立的男子，依然如許風雅耀人，烏黑髮絲覆蓋上了厚厚雪花。我們就這樣站在風雪中遙遙相望許久，身邊四散的人群漸漸稀少，不出一會兒工夫，街道上熙攘的百姓遂沒了蹤影。

只剩毫無聲息的我們，靜靜地……對望著。

「你怎麼來了？」不自在地搓了搓手心，吐出一口涼氣。

夜鳶定了定神，舉步朝我走來，而我也緩緩迎向他。步伐既麻木又沉重，從沒想過，此生還有機會再能見他一面。

站在我面前的他，目光有些散亂，「我聽說，南國王宮潛進了三名刺客刺殺皇帝，最終被關入天牢，今日處斬。」

「所以你就來了？想看看那三人之中是不是有我？」盡量使自己的聲音顯得平靜，心中實則早已驚濤駭浪，不能平息。

他不答，我又問：「若是有我，你會如何？」

他仍舊不答話，只靜靜地看著我，任雪花拍打臉頰，眼睛一眨不眨地注視著我。

我輕輕笑了笑，踮起腳尖，爲他拂去頭頂髮絲上的雪花，然後將自己的斗篷解開，爲他披上。

「穿得如此單薄，病了該如何是好。你可是九五之尊……」聲音漸弱，手卻不停，專注地爲他披好斗篷，重重打了個結，故作輕鬆朝他一笑，「壁天裔答應我了，只要北國不主動進犯，他絕不出兵。爲了你的子民能安居樂業，也請你別再對南國出兵了。爲戰爭而死的百姓已經太多太多，你的願望不就是將北國帶向昌盛嗎？怎能忍心自己的子民因兩國之戰而死？並非所有事都要用刀劍解決。」

他抬起手欲撫上我冰涼的臉頰，我輕顫，後退一步，他的手落了個空。

我避開他的目光，沉沉地說：「我的話就說到這裡……該走了。他們，還在等我呢……」說完便轉身，想要逃開，誰知我的手竟被他緊緊握住。

「慕雪……」夜鳶的聲音很輕很淡，卻透著無盡深情。

「你該回北國去了，國不可一日無君，況且這裡是帝都，萬一讓壁天裔知道……」

「讓我送你一程，好嗎？」

他的手緊緊攥著我，不肯鬆一分。而我的心就像讓針扎過，千瘡百孔，只能用一個疼字來形容。

我想拒絕，想掙脫開，可卻捨不得捨棄手中那淺淺的溫暖。

我知道，若此刻捨棄了那溫暖，這一生將永遠無法再得到……

不想放開，便讓我再放縱一次，留下最後一分與他的回憶。

雪花落，點點無聲落瓦溝。

萬里冰霜，曉色清天，山舞銀蛇。

前去風雨坡的路上，我們走得很慢，很慢。而我能感覺到除了我倆的腳步聲，還有另外一批人一直緊緊跟隨在後，卻不見蹤影。是夜鳶的手下吧，他堂堂一國之君，怎可能孤身前來南國的帝都城呢。

跟隨在他背後，依戀地看著他的身影，偉岸依舊、傲然挺拔，卻多了幾分蒼涼蕭索。

這條路走了大半，他卻沉默地一句話都沒說，而我也安於這樣的寧靜。

興許，這條路是我們一起走的最後一段了。

「慕雪，對不起。」他仍舊在前面走著，一句淡淡的話語朝我飄來。

「你沒有做錯，是我錯了。一個帝王，應當如此。」我笑道。

他的步伐猛然停住，我一時反應不及，朝他背上撞了去。他輕輕閃身避過我的身子，那大手瞬間已握住我的小手。

牽著我，繼續走。

我沒有拒絕，含著淺淺笑意與他併肩踏雪而過，他的手依舊如此溫暖。

他說：「真想如此牽著你的手，一直走下去。」

夜鳶，哪怕不能偕老，我也願執子之手。

我笑：「到如今，我仍執子之手，只是，真的不能偕老了。」

他的手一顫，「你恨我嗎？」

不想延續如此凝重的氣氛，便嗔道：「恨。你立了我兩次，也廢了我兩次。從來沒有哪個男人這樣對待過我呢。」

緊抿的嘴角漸有了笑意，他微微側首凝視著我，「若我知道給你的專寵會造成今日局面，我斷然不會承諾空設後宮。」

「至少我曾榮耀過。你可知，身處民間的這些日子裡，我聽了許多關於元謹王后專寵後宮之事，可羨煞了不少女子呢。」話音方落，只覺他步伐停住，我已落入一個溫暖的懷抱。

「若是我願意一直陪你走下去呢？」他身上依然有股淡淡的杜若香味，卻不再是曾經那樣熟悉的感覺。

我明白他這句話的意思，一直走下去，多麼美的詞，多麼大的勇氣與放棄。

若換作是過去，我會感動……可是，如今卻是在背叛與離棄之後。

「難道你不要江山了？你的夙願呢？你的臣子呢？你的子民呢？若你丟棄了一切，誰替你掌管北國的江山，你的王弟夜景？還是夜翎？文武百官誰會臣服？而你……自始至終都沒有一個子嗣，你的王位能傳給誰？」我一口氣丟給他許多問題，因爲知道他回答不了，也擺脫不了，「況且，轅慕雪是驕傲的，也是自卑的。我們，再也回不到從前了，你給我的傷永遠永遠無法癒合。」

「眞的無法原諒嗎？」他摟著我的雙臂鬆了幾分，聲音虛幻而縹緲。

「興許，二十年後能原諒吧。」感受到傳遞而來的溫度一點一點減少，雪片也越來越密集，如鵝毛般凌空亂舞。

「慕雪，你愛我嗎？」有幾個字讓呼嘯的北風吞噬，可我仍然聽得清清楚楚。

你愛我嗎？

這好像是他頭一回問我是否愛他，我以爲他一輩子都不會問，也從來沒眞正思索過這個問題。

愛他嗎？

楚寰與莫攸然都說，其實我愛夜鳶。

可是，我，眞的愛他嗎？

如果我眞的就這樣走了，他會很難過吧？甚至會想放棄一切帶我走吧？但是他不可以，北國需要他。

「沒有，我從未愛過你……」

終於，在我說出這句話之時，自他身上傳來的溫暖徹底消失。

他環抱著我的雙臂靜靜垂放身側，一雙赤色眼瞳，微微泛過一絲疼痛波光。

「在我眼底，你不過是轅羲九的替代品，你的眼睛，你的笑容，你對我的百般關懷……午夜夢迴，無數次與轅羲九重疊著。」

驀然，臉頰落下的液體使我一驚，我用力眨了眨眼逼回眼眶中的濕意。

他就這樣，看著我，看著我……

針刺般的痛楚在心底驀然升起，我哽咽著，繼續說：「就連爲你擋的那一劍，都是假的。你在我眼中仍舊是轅羲九……所以，我不顧一切地擋了下來……你，明白嗎？」

夜鳶酸澀地笑了。

「我，明白。」

「明白，便好。」

我咬著唇，深深望了一眼他的輪廓，欲將他銘記在心，刻印入腦海裡。

「我得走了……再不走，他們就不等我了……慕雪不想再被人拋棄了。被人拋棄的滋味，痛入神髓！」目光投向路的盡頭處，遠遠地，我看見兩道身影正等在那兒。

深深吐出一口氣，雪白煙霧繚亂眼前，模糊了前方的視線。

而我，卻未曾再看他一眼，越過他，朝那條看不見盡頭的路走去。可我的視線竟如此模糊。恍然失神地走著，腦海中浮現一幕幕往事，彷若一道道烙印狠狠刻在心間。

——「利用也好，假意也罷，我只想你留在我身邊，在你放棄我之前我絕對不會放開你。」可是夜鳶，那日是你先放開我的。

——「有些東西若強求不得，定要狠心拋棄。夜鳶寧可負天下，也不願負你。」可是夜鳶，那日你終究負了我，而我，卻不能讓你負這天下。

——「我們一定會白頭偕老。」可是夜鳶，白頭偕老對我們來說眞的很遙遠呢。

——「若有人敢動，朕便是賠盡江山，也要用其命償我兒之血。」可是夜鳶，你沒有做到自己的承諾。

——「從今日起，朕只有轅慕雪一個女人。朕的孩子，唯由轅慕雪一人所生。天地爲誓，君無戲言。」你做到了，可是……如今的轅慕雪不想再爲別人活了，只想爲自己好好活一場。

一路上，我無力地走著，強忍著心緒沒有回頭，我能感覺有道視線一直在背後緊緊追隨於我，未曾離開。

也不知走了多久，我終於忍不住，驀然回首，背後卻再也沒有那道我欲尋找的身影。唯有呼嘯的北風與排排腳印，清晰無比。

凝聚在眼眶中的淚水再也抑制不住，滾滾而落，我從沒想過，割捨一段感情竟是如此之痛。

原來，我並沒有想像中堅強。

夜鳶，我的夫君，後會無期。

壁天裔，我的哥哥，後會無期。

抬起早已凍僵的手，拿袖子胡亂將臉上淚痕揩去，勉強笑了笑，轉身。

闖入眼簾的，是騎坐在矯健白馬之上的兩名男子，正以深沉而悠遠的目光凝視著我。

莫攸然嘴邊勾勒出溫柔笑意，平靜地說道：「丫頭，該回家了。」

楚寰乘馬朝我緩緩而來，我立於原地不動，靜靜瞅著他離我越來越近，最後向我伸出了一隻手，「走吧。」

看著馬背上的人，那雙冰冷眸子已不再冰冷，而換上了淺淺溫柔。那隻常年握劍而生出厚厚繭子的手在我面前，看上去是那樣溫暖。

驀然回首，那人卻在燈火闌珊處。

我莞爾一笑，遞出手於他掌心，一個使勁，楚寰已將我帶上馬，護坐在懷。

他一扯轠繩，掉轉白馬，朝莫攸然奔去。

莫攸然長鞭一揮，一聲「駕——」，馬兒也飛奔了出去。

我安心地倚靠在楚寰懷中，一顆早已千瘡百孔的心漸被安撫，取而代之的是平靜與安逸。

側首看了看與我們併肩馳騁的莫攸然，我滿足地笑了，餘生有他們二人相伴，此生何求？
恍惚間，又回到了十三年前，頭一次踏入若然居那一刻……
兜兜轉轉許多年，繞了一大圈，我們終於還是回到原點。
只是，我們心中的仇恨，早已被年華洗淨，趨於平靜。

尾聲　驀然回首・往事皆空

七年後。

南國未央宮。

寢宮內跪伏著滿地宮娥，大氣都不敢喘上一口，看著皇上坐在鳳榻之上有些哀痛地看著皇后娘娘，娘娘則依戀地看著皇上，笑得滄桑。曾經的絕美容顏因歲月無情而華落，眉目間淨是奄奄。

「皇上……」莫攸涵的身子沉重地埋在錦緞衾枕間，癡癡凝望著這個讓她愛了二十餘年的男子，眼眶竟有些濕潤。

「朕在這兒。」壁天裔握住她冰冷的手，很想將它暖熱，可是怎麼也無法予它一絲溫度。

「二十年了，皇上。」喉間那股苦澀與哽咽令她的淚水不住滾落，一滴滴晶瑩如珠。

「嗯，二十年了。」壁天裔輕輕撫摸她的鬢角，臉龐亦顯出幾許斑駁。真快，一眨眼的光陰，竟已二十年了。這個女人，陪在他身邊已有二十年了啊。

「可是這二十年卻始終比不上……」莫攸涵語氣中有明顯的哀痛與絕望。猶記得七年前，皇上賜死了他們三個……興許天下人都以爲皇上賜死了那三名刺客，可她知道，他沒有。因爲他捨不得，永遠捨不得賜死普天之下他唯一珍視的女子。那女子就此於人間徹底消失了，而她自己卻在三個月後登上了皇后之位，母儀天下，正位未央宮。

未央宮眞是奢華高貴，可她恨，只因這座宮殿永遠帶著「未央」二字。每回皇上來到，都會令他記起曾經有個名叫未央的女子在裡面住過，他曾與一個名叫未央的女子有過一段難全的感情，他內心最深處始終埋藏著一個名叫未央的女子。

「皇后。」他看著眼前這個意識已然迷離飄散的女子，心中一陣抽痛，又想起御醫所說，她的壽命已盡，隨時可能撒手。

莫攸涵笑了笑，看著他眼中那份悲痛，滿心歡喜，「臣妾眞希望能如此一直病下去……瞧，皇上在擔心臣妾呢。」

「別說傻話。」壁天裔低聲輕斥，握著她的手一緊，她吃痛地微微擰眉。

「皇上能抱抱臣妾嗎？」此時的她竟像個孩子般撒嬌。

他依言俯身，將那個彷彿一碰就會碎的女子摟入懷中。她緩緩闔上眼簾，呼吸均勻地靠在他那暖暖胸膛之上，感受著強健有力的心跳聲，嘴角彎彎的笑意拉得更開。

「皇上為何那樣喜歡未央呢？對了，你說過，只有她才配做你的妻子，因為她的性格你不討厭，她的狠辣吸引你。」她的聲音很低，卻字字清晰入耳：「可她不愛你，不愛你啊……」

他闔上雙眼，忽略她的話，沉聲說道：「事情都過了七年，她的容貌，朕早已模糊。」

「你騙人，你騙人……」她激動地嗚咽出聲，興許這是她最後一次使性，所以已無甚顧忌的了，今日她只想將長久以來掩藏心中難以啓齒之話說出。

一直閉著眼的他，腦海中卻開始回憶轅慕雪的模樣，可是眞的想不起來了，留給他的只有一道藏於迷霧中的模糊身影，容顏卻再也看不清楚。突然，他的心中閃過一絲疑惑與恐慌，七年過去了，難道眞就此忘了她的容貌？興許那張面孔在他心中從未眞正清晰過？

幼時與她約定作自己的妻子，只因她的命運可憐，性格倔強帶點狠辣，最重要的是他不討厭她，還有……她是三弟的妹妹，如此便能親上加親。

自她喪生於一場大火，他才發現三弟對轅慕雪似乎有股不該有的情愫。直至於飛天客棧見到那個名叫啞妹的女子，她的目光總讓他有種熟悉的感覺，那感覺離他真的很近很近。原來，她就是轅慕雪。

帶她回宮之後，他便決定冊立她爲后，只因她在朝廷中沒有黨羽，唯一的支柱便是三弟。而三弟，是他一直信任的，天底下人不可能懂他們之間深厚的兄弟情——即便全天下都背叛了他，三弟也不會。

可是後來，他卻背叛了。

一封自北國來的飛鴿傳書，告知他要中止計畫，三弟要帶轅慕雪走。

看著那封信他突然笑了，興許他們永遠不會知道，他其實早有意要放他倆遠走高飛，所以才議定了那場讓他倆私奔至北國的計畫。

與其說是計畫，不如說是給他們一個私奔的機會。

可當他們真要私奔之時，他的心卻痛了，那種說不清道不明的情緒擴散蔓延在心頭。不只爲了三弟，還有，轅慕雪。

一直都認爲轅慕雪在他心中的地位只是喜歡，是這麼多妃嬪之中最喜歡的一個。若爲了三弟，他是可以割捨的，卻沒想到割捨竟是那樣痛。

莫攸涵睜開眼，望著眼簾依舊緊閉的他，臉上卻閃過數不盡的情緒，是她從沒見到過的。

胸口突然一陣心悸，一股灼熱血腥味湧入口中，她一驚，用力將血嚥了回去。呼吸逐漸轉弱，她又使勁平復胸口間的窒悶疼痛，故作平靜地微笑著，又將臉朝他懷中緊靠了幾分，「天裔，記得我們第一次見面嗎？」

他聞言收回思緒，腦海中清晰浮現多年前大雪中的一幕……

她極為留戀地說：「那年下了好大一場雪，我與大哥倒在壁家府門前，那時我們是暗人，是有目的地接近你們，而壁元帥毫不猶豫地將我們救下。在起身那一刻我對上了你那雙深邃冰涼的眸子，你在看我，很認真地看我，似乎想將我看個透徹。我緊緊掐著手心迴避你的目光，怕被你看穿內心……」

「是啊，那時我確實在看你，你渾身髒兮兮的，烏黑的髮絲蒙上厚厚一層白雪，一雙水汪汪的大眼膽怯地看著我。那時我覺得你是個需要被人保護的孩子，那麼嬌小瘦弱。」壁天裔仍舊閉著眼睛，他回憶著，嘴角不自覺扯出一絲淺笑。

莫攸涵驚訝異常，沒想到他竟還記得，而且似乎記得很清楚。一陣無比的欣喜盪漾在她心間，於是又說：「真懷念與你一同遊走在烽火硝煙的戰場上，與你生死與共的那個時刻。」

壁天裔倏地為「生死與共」四個字一驚，腦海中閃過她不顧一切飛身而來為他擋下致命一箭的瞬間，胸口閃現一抹動容。終於睜開眼，望著懷中那張生氣漸失的臉，他的手臂不禁多用了幾分氣力，「朕，一直都記得你對朕付出的一切。」

「天裔，攸涵一直都是如此愛你……即使百年之後……仍然愛你……」說到此處，她再也克制不住喉間湧動的鮮血，一口噴了出來。

鮮紅的血灑在他的龍袍之上，滿殿一陣冷冷的抽氣聲，如此悲涼。

「攸涵……」他一陣心驚，手微微顫抖地撫上她的唇角，輕輕拭著血跡。

「我一直都知道，你對我不過是出於感恩，你對我從來不超出感激之外的情。而我……一直在欺騙著自己，只要能在你身邊，那便夠了……可最終我還是騙不過自己。」她顫巍巍地伸出纖手，撫摸著那張多次出現在夢裡的臉。眼淚像斷了線的珍珠，一顆顆自眼角滾落，卻笑得淒美。

「天裔，我知道自己時候到了，但是……我想聽你親口對我說一句，我愛你——好嗎？」她近乎哀求地哭著求他。

而他卻怔怔地凝視著她，始終沒有開口。

「就算是騙騙我，也不行嗎？」她的手緊攥著他的前襟，手臂顫抖著。

她的目光如此悲哀淒切，令他於心不忍，便說：「我愛你。」興許，這是她臨終之際最想聽見的美好謊言吧。

莫攸涵雙眼漸漸闔上，臉上甜蜜的笑容見證了她聽到這三個字時的開心，似已期待得太久太久，儘管這只是句美麗的謊言。

她說：「我，莫攸涵……也愛你……」聲音漸漸低落，呼吸漸漸消逝，手漸漸由他的前襟鬆開，眼皮掙扎數次，終於闔上。

壁天裔眼看她的餘溫一點一滴消逝在懷中，心底升起一股狠狠的揪痛。他的手突然一鬆，眼前香消玉殞的人兒就此癱倒在榻上，無聲無息。

一股熱氣湧上眼眶，迷濛了他的眼瞳。

突然間一陣孤寂蒼涼令他的心逐漸塵封，徒留滿心悲涼。又走了一個，這回是伴在他身邊二十年的女子，一直眞心愛著他的女子……

她的離去，讓他的心突然變得空洞，今後沒有了她，還有誰能眞正懂他，知他？爲何他的心是如此撕心裂肺的痛，痛得他幾乎無力承受。

滿殿宮娥全都瞪大了眼睛，見皇上直勾勾望著床榻已然殞去的皇后，身軀一步步向後退，更不可思議的是他臉上的那滴清淚。不敢相信，一向冷酷得近乎冷血的皇上竟然會流淚……興許皇后在他心中眞的那樣重要。

一步步後退至寢宮外，榻上那個身軀逐漸在視線中模糊，他猛轉身，衝了出去。雙拳狠狠緊握，青筋浮動，終忍不住內心傷痛，仰天大喊：「啊——啊——」

攸涵，我愛你，我愛你。

北國。

當李公公匆匆奔進御書房，通知他母妃病倒時，正在批閱奏摺的他手一顫，神情竟恍惚起來，良久都不見反應。李公公不禁低聲喚了句：「大王？」

夜鳶的手一緊，最後將奏摺輕輕放下在案，淡淡地說：「既然病了……那便去瞧瞧吧。」

拂了拂有些凌亂的衣襟，他步出御書房，李公公緊隨其後朝聖華宮走去。

李公公看著大王冷峻傲然的背影，心中閃過一絲悲哀——七年了，自元謹王后被廢之後，大王都未再踏入華大妃的聖華宮一步。

這些年來，大王的後宮漸漸充實，他每日都會到各處宮苑寵幸不同的妃嬪，卻始終沒有一位妃嬪懷上孩子。只因每回大王臨幸了妃嬪之後，都會命人準備墮胎湯藥給她們送去。

而王后之位也空懸了七年，多少次大臣們請立王后，總被大王憤怒地駁回，久而久之眾臣漸漸也不敢再提此事。

可這北國需要國母，需要王嗣。

記得有一回他斗膽問及此事，大王一改平日肅然，竟笑道：「除了她，無人有資格坐此位。王嗣，朕這輩子是不會有了，可朕有王弟夜景，他有三個子嗣……朕毋須擔心。」

當聽到大王這番話時，他的內心深深被震撼著，同時也感到惋惜——大王這是何苦呢？元謹王后在大王心中眞的如此重要？即便過了這麼多年仍不能忘懷？

踏入聖華宮，夜鳶卻漸漸感到緊張，記得當年元謹王后被廢，他未曾怪罪母妃所做的一切，只是慢慢疏離於她，直至今日……

七年前，御書房內發生的一切猛然闖入腦海，歷歷在目。

那日，他是眞有廢后之心，他終是懷疑她，質疑她了。

是從何時開始懷疑，他已然記不清楚，只記得每日都會聽見有人在他耳邊說元謹王后紅顏禍水，直至後來的百姓之憤。他不知爲何專寵元謹王后，竟會引得百姓如此憤怒，難道眞如那些大臣所說——她與楚寰有謀逆之心？

直到她草草了結卿嬪小產之事，又當眾頂撞母妃，兩次威脅其廢后，他才眞的感到懷疑。他不信，可又不得不信，他沒把握轅慕雪對自己的感情究竟有多少，但他能包容，只要她不逾越底線，他一切都能包容。

後來，慕雪懷孕了，那一刻他是眞正開心的，只因終有了彼此愛的結晶。可後來她小產了，悲慟之餘竟鬆了口氣？他從未想過，自己對她的小產竟有一絲絲慶幸……那可是他的孩子啊。

緊跟著，又發現母妃竟是導致慕雪小產的元凶，他便去了聖華宮加以質問，母妃卻將元謹王后的八罪狀奏摺丟給他看，還說她自己所做的一切皆是爲了北國江山，說慕雪腹中的孩子無論是男是女都不能生下來，否則王后的勢力將平視帝位，後果不堪設想。

他沉默了，因爲母妃說的皆是事實，他又怎會不知呢？但他就是克制不住自己，想將一切能給的都給慕雪，要她做天底下最幸福的女人。這一切，他不能自已。

可就在那日得到了密報，有人看見一名容貌酷似夜翎的男子在天龍城裡。他冷笑，這轅慕雪當時終是縱放了夜翎。

他不是沒想過死於火海之中的人並非夜翎，但他選擇相信她，可原來她是會騙他的，如此可能威脅他帝位之事，她竟然選擇瞞他。

於是，民間與百官的風言風語齊齊闖入耳畔，他竟全信了——他打算廢后。就在那個夜晚，他打算引夜翎出來，再，廢后。

可是事情遠不在他的預料之中發展著，夜翎刺殺他那一刻，她卻推開了他，為他擋下那一劍。她不知道，以他的功夫全然有能耐躲開那一劍，而她卻不假思索地推開他，自己合身撲向凌厲的劍勢。

看著她受傷躺在自己懷中，臉上的表情並不痛苦也非哀傷，而是自嘲。

許多刺客殺手圍攻他，要取他性命之時，是楚寰衝進來保護他。如若楚寰眞的心懷不軌，那一刻全然可以掉轉過頭來殺他，但是楚寰沒有。

再到紫衣的坦言，他才知道，他們的第一個孩子，是慕雪為了護他周全而自己親手所殺。

突然間，他發現自己錯了，錯得離譜。

是他將她推上那麼高的位置，卻沒有給她足夠的信任。

正當他猶豫著是否要廢后之時，母妃竟跪下請求誅殺慕雪，這是他萬萬沒料到的。

原來這一切不只是廢后那麼簡單，母妃為的是——殺了慕雪。

「大王，您不進去嗎？」李公公看著大王怔怔站在大妃的寢宮外，始終沒有踏入一步，不禁出聲問道。

思緒被打斷，夜鳶冰涼的目光淡淡掃過寢宮，猶豫片刻後才舉步踏了進去。寢宮內如此安靜，唯有一盞茜紗宮燈懸掛於白玉璧柱之上，微弱的燈光，昏暗的屋室，輕紗薄帳一動不動地垂至地面，疏影交錯。

寢宮內的宮娥早已讓夜鳶摒去，獨剩他立在榻邊，靜靜凝視著曾經風華絕代的母妃，可如今卻已變得蒼老，眼眶深深凹陷，目光隱隱閃爍著絕望的悲傷。

「鳶兒，你終於來見母妃了。」她囁嚅著唇，欣喜地凝望著自己的兒子，激動之情溢於言表。

夜鳶冷眼看著自己母親，一句話都不說，仍舊在責怪。

「我知道，你還在怪我，還在怪我……怪我逼走了元謹王后，怪我殺了你的孩子……」她苦澀地笑道，眼中閃著淚光。

「這麼多年來，因爲那件事你一直在怨我，可到了如今你仍然不能原諒嗎？我一直在爲當年所作所爲懺悔著，可我那樣做也是爲了北國的江山，你的帝王之位啊。鳶兒……在我得知元謹王后爲你犧牲的一切後亦深感震驚，可無論她有無異心，終究是得除去的。我不能讓你終日爲她所迷惑，你可是要帶領北國走向昌盛啊……」

「你說一直在懺悔，可事到如今，你仍在責怪慕雪，還當她是禍水。」夜鳶冷笑，言語間透露的恨意刺痛了華大妃的心。

「鳶兒！你還是如此執迷不悟，她是個……」

「我愛她，僅此而已。」他厲聲打斷，「朕答應過要爲她空設後宮，朕說過只要她而不要別的女子所生的孩子。這只是對愛情的一份堅持罷了，爲何要遭到你們如此反對？難道一個帝王眞心眞意愛一個人就是錯？」

「對，你就是錯了，帝王本就不該只愛一個人。就是因爲你的專寵，而造就她元謹王后被廢的局面……」華大妃聲音虛弱，可語氣仍強勢凜然。

「朕不該來的。」夜鳶最後望了一眼華大妃，轉身拂袖而去。

「鳶兒……你就這樣、這樣走……」華大妃一急，想要追他，腳步卻一個不穩，狠摔在地，一口殷紅的血吐了出來。

夜鳶聞聲，猛然回首，衝上前將母妃扶起，「母妃，您……」

她緊攥著他的衣袂，生怕一個鬆手他又會棄她而去。

「母妃時日無多，爲何你不能聽我一句勸告呢？放下她吧，她不適合你……爲了她，你這七年來受了多少相思之苦，你雖寵幸妃嬪，卻不許她們受孕。這北國……你要何人來繼承？夜景？不，他終究是你弟弟，是臣子，沒有資格，沒有資格……」她倒在他的懷中，語重心長地勸著，生怕自己在下一刻就去了，此後再沒有人能勸得動他。

「母妃您不懂，這是朕欠她的。朕只想守住最後一分誓言罷了。」夜鳶笑了笑，輕輕撫上她早已斑白的鬢角，原來母妃竟已老了。

華大妃失望地搖頭，「爲何我最引以爲傲的鳶兒竟放不下一個女子？你在戰場上殺敵無數，在朝野間韜光養晦，在龍椅上掌控天下，爲何獨獨單戀那名女子？母妃不懂，眞的不懂。」

「兒臣也不懂。」他輕輕搖頭，淡淡地笑著。隨後鬆開懷中的母妃，朝外頭道：「大妃咳血了，速傳御醫進來。」

華大妃感覺自己身上的溫度一點一滴流逝，御醫與宮娥將她重新扶上榻，她突然笑了，「倘若你父王能如你這般堅守他對我的誓言……可床笫間的山盟海誓對一個帝王來說，就像是家常便飯……唯有你竟如此堅守。母妃眞羨慕……未央啊……」

夜鳶看著失魂落魄的母妃，眼眶有些熱，喉間像被風沙吹得哽咽，倏然掉頭走出寢宮，不願再看母妃那張憔悴的容顏。

整個身軀投入漫漫黑夜之中，晚風將他的龍袍捲起翻飛，溶月疏星璀璨耀目。

目光深沉而哀傷，笑容頹然而淒涼。

恍惚間又憶起那個倔強而妖豔的女子，那雙眸子是他生平見過最美、最震撼的眼眸，笑起來嫵媚妖嬈，微微上揚的嘴角冰冷而高傲。

——「沒有，我從未愛過你……」分別前的一語，他記憶猶深。可他知道，轅慕雪在騙他。

她懂他，只要當時說一句她愛他，他便會放下一切與她走，可她終是不讓他負這天下。

可這天下沒了她，又有何意義？

而她，此時此刻在那個自由無垠、與世無爭的若然居，有兩個眞心疼她的男子陪伴著她，會幸福的吧。

而他注定要站在最高處，睥睨天下，孤獨終老。

冷香縈，衾薄寒，如夢殘。

山盟海誓情纏綿，十指相扣醉紅顏。

自此天涯相思兩處盡。

台版後記

長樂未央

慕容湮兒

臺灣的讀者大家好，又和大家見面了，這部《眸傾天下》是我繼《傾世皇妃》後的又一部古代宮廷情仇小說，希望臺灣的讀者能夠一如既往的喜歡。

本書有一段禁忌之戀引起了很多讀者的熱議。很多讀者問我：「你個人比較偏向男主角夜鳶，還是第二男主角轅羲九？」其實每個人物都如作者疼愛的孩子一般，若眞要說偏向誰，我可能更偏向第二男主角轅羲九，這個與轅慕雪自幼相依爲命的男人，由於他們兩人是親兄妹，所以更加容易引起讀者的惋惜。

這部小說的女主角轅慕雪也是我筆下最喜歡的女主角之一——未央，未央，長樂未央。她有別於《傾世皇妃》中馥雅的善良溫淳，她妖豔狠辣，敢愛敢恨，在面對與轅羲九的感情時也矛盾過、掙扎過，可她最終選擇勇敢面對自己的心，放縱自己去愛一次；而後來與夜鳶的志同道合，患難與共，毫無保留地付出自己的一切，共同成就北國的大好河山。若說這部小說有遺憾，那便是改編成電視劇後，轅羲九與轅慕雪之間的不倫之戀不能夠搬上銀幕，這始終是不爲世人所接受的感情，也就註定了不能公諸於眾。

《眸傾天下》這部小說依舊是架空歷史，比起《傾世皇妃》，應該說是情節上的設置更加嚴謹了，全文依舊延續了謀中謀、局中局的風格，謎局挺多，希望讀者能夠用心看到最後。

國家圖書館出版品預行編目資料

眸傾天下（下）未落今生夜鳶夢／慕容湮兒著；——初版．——臺中市：好讀，2012.08

面：　公分，——（眞小說；16）

ISBN 978-986-178-240-9（平裝）

857.7　　101009182

好讀出版

真小說 16

慕容湮兒作品集—眸傾天下（下）未落今生夜鳶夢

作　　者／慕容湮兒
總 編 輯／鄧茵茵
文字編輯／林碧瑩　簡伊婕
美術編輯／鄭年亨
行銷企畫／陳昶文　陳盈瑜
發 行 所／好讀出版有限公司
台中市 407 西屯區何厝里 19 鄰大有街 13 號
TEL:04-23157795　FAX:04-23144188
http://howdo.morningstar.com.tw
（如對本書編輯或內容有意見，請來電或上網告訴我們）
法律顧問／甘龍強律師
承製／知己圖書股份有限公司　TEL:04-23581803

總經銷／知己圖書股份有限公司
http://www.morningstar.com.tw
e-mail:service@morningstar.com.tw
郵政劃撥：15060393 知己圖書股份有限公司
台北公司：台北市 106 羅斯福路二段 95 號 4 樓之 3
TEL:02-23672044　FAX:02-23635741
台中公司：台中市 407 工業區 30 路 1 號
TEL:04-23595820　FAX:04-23597123

初版／西元 2012 年 8 月 1 日
定價／250 元
如有破損或裝訂錯誤，請寄回知己圖書台中公司更換

Published by How-Do Publishing Co., Ltd.
2012 Printed in Taiwan

ISBN 978-986-178-240-9

讀者回函

只要寄回本回函，就能不定時收到晨星出版集團最新電子報及相關優惠活動訊息，並有機會參加抽獎，獲得贈書。因此有電子信箱的讀者，千萬別吝於寫上你的信箱地址

書名：睥傾天下（下）未落今生夜鳶夢

姓名：＿＿＿＿＿＿ 性別：□男 □女　生日：＿＿年＿＿月＿＿日

教育程度：＿＿＿＿＿＿＿＿＿＿

職業：□學生 □教師 □一般職員 □企業主管

□家庭主婦 □自由業 □醫護 □軍警 □其他＿＿＿＿＿＿＿＿

電子郵件信箱（e-mail）：＿＿＿＿＿＿＿＿＿＿ 電話：＿＿＿＿＿＿

聯絡地址：□□□ ＿＿＿＿＿＿＿＿＿＿＿＿＿＿＿＿＿＿＿＿

你怎麼發現這本書的？

□書店 □網路書店（哪一個？）＿＿＿＿＿＿＿＿ □朋友推薦 □學校選書

□報章雜誌報導 □其他＿＿＿＿＿＿＿＿＿＿＿＿＿＿＿＿＿

買這本書的原因是：＿＿＿＿＿＿＿＿＿＿＿＿＿＿＿＿＿＿＿＿

□內容題材深得我心 □價格便宜 □封面與內頁設計很優 □其他＿＿＿＿＿

你對這本書還有其他意見麼？請通通告訴我們：

＿＿＿＿＿＿＿＿＿＿＿＿＿＿＿＿＿＿＿＿＿＿＿＿＿＿＿＿＿

你買過幾本好讀的書？（不包括現在這一本）

□沒買過 □ 1 ～ 5 本 □ 6 ～ 10 本 □ 11 ～ 20 本 □太多了

你希望能如何得到更多好讀的出版訊息？

□常寄電子報 □網站常常更新 □常在報章雜誌上看到好讀新書消息

□我有更棒的想法＿＿＿＿＿＿＿＿＿＿＿＿＿＿＿＿＿＿＿＿

最後請推薦五個閱讀同好的姓名與 E-mail，讓他們也能收到好讀的近期書訊：

1. ＿＿＿＿＿＿＿＿＿＿＿＿＿＿＿＿＿＿＿＿＿＿＿＿＿＿

2. ＿＿＿＿＿＿＿＿＿＿＿＿＿＿＿＿＿＿＿＿＿＿＿＿＿＿

3. ＿＿＿＿＿＿＿＿＿＿＿＿＿＿＿＿＿＿＿＿＿＿＿＿＿＿

4. ＿＿＿＿＿＿＿＿＿＿＿＿＿＿＿＿＿＿＿＿＿＿＿＿＿＿

5. ＿＿＿＿＿＿＿＿＿＿＿＿＿＿＿＿＿＿＿＿＿＿＿＿＿＿

我們確實接收到你對好讀的心意了，再次感謝你抽空填寫這份回函

請有空時上網或來信與我們交換意見，好讀出版有限公司編輯部同仁感謝你！

好讀的部落格：http://howdo.morningstar.com.tw/

請填妥後對折黏貼，直接投郵即可，無須貼郵票。

廣告回函
台灣中區郵政管理局
登記證第 3877 號
免貼郵票

好讀出版有限公司　編輯部收

407 台中市西屯區何厝里大有街 13 號

電話：04-23157795-6　傳眞：04-23144188

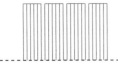

沿虛線對折

購買好讀出版書籍的方法：

一、先請你上晨星網路書店 http://www.morningstar.com.tw 檢索書目或直接在網上購買

二、以郵政劃撥購書：帳號 15060393 戶名：知己圖書股份有限公司並在通信欄中註明你想買的書名與數量

三、大量訂購者可直接以客服專線洽詢，有專人爲您服務：客服專線：04-23595819 轉 230 傳眞：04-23597123

四、客服信箱：service@morningstar.com.tw